पेंगुइन स्वदेश

संगीत चिकित्सा

डॉ. विजय तारे दंतचिकित्सक के साथ-साथ संगीत-चिकित्सा में स्नातक भी हैं। आपने कई उत्कृष्ट पुस्तकें लिखी हैं। आपको लेखन के अलावा समाज सेवा के लिए भी कई संस्थाओं द्वारा सम्मानित किया जा चुका है। आपका लेखन जन कल्याण की भावना से लिखा गया है।

संगीत चिकित्सा

डॉ. विजय तारे

पेंगुइन स्वदेश
पेंगुइन रैंडम हाउस इम्प्रिंट

पेंगुइन स्वदेश

यूएसए | कनाडा | यूके | आयरलैंड | ऑस्ट्रेलिया | सिंगापुर
न्यू ज़ीलैंड | भारत | दक्षिण अफ्रीका | चीन

हिन्द पॉकेट बुक्स, पेंगुइन रैंडम हाउस ग्रुप ऑफ़ कम्पनीज़ का हिस्सा है,
जिसका पता www.hindpocketbooks.com पर मिलेगा

पेंगुइन रैंडम हाउस इंडिया प्रा. लि.,
चौथी मंजिल, कैपिटल टावर -1, एम जी रोड,
गुड़गांव 122 002, हरियाणा, भारत

पेंगुइन
रैंडम हाउस
इंडिया

प्रथम संस्करण 2015 में हिन्द पॉकेट बुक्स द्वारा प्रकाशित
यह संस्करण 2019 में प्रकाशित

10 9 8 7 6 5 4 3 2

इस पुस्तक में व्यक्त विचार लेखक के अपने हैं, जिनका यथासंभव तथ्यात्मक सत्यापन किया गया है, और इस संबंध में प्रकाशक एवं सहयोगी प्रकाशक किसी भी रूप में उत्तरदायी नहीं हैं।

ISBN 9789353491246

मुद्रकः रेप्रो इंडिया लिमिटेड

www.penguin.co.in

FSC www.fsc.org
MIX
Paper from
responsible sources
FSC® C047271

This is a legitimate digitally printed version of the book and therefore might not have certain extra finishing on the cover.

अनुक्रम

अपनी बात

शारीरिक क्रिया, भावना और विचार दवाइयों से प्रभावित होते हैं। उसी तरह संगीत-चिकित्सा का उपयोग अन्य चिकित्सा-प्रणाली के साथ-साथ किया गया, तो निश्चित ही मनुष्य के शरीर और मन पर अच्छे परिणाम होते हैं।

संगीत एक वैकल्पिक चिकित्सा है। यह एक विचार है और नया प्रयोग है। यह औषधिरहित चिकित्सा है।

संगीत-चिकित्सा क्या है – इस विषय की पहचान हो, इसलिए मैंने यह पुस्तक लिखने का प्रयास किया है। वाचक पुस्तक को निश्चित ही अच्छा प्रतिसाद देंगे, ऐसा मेरा विश्वास है।

हिन्द पॉकेट बुक्स के प्रबंध निदेशक श्री शेखर मल्होत्रा और मुख्य संपादक डॉ. सुरेश कांत के अमूल्य सहयोग से यह पुस्तक प्रकाशित होने के सुअवसर पर मैं उनका अत्यंत आभारी हूँ।

साथ ही साथ प्रत्यक्ष, अप्रत्यक्ष रूप से श्रीमती देवयानी विजय तारे का भी जो सहयोग प्राप्त हुआ, उसके लिए मैं उनका भी अत्यंत आभारी हूँ।

डॉ. विजय तारे

प्रस्तावना

संगीत क्या है! यह कहां से आया! कुछ स्वर समूह हमें बहुत अच्छे लगते हैं जबकि कुछ आवाज हमें परेशान करती हैं जैसे कुत्तों का भौंकना और गाड़ियों के हॉर्न की आवाज, कुछ लोगों को विज्ञान की अपेक्षा संगीत जल्दी समझ में आता है और संगीत सुनते समय उनके हाथ या पैर ताल देने लगते हैं। ताल कठिन ही क्यों न हो, 'सम' सर्वसाधारण श्रोता को भी समझती है।

हम संगीत क्यों सुनते हैं! उसका हमारे शरीर, मन और भावनाओं पर क्या असर होता है! संगीत को स्वस्थ रहने के लिए और रोग ठीक करने के लिए उपयोग किया जा सकता है क्या? अभी तक का संगीत चिकित्सा का इतिहास क्या है? भारतीय दर्शन, अध्यात्म, आयुर्वेद में संगीत चिकित्सा का विचार हुआ है या नहीं। पश्चिमी देशों में संगीत चिकित्सा के विषय में संशोधन हुआ है या नहीं? आधुनिक वैद्यक पद्धति से संगीत चिकित्सा का स्पष्टीकरण दे सकते हैं क्या?

इन सभी प्रश्नों के हल ढूंढ़ते हुए, यह पुस्तक तैयार की गई है, पुस्तक लिखने से पूर्व चिकित्सा और मन के परस्पर संबंध के विषय पर बड़े-बड़े अस्पताल और सामूहिक आरोग्य केंद्र के डॉक्टरों से चर्चा की है। तनावमुक्ति देने वाले कई संगीतज्ञ लोगों से चर्चा कर उनके अनुभव को समझा है।

चिकित्सा क्षेत्र में अभी प्रवेश लिए हुए साईको न्यूरो इम्युनोलॉजी के चिकित्सा शास्त्र ने शरीर और मन के सूक्ष्म आंतरिक संबंध का संशोधन वाला मार्गदर्शन किया है।

इस नई शाखा में मानस शास्त्र, मज्जातंतु विशेषज्ञ और इम्युनोलॉजिस्ट

मिलकर संशोधन कर रहे हैं। आरोग्य क्या है। पिछड़े हुए आरोग्य की पुनः प्राप्ति में संगीत की भूमिका क्या हैं? इन प्रश्नों के उत्तर देने का प्रयत्न इस पुस्तक का उद्देश्य है।

शरीर अर्थात् इंद्रियां, मन और आत्मा का सुंदर संयोग यदि मन प्रसन्न है, सावधान चित्त है तो रोग नहीं होंगे, लेकिन मन प्रसन्न न हो, चिन्ता से ग्रस्त हो या क्रोध से संतप्त या शोक से व्याकुल हो तो स्वादिष्ट अन्न भी अच्छा नहीं लगता। इसलिए किसी भी मंगल प्रसंग में स्वागत समारोह में आनंदमय वातावरण निर्माण के लिए शहनाई, बांसुरी, सितार आदि वाद्यों का प्रयोग किया जाता है ताकि निमंत्रितों का मन प्रसन्न रहे।

प्राचीन चिकित्सा शास्त्र के अनुसार मनुष्य का शरीर और मन एक ही है। दर्शन शास्त्र का भी यही मत है, परंतु वर्तमान में हुए संशोधन के अनुसार उसके भेद और परस्पर संबंधों के बारे में अधिक माहिती उपलब्ध हुई है। उदाहरण के लिए मन की भावनाओं का शरीर के रसायन में रूपांतर कैसे होता है। विचार और भावना का हमारी श्वासों पर कैसा परिणाम होता है।

प्राणवायु कम हो तो रोग प्रतिकारक शक्ति कैसे कम होती है और हम सहजता से बीमारी की गिरफ्त में आ जाते हैं।

भावनाओं पर नियंत्रण रखने के लिए या मन शांत रखने के लिए, संगीत का उपयोग हम कैसे कर सकते हैं। ये विषय भी संगीत चिकित्सा के अंतर्गत आते हैं। संगीत चिकित्सा क्या है! इस विषय की पहचान हो, इसलिए मैंने यह पुस्तक लिखने का प्रयास किया है।

वाचक पुस्तक को निश्चित ही अच्छा प्रतिसाद देंगे इस विश्वास के साथ –

डॉ. विजय तारे

संगीत चिकित्सा के दृष्टिकोण से

आधुनिक युग में, शोरगुल बहुत बढ़ गया है, इसलिए ध्वनि प्रदूषण चिंता का विषय हो गया है, इसे यांत्रिक युग कहें तो अतिशयोक्ति नहीं होगी, जिससे मशीनों की आवाज, वाहनों की आवाज लाउड स्पीकर्स, जेनरेटर्स, टी.वी., वीडियो आदि से हमारे कान पर कर्कश ध्वनियों के आघात होते रहते हैं जिसके कारण नया रोग उत्पन्न हुआ है, जिसे मिथ्या रोग कहते हैं।

निरंतर इस तरह की आवाज कान पर पड़ते रहने से ब्लडप्रेशर बढ़ना, सिरदर्द, स्मृतिभ्रंश, निद्रानाश, तामसीवृत्ति, चिड़चिड़ापन और संताप बढ़ता है। हृदय रोग बढ़ रहा है और वैचारिक क्षमता कम हो रही है।

इसका एक ही उपाय है कि प्रत्येक व्यक्ति को बचपन से ही योग्य संगीत सुनवाना, जिस प्रकार बालक का अन्य संस्कार किए जाते हैं, उसी तरह संगीत संस्कार भी अब आवश्यक हो गया है।

संगीत चिकित्सा व्यक्तिगत आवश्यकता न होकर छोटे-बड़े चिकित्सालयों में उपयोग होने लगी है, संगीत चिकित्सा का टेक्नॉलॉजी युग में किस तरह उपयोग सिद्ध हो सके, उसके लिए संशोधन शुरू है। नवजात बालक से लेकर वृद्धों तक के संगीत चिकित्सा से इलाज करने के प्रयोग किए जा रहे हैं और उसके अच्छे परिणाम भी सामने आए हैं।

मस्तिष्क और भावना

कला तथा कला का सर्जन मस्तिष्क के दांई ओर से होता है, यह समझा जाता है कि संगीत संपूर्ण मस्तिष्क की निर्मिती है, यह आधुनिक विशेषज्ञों ने प्रयोग द्वारा सिद्ध किया है। मस्तिष्क में किसी प्रकार की चोट लगने से और

अंशतः कुछ भाग निष्क्रिय होने पर ऐसे रोगियों के अध्ययन से पता चला है कि ऐसे व्यक्ति समाचार पत्र चाहे न पढ़ पाएं लेकिन संगीत का आनंद ले सकते हैं। यहां तक कि कुछ लोग शर्ट के बटन नहीं लगा सकते लेकिन पियानो बजा सकते हैं।

इसका कारण यह है कि संगीत के श्रवण से मस्तिष्क के अन्य भाग भी आंदोलित होते हैं इसलिए दिन-भर में बीस (20) मिनट संगीत सुनना स्वास्थ्यवर्धक हो सकता है।

संगीत की क्षमता भावनाओं के लिए पोषक होती है। इसलिए सिनेमा, विज्ञापन आदि प्रसार माध्यमों में पार्श्व संगीत का बहुतायत से उपयोग किया जाता है। इस अनुभव से सभी परिचित हैं।

संगीत से भावनाओं का पोषण होता है और शरीर का जैसे मन पर परिणाम होता है। वैसे ही मन का परिणाम भी शरीर पर पड़ता है और संगीत का परिणाम मन पर होता है। इसी बात को ध्यान में रखकर संगीत चिकित्सा का जन्म हुआ है।

संगीत चिकित्सा अभी बाल्यावस्था में है, उसे सर्वसाधारण की एवं शास्त्रज्ञों की पूर्णतः मान्यता नहीं मिली है। संगीत चिकित्सा के बारे में कुछ गलतफहमियां भी हैं, जैसे – संगीत चिकित्सा देते समय, रोगी को संगीत का ज्ञान होना चाहिए या उसे स्वयं गाना आना चाहिए या किसी वाद्य का वादन आना चाहिए, जबकि ऐसा नहीं है।

शास्त्रज्ञों के मतानुसार सभी को संगीत की पसंद जन्मजात होती है, कुछ लोग अपनी पसंद को शास्त्रशुद्ध पद्धति से बढ़ाते हैं, उसका अभ्यास करते हैं। संगीत और वाद्य सीखकर स्वयं की प्रतिभा को संगीत के माध्यम से व्यक्त करते हैं। लेकिन कुछ लोग ऐसे भी होते हैं, जिन्हें संगीत के बारे में कोई जानकारी न होते हुए भी उनकी रूचि संगीत सुनने में होती है और संगीत चिकित्सा के लिए यह पर्याप्त है, उसी के आधार पर संगीत चिकित्सा रोगी को ठीक कर सकते हैं। लेकिन इसमें रोगी को मनोयोग से सहयोग देना आवश्यक है।

संगीत से साधारण सर्दी-जुकाम से लेकर कैंसर तक कोई भी रोग ठीक

हो सकता है, यह गलतफहमी है। संगीत चिकित्सा में वर्तमान में कुछ मर्यादाएं हैं। संगीत चिकित्सा की व्याप्ति कितनी विस्तृत है इसका आकलन अभी शास्त्रज्ञों को नहीं हुआ है, लेकिन संगीत चिकित्सा एक महत्वपूर्ण भाग है इस पर सभी शास्त्रज्ञों का एक मत है।

प्रस्तुत पुस्तक में संगीत चिकित्सा के विषय में जानकारी सर्वसाधारण भाषा में दी गई है, जिसमें भारतीय आयुर्वेद, पाश्चात्य आधुनिक चिकित्सा के दृष्टिकोण, संगीत चिकित्सा समझाने का प्रयत्न किया गया है, परंतु पढ़कर वाचक स्वयं की बुद्धिनुसार स्वयं पर प्रयोग करें ऐसी अपेक्षा कतई नहीं है, ऐसा न करते हुए बीमार को जिस तरह डॉक्टर के पास ले जाते हैं, वैसे ही संगीत चिकित्सक की सलाह एवं मार्गदर्शन लेना चाहिए।

डॉ. विजय तारे

ईश्वर महान चिकित्सक है, उससे प्राप्त संगीत एक ऐसी शक्ति है जो सच्चा उपचार करती है। हर दिन जैसे-जैसे हमारे शरीर की सुरक्षात्मक शक्ति और स्वयं को ठीक करने की क्षमता शांत संगीत द्वारा विकसित होती है, वैसे-वैसे हम इस कला के कायल होते जाते हैं।

विषय प्रवेश

संगीत चिकित्सा में सामर्थ्य

संगीत की सुर लहरियों ने मानवीय जीवन को अंत तक प्रभावित किया है। न केवल मनुष्य बल्कि पशु-पक्षी भी संगीत की तान पर डोलते और प्रकृति झूमती नजर आती है। सांसें संगीत के आरोह-अवरोह की तरह अपना कर्म करती हैं। संगीत और मानव जीवन के ये कुछ लक्षण इस बात को रेखांकित करते हैं कि मानव जीवन, संगीतमय जीवन है। वह जीवन का सहारा तो है ही, मानवीय उद्‌भावनाओं को उद्‌दीप्त करने का बड़ा साधन है। संगीत और जीवन नैसर्गिक संबंध रखते हैं। जीवन जितना ही व्यापक है संगीत।

आजकल संगीत से रोगोपचार की चर्चा है। कुछ समय पहले तक इसे मानवीय सनक कहा जाता रहा। बाद में इसे भावनाओं से भरी कल्पना से नवाजा गया। लोगों ने सहसा विश्वास नहीं किया पर कालांतर में कुछ प्रयोगों और घटनाओं ने इसके विरोधियों को अपनी सोच बदलने पर मजबूर कर दिया। आज लोग, चिकित्सा विशेषज्ञ भी मानने लगे हैं कि संगीत रोगों की चिकित्सा करने का सामर्थ्य रखता है।

संगीत सर्वोत्तम चिकित्सक है

संगीत मानसिक रोग ही नहीं, शारीरिक रोगों का भी सर्वोत्तम चिकित्सक है। ऐसा कहने में गुरेज नहीं होना चाहिए। प्राचीन काल में तानसेन द्वारा गाये गये 'दीपक राग' के प्रभाव की बात तो विख्यात है। 'मेघ' जैसे और भी राग थे, जिन्होंने प्रकृति को वशीभूत कर लिया था। आज भी भारतीय संगीत के

साधक, रोगों का निदान राग के गायन से करने में समर्थ हैं। ओंकारनाथ ठाकुर ने भी अपने गायन से पीड़ित शरीर को रोगमुक्त कर दिखाया था। वस्तुतः हृदय में संगीत और शरीर में व्यायाम जीवन की धारा बहाती है।

वस्तुतः संगीत से रोगोपचार स्वास्थ्य और बीमारी के बारे में सोचने की एक नई प्रक्रिया है। यह संगीत उपचार विचार, ध्वनि, ऊर्जा के आधार पर मनुष्य के क्रियान्वयन का परीक्षण करता है। इसमें वर्तमान औषधि विडम्बनाओं से परे जाकर बीमारियों को गहराई से समझने का रूझान है। हमारी शारीरिक क्रियाएँ भावनाओं और विचारों को प्रभावित करती हैं। औषधि विज्ञान ने बीमारी के पीछे की प्रक्रिया का पता लगाने में मदद की है।

संगीत प्रकृति से सम्बद्ध है

यह सर्वविदित है कि संगीत प्रकृति से सम्बद्ध है। वह शान्ति भावनाओं की विचारशीलता से जुड़ा है। उसमें एकाग्रचित्त करने का सामर्थ्य है। मनोविज्ञान कहता है कि जब मन एकाग्र है, तो शरीर का रक्त संचार संतुलित रहता है। संगीत के बारे में दो-तीन धारणाएं नष्ट हो चुकी हैं कि शरीर को दर्द-मुक्त रखने का उसमें माद्दा है। इसके साथ ही संगीत प्रति भावना नियंत्रण, यकृत कार्यान्वयन और रक्तचाप को नियंत्रित करने का एक श्रेष्ठ और कारगर उपाय है।

संगीत शरीर और मस्तिष्क की औषधि है

राग और उसकी आवाज और आकृतियां मनोविज्ञान को धारण करने में सक्षम है। राग असंतुलन को मिटाने का भी एक बेहतरीन साधन है। संगीत के सात स्वर की अपनी खुद की बनावट होती है। यह स्वर व्यक्तिगत गुण भी रखते हैं, जो मनोविज्ञान पर आधारित हैं।

होलिस्टिक एप्रोच

होलिस्टिक एप्रोच के मुताबिक मानव मांस, रक्त, प्रोटीन, कार्बोहाईड्रेट, वसा और अम्लों से परे है और यह सिर्फ जीवन शक्ति है, जो मांसपेशीय प्रतिस्थापन

को लोगों में श्वास लेना, विचार करना, सोच-समझकर व्यवस्थित बनाए रखने में लाभप्रद होती है। यह जीवन शक्ति आत्मा की एक सबल शक्ति है। आध्यात्मिक बनावट मनुष्य प्रकृति का एक पहलू है, जो किसी चिकित्सा स्कूल में पढ़ाया नहीं जाता। लेकिन आध्यात्मिक तत्व मनुष्य अस्तित्व का एक भाग है। मेडिकल कॉलेजों में इसके लिए एक स्वतंत्र विभाग होना चाहिए जिससे हमें स्वास्थ्य और बीमारी को सही प्रकार से समझने में मदद मिले।

राग का निर्धारण

संगीत चिकित्सा विषय पर देश में क्या कुछ हो रहा है, इसकी जानकारी बहुत कम लोगों को है। वास्तविकता तो यह है कि भारतीय संगीत चिकित्सा ही संगीत चिकित्सा विषय की जनक है। सन् 1993 से प्रारंभ हुई 'भारतीय संगीत चिकित्सा एवं अनुसंधान परिषद' में संगीत चिकित्सा विभिन्न वैज्ञानिक दृष्टिकोणों को ध्यान में रखकर संगीत के माध्यम से विभिन्न रोगों के मरीजों पर जो प्रयोग किए जा रहे हैं, वे बहुत ही चमत्कारी और संभावना से परिपूर्ण हैं।

संगीत चिकित्सा के विषय में कुछ मुख्य बातों का उल्लेख करना यहां सामयिक होगा। भारतीय शास्त्रीय संगीत में अनेक प्रकार के राग हैं। प्रत्येक राग की अपनी अलग प्रकृति और प्रवृत्ति होती है। किसी भी एक रोग के लिए किसी एक ही राग को निर्धारित नहीं किया जा सकता। चिकित्सकीय राग या संगीत का निर्धारण सिर्फ व्यक्ति परीक्षण के बाद ही निश्चित किया जा सकता है।

इस चिकित्सा पद्धति में रोगी को विशेष निर्देशों के मुताबिक संगीत श्रवण आवश्यक है। इसके साथ ही संगीत चिकित्सा का प्रयोग करते समय व्यक्तिगत परीक्षण पर भी खास जोर दिया जाता है।

निष्कर्ष के तौर पर कहा जा सकता है कि संगीत चिकित्सा उपचार में प्रायोगिक ठोसता है। इसके लिए यह जरूरी नहीं कि रोगी को शास्त्रीय संगीत आता हो। जिन्हें इस संगीत की समझ नहीं है, उनकी भी इस पद्धति से सफल चिकित्सा संभव है।

सफल चिकित्सा संभव है

'विषय प्रवेश' को विराम देने से पहले मैं इस बात को स्पष्ट कर देना चिकित्सकीय धर्म मानता हूं कि संगीत चिकित्सा या इस पुस्तक का यह आशय कदापि नहीं है कि मरीज इस पद्धति से किसी उच्च सलाह या सिफारिश के बगैर उपचार करें। संगीत उपचार एक विकल्प है। इस पुस्तक या उसके लेखक का मकसद संगीत चिकित्सा से किसी ऐलोपैथिक फिजीशियन की सलाह को बदलना भी नहीं है। हमारा आपसे आग्रह है कि संगीत उपचार की किसी विधि का प्रयोग करने से पहले योग्य चिकित्सक से मशविरा अवश्य लें।

अंत में फिर एक बार यह कहते हुए कि संगीत चिकित्सा विषय सिर्फ लेख लिखने तक ही सीमित नहीं वरन प्रयोग के तौर पर अपनाने का विषय है। इसी बात को नष्ट करने, अधिकाधिक लोगों को इसके महत्व से अवगत कराने की एक छोटी सी कोशिश यह पुस्तक है। जरूरतमंदों के लिए यह किंचित भी लाभ देने में सफल रही तो मैं इसे सर्वशक्तिमान के प्रतिसाद से अपने प्रयास की सार्थकता समझूंगा।

सहारा देता है संगीत

मानव जीवन संगीत से पूरित है। जीवन तंत्र का शायद ही कोई ऐसा कार्य हो, जिससे मानव अप्रभावित रहा हो। यह न केवल मानवीय भावनाओं को उद्दीप्त करने का माध्यम है, बल्कि जीवन का एक बहुत बड़ा सहारा है। संगीत और जीवन का संबंध नैसर्गिक है। इसका अंदाजा इसी बात से लगाया जा सकता है कि जितना व्यापक जीवन है, उतना ही विस्तृत संगीत। कह सकते हैं कि जीवन की हर घड़ी में संगीत का अलार्म भरा हुआ है।

संगीत ने न केवल मनुष्य वरन पशु-पक्षियों को भी आनंदित किया है। प्रकृति भी उसकी तानों पर डोलती है। उसके आलाप पर अंगड़ाई लेती है। उसके आरोह-अवरोह पर हवाओं की गति चलती है। ऋतुएं भी संगीत पर आसक्त हैं तभी तो चैत्र-वैशाख में चैती के बोल फिजाओं में गूंजने लगते हैं, तो होली के आते ही होरी की नटखटी मिठास मौसम के रंग में अपनी

रंगत घोलने लगती है, तो सावन आने तक सावनी और कजरी प्रकृति की हरियाली में झूलों से राग 'हिंडोला' गाने लगती है।

शिशु के हास्य और रुदन में संगीत है। दुनिया में आंख खोलने के बाद हम संगीत की ध्वनियों में डोलने लगते हैं। शैशव में मां की लोरी सुनकर चैन की नींद का सुख मिलता है। गांवों में दही-मंथन करती स्त्री हो या पनघट पर पानी भरने जाती पनिहारन, उनके उस काम में भी संगीत का अनुभव होता है। वियोगिनी जब विरह वेदना में होती है, तो संगीत ही उसका सहारा होता है।

संगीत सुधा

इस तरह मानव हृदय जब दुःख में व्याकुल होता है, मन में भावनाओं का आवेश वेदना और पीड़ा को उद्भूत करता है। तब वह किसी न किसी प्रकार उनसे मुक्त होने को छटपटाने लगता है तब संगीत का ही उसे सहारा मिलता है। सुख में हर्षातिरेक होकर मन गाने को मचल उठता है, तो दुख में उसे दूर करने की सच्ची दवा भी संगीत है। मनुष्य का हृदय रूपी भ्रमर जब संगीत रूपी गुलाब का रसपान करता है, तब वह सब कुछ भूलकर उसी के ऊपर मंडराने लगता है।

मनुष्य ने अपनी आंतरिक इच्छाओं और भावनाओं की अभिव्यक्ति के लिए हमेशा संगीत को ही प्रधानता दी है, मानव जीवन स्वयं ही संगीत है। 'संगीत सुधा' में मानव आत्मा सदैव प्रवाहित होती रहती है। कहते हैं संगीत मानव को प्रकृति की देन है। सच ही तो है, तभी तो मानव प्रकृति के सौंदर्य को देखकर मुग्ध हो जाता है और उसी संगीत से आत्मा का विकास करता है।

यही आधार संगीत से रोगों का उपचार ढूंढने का माध्यम बना और कुछ सफल प्रयोगों ने इसे सिद्ध भी कर दिया कि मानसिक रोग ही नहीं, शारीरिक रोगों का भी संगीत सर्वोत्तम चिकित्सक है। आज भी भारतीय संगीत के साधक, रोगों का निदान राग गायन से करने में समर्थ हैं। प्रसिद्ध शास्त्रीय संगीतज्ञ और आयुर्वेदाचार्य डॉ. विजया लेले के बारे में कहा जाता है कि

उन्होंने अपने गायन से पीड़ित शरीर को रोगमुक्त कर दिखाया था।

डॉ. विजया लेले की प्रेरणा से यह किताब प्रस्तुत करने का मुझे धैर्य हुआ। जबलपुर, मध्यप्रदेश के प्रसिद्ध संगीत उपचारक डॉ. भास्कर खांडेकर मेरे गुरुजी समान हैं। वे कहते हैं, 'संगीत सुरों में वाकई बड़ी शक्ति होती है। इतना ही नहीं सुरों की संजीवनी से व्यक्ति की शारीरिक व मानसिक व्याधियों को दूर किया जा सकता है। संगीत थैरेपी का उपयोग कर बिना दवाओं की सहायता से लोगों को स्वस्थ करने का काम किया जा सकता है।'

आधुनिक वैज्ञानिकों ने सिद्ध कर दिया है कि संगीत से शारीरिक एवं मानसिक शांति तथा आनंद की प्राप्ति होती है। संगीत सुनते समय शरीर में ऑक्सीजन की कुल खपत में कमी आती है जो शांति प्राप्त करने में सहायक होती है। प्राकृतिक रूप से कोशिकाओं में ऑक्सीजन की आवश्यकता घट जाती है। शोध से यह स्पष्ट हुआ है कि औसत 20 प्रतिशत की गिरावट संगीत सुनने के 10 मिनट में ही नींद आ जाती है। गहन निद्रा की तुलना में और संगीत श्रवण के दौरान चयापचयी क्रिया में कमी आती है, उससे शरीर स्वस्थ एवं मन तनावमुक्त रहता है।

इतिहास का झरोखा – भारतीय संगीत

सामवेद

जिस सामवेद की ऋचाओं से हमारे संगीत के स्वर फूटने का इतिहास मिलता है वह इस बात को पुष्ट करता है कि भारतीय शास्त्रीय संगीत के सुर हजारों वर्षों से हमारी फिजाओं में घुल रहे हैं। इसके बाद भी जिस हड़प्पा और मोहनजोदड़ो के इतिहास की हम चर्चा करते हैं, में संगीत को संस्कृति-सभ्यता की जानकारी कम ही मिलती है।

हां, 2500 से 500 ईस्वीपूर्व का वैदिक काल जरूर हमारी सांस्कृतिक, सांगीतिक संस्कृति की समृद्धि की पुष्टि करता है। ऋग्वेद, सामवेद, यजुर्वेद और अथर्ववेद में श्रवण के माध्यम से गीत प्रचलन की प्रामाणिक जानकारी मिलती है इनमें ईश्वर के गुणों को स्वर के माध्यम से भजन-अभंग में प्रकट किया जाता था। तब एक स्वर से ही ईश्वर के गुण को व्यक्त करते थे, कुछ दौर के बाद दो स्वरों से गाने की परंपरा चली। यह वह दौर था, जब बुद्ध के शिष्य बुद्ध की कहानियां कहते थे। कुछ और समय के बाद तीन स्वरों का गान आया-उदात्त अर्थात चढ़ा हुआ स्वर। नी-ग, अनुदत्त अर्थात नीचे का स्वर। रे, धा, व स्वरीता यानि सा, म, प इन तीन से ही सप्त सुरों को आधार मिला और सप्तक स्वरों की शुरुआत हुई।

'रामायण' और 'महाभारत'

'रामायण' और 'महाभारत' काल में संगीत को और प्रचार मिला। 'रामायण' काल में महर्षि वाल्मीकि ने रामायण को लिखने के लिए श्लोकों का सहारा

लिया, जिससे इसके सस्वर गायन से क्लिष्टता दूर हुई। द्वैपायन व्यास ने ई.पू. 2400 में 'महाभारत' लिखी। यहां तक कि कुंती-पांडु पुत्र अर्जुन द्वारा भी संगीत की विधिवत् शिक्षा चित्रसेन गंधर्व से लिए जाने के प्रमाण धार्मिक, इतिहास पुराणों में मिलते हैं। वायुपुराण में भी संगीत का विस्तार से उल्लेख है।

कालिदास

कुछ और आगे चलने पर चौथी शताब्दी में विक्रमादित्य के काल में कालिदास ने जिस 'मेघदूत' की रचना की, उस मेघदूतम् का लेखन भी इसी तरह से हुआ कि समयांतर में उसे जरूरत पड़ने पर संगीत में ढाला जा सके। इसी दौर में राजा हर्षवर्धन की गणना एक बेहतर गायक के रूप में होती थी तो दत्रीलाम नाम के व्यक्ति ने उसे ग्राय स्वर, श्रतिया, मूर्छना नाम दिया और इस दौरान राग खमाज, गौड़, कानड़ा फलतानी और जौनफरी का वर्णन के प्रमाण मिलते हैं।

तानसेन

1493 ईस्वी आते-आते संगीत के बारे में लिखित रूप में कई महत्वपूर्ण जानकारियां एकत्र हो चुकी थी। इस सदी में संगीत को लेकर मतंग ऋषि द्वारा पुस्तक लेखन के प्रमाण मिलते हैं। यह समय भक्ति संगीत के प्रचलन का था, तब संत मीराबाई, भक्त नृसिंह और चरणदास ईश्वर के भजनों में तल्लीन रहते थे। इसी दौर में ग्वालियर के राजा मानसिंह ने होरी, धमार और ध्रुपद का प्रचार किया। अकबर के दरबार में 'आईने अकबरी' में संगीत का उल्लेख मिलता है। इतिहास के सफे बताते हैं कि इसी अवधि में तानसेन ने 4 हजार रागों को 4 सौ में और 92 तालों को 12 तालों में ढालकर संगीत को जन सामान्य से जोड़ने के महत्वपूर्ण काम को अंजाम दिया।

खयाल गायकी

खयाल गायकी के प्रचलन का इतिहास 1719-1768 ईस्वी के दौर में

प्रामाणिक जानकारी तब मिलती है जब मुस्लिम शासक मेहमूद खां के दरबार में सदारंग गायक ने 'खयाल' गायकी का गान किया। लखनऊ के नवाब वाजिद अली शाह, जो सौंदर्य के साथ कला संस्कृति के साथ संगीत के भी रसिया थे, ने ठुमरी का प्रचार करके उसमें लखनवी नजाकत घोली। पं. विष्णु दिगंबर पलुस्कर और विष्णु नारायण भातखंडे की संगीत साधना तो जगजाहिर ही है। भातखंडे ने कॉम्पोजिशन एकत्र करके रागों पर जो पुस्तक लिखी थी, वह तो आज भी गायकों और शोधकर्ताओं के लिए महत्वपूर्ण है।

हिन्दुस्तानी संगीत को विश्व संगीत की नींव माना जाता है, जिस पर दुनियाभर के सांगीतिक शैलियों की इमारत खड़ी है। श्रुति, निसर्ग, गणित और विज्ञान को इस त्रिकुट का आविष्कार माना गया है। विदेशों में भी संगीत की प्राचीनता का अनुमान इससे लगाया जा सकता है कि वह वैज्ञानिक न्यूटन, एडीसन और डारविन के युग से पहले था।

संगीत क्या है?

हम एक गाने की सीडी सुन रहे थे जिसमें सुप्रसिद्ध गायक श्री किशोरकुमार गा रहे थे "यह क्या हुआ, कैसे हुआ, कब हुआ, जब हुआ, तब हुआ, ओ छोड़ो ये ना सोचो"। इस तरह का मधुर संगीत सुनकर हमें आनंद होता है। किंतु संगीत क्या है, इसका क्या यह उचित जवाब है? हां भी और नहीं भी। नहीं क्यों, कारण उदाहरणार्थ, एक व्यक्ति आपसे प्रश्न पूछता है कि "स्कूटर" क्या है? तो आप यही कहेंगे कि वह लोहे का बना एक यंत्र है जिस पर बैठकर हम एक जगह से दूसरी जगह जा सकते हैं। उसमें टायर के दो पहिए लगे होते हैं, एक आगे और एक पीछे, जो घूमते हैं। किंतु यह उत्तर अधूरा है, क्योंकि आपने इंधन (पेट्रोल), आंतरिक दहन-इंजन, ब्रेक, निलंबन, पारेषण और अन्य यांत्रिक कल-पूर्जों का उल्लेख नहीं किया। इस उदाहरण का संगीत से क्या सादृश्य है, इसके जवाब में हम कहेंगे कि लय, गति, हारमनी और मधुरता का आप को जिक्र करना पड़ेगा। मगर इसके बावजूद भी क्या यह उत्तर संतोषजनक है?

वैसे संगीत कानों द्वारा ग्रहण होकर मस्तिष्क में विश्लेषण पाकर पूरी तरह उसका अर्थ समझ में आता है किंतु यह वर्णन भी यांत्रिक पद्धति से ध्वनि के कंपन को परिभाषित करता है। कोई भी आम संगीत सुनने में सुखद लगता है। विस्तार से हम यह कह सकते हैं कि संगीत अपनी भावनाओं को दर्शाता है और भावनाओं के साथ सूचना या जानकारी का आदान-प्रदान करता है। कभी-कभी संगीत के साथ नृत्य करने की भी इच्छा जागृत होती है, यह स्पष्टीकरण कुछ लायक तो है किंतु पूरी तरह से संतुष्ट नहीं करता

है। अतः ऊपर उल्लेखित किशोरकुमार के गाने के समान हम कह सकते हैं कि "छोड़ो, यह ना सोचो!" क्योंकि संगीत एक रहस्य है। आत्मा का उदात्त गुंजन ध्वनिस्वरूप वाहन के माध्यम से कंपित होता है, दिल को छू लेता है और अर्थ को अहंकार के परे आत्मा के साथ अद्वैत स्थिति में ले जाता है।

संगीत एक जादू है और मानवता के लिए एक अद्भुत उपहार है। वह हमें सुख के साथ दर्द का भी अनुभव देता है। किंतु वह आप पर निर्भर है कि आप किस स्थिति में उसका अनुभव कर रहे हैं।

संगीत की सुंदरता केवल एक विशिष्ट तत्व से नहीं जानी जाती। अपनी सुंदरता में निखार लाने के लिए संगीत सभी घटक दलों के सौंदर्य के पहलुओं का एक संयोजन है इसलिए, अलग और व्यक्तिगत रूप से भी इस सौंदर्य की जांच करना संभव नहीं है।

हमें भारतीय संगीत के बारे में यह देखना है जैसे चित्रकारी में 'रंग एक कला है, वैसे ही संगीत में ध्वनि की कला है, या यूं कहिए कि ध्वनि के बिना कोई संगीत नहीं हो सकता, क्योंकि वह ध्वनि के माध्यम से ही चलता और खुलता जाता है। कोयल मधुर स्वर में गाती है, लेकिन वह संगीत नहीं है। प्रकृति में केवल ध्वनि को संगीत नहीं कहा जा सकता। उन ध्वनियों को सुचारू रूप से, विशेष क्रम से संघटित शास्त्र के प्रारूप में प्रकट होना आवश्यक है और यह संगीत मानव द्वारा ही निर्मित हो सकता है। मनुष्य इस आयोजन की रचना प्रस्तुत करता है तब वह संगीत बनकर तैयार होता है। यह विशेष क्रम से और सुचारू रूप से बनाया गया संगीत मौखिक और वाद्य संगीत के लिए होता है। कहने का तात्पर्य यह है कि केवल स्वर नोट, और स्केल संगीत नहीं है। यहां तक कि केवल सुसंघटित स्वर से काम नहीं चलेगा। उन स्वरों से सही अर्थ निकलना चाहिए, जैसे – 'तू मुझे खूबसूरत दिखती है' यह अर्थ उपकरणों द्वारा नहीं दर्शाया जा सकता है। वहां केवल स्वरों की ही आवश्यकता है तथा गायक कलाकार किस खूबी से प्रस्तुति दे रहा है, इसका महत्व है। संगीत सार्वभौम है पर संगीत का अर्थ सार्वभौम नहीं है, क्योंकि संगीत का मतलब हर व्यक्ति के लिए अलग-अलग होता है। दुनिया भर में शास्त्रीय संगीत से लेकर आम आदमी को प्रिय लोकसंगीत,

भजन, सूफी संगीत, कव्वाली, फिल्मी संगीत, बिथोवेन, मोझार्ट, जाझ या रॉक अपने-अपने तरीके से संगीत में माहिर कलाकार अपनी ही शाखा को सर्वश्रेष्ठ संगीत समझने लगते हैं। भले ही कोई भी संगीत हो, मेरे विचारों में संगीत की व्याख्या वह हो सकती है, जिसमें एक रोगी का रोग दूर हो, स्वस्थ व्यक्ति का भी मानसिक, शारीरिक, सामाजिक और आध्यात्मिक संतुलन कायम हो ताकि मानवता का उद्धार हो सके।

संगीत क्या कर सकता है?

1. यह आपके दिमाग में लगी धूल को साफ करेगा, नए विचार देगा, आप में सपने जगाएगा और नई महत्वाकांक्षाओं की प्रेरणा देगा।
2. आपको ऐसा तरीका बताएगा जिससे आप जल्दी से दोस्त बना सकेंगे। यह पुराने दोस्तों का मेल कराएगा।
3. शिकायतों से निपटने, बहस से बचने और संबंधों को मधुर बनाने के तरीके सिखाएगा।
4. संगीत को हर पीढ़ी ने इसे नए सिरे से खोजा है और उसकी प्रासंगिकता और इसके मूल्य को पहचाना है।

क्या आपको नहीं लगता कि जो कला दुनिया की किसी भी चीज से ज्यादा कीमती है, उसे सीखने के लिए दुनिया में हर कॉलेज में कोर्स चलना चाहिए?

दुनिया में हर व्यक्ति खुशी की तलाश में है और इसे प्राप्त करने का एक रास्ता है, अपने विचारों को नियंत्रित करके ही खुशी प्राप्त करना। खुशी हमारी परिस्थितियों पर निर्भर नहीं करती वह तो हमारी अंदरूनी परिस्थितियों पर निर्भर करती है।

भारतीय संगीत का अध्ययन करने पर यह आभास होता है कि इन तीनों में गीत की ही प्रधानता रही है तथा वाद्य और नृत्य गीत इसके अनुगामी रहे हैं। एक अन्य परिभाषा के अनुसार, सम्यक् प्रकारेण यद् गीयते तत्संगीतम्, अर्थात् सम्यक् प्रकार से जिसे गाया जा सके वही संगीत है। अन्य शब्दों में स्वर, ताल, शुद्ध, आचरण, हाव-भाव और शुद्ध मुद्रा के गेय विषय ही

संगीत है। वास्तव में स्वर और लय ही संगीत का अर्थात् गीत, वाद्य और नृत्य का आधार हैं।

परिचय

'संगीत' शब्द 'गीत' शब्द में 'सम्' उपसर्ग लगाकर बना है। 'सम्' यानी 'सहित' और 'गीत' यानी 'गान'। 'गान के सहित' अर्थात् अंगभूत क्रियाओं (नृत्य) व वादन के साथ किया हुआ कार्य 'संगीत' कहलाता है।

नृत्तं वाद्यानुगं प्रोक्तं वाद्यं गीतानुवर्ति च।
अतो गीतं प्रधानत्वादत्रादाभिधीयते।। (1)

भारतीय संगीत

प्राचीन काल में भारतीय संगीत के दो रूप प्रचलित हुए, 1. मार्गी तथा 2. देसी। कालांतर में मार्गी संगीत लुप्त होता गया साथ ही देशी संगीत दो रूपों में विकसित हुआ, 1. शास्त्रीय संगीत तथा 2. लोक संगीत।

शास्त्रीय संगीत शास्त्रों पर आधारित तथा विद्वानों व कलाकारों के अध्ययन व साधना का प्रतिफल था यह अत्यंत नियमबद्ध तथा श्रेष्ठ संगीत था।

लोक संगीत काल और स्थान के अनुरूप प्रकृति के स्वच्छन्द वातावरण में स्वाभाविक रूप से पलता हुआ विकसिक होता रहा, इसलिए यह अधिक विविधतापूर्ण तथा हल्का-फुल्का व चित्ताकर्षक है।

गीतवादित्र नृत्यम, संगीतम्यूचते।।
गीत, वाद्य और नृत्य मिलकर संगीत बजता है।
रागस्वरचू तालश्च, त्रिभीः संगीत मुच्यते।।
राग, ताल और स्वर का मिश्रण संगीत है।

संगीत का अर्थ भी स्पष्ट किया है, सुष्ठुगीतम संगीतम् या सुगीतम् संगीतम्। सरल शब्दों में, जो गीत कानों को प्रिय और हृदय में आनंद दे, वही संगीत है। संगीत केवल वह कला नहीं जो मन को प्रसन्नता दे, वह तो

आध्यात्मिक पथ पर चलने का अभ्यास है। इसके अनेक उदाहरण हैं जो स्पष्ट करते हैं कि नाद उपासना से अनेक साधकों ने मोक्ष प्राप्त किया है। संतों ने यह दृढ़ता से सिद्ध किया है कि भक्ति और संगीत में गहरा संबंध है।

यद्यपि सभी नाद (आवाज) संगीत नहीं है, सभी संगीत और कुछ नहीं केवल दिव्य नाद है। गाने के पूर्व, शांति है इसीलिए संगीत का जन्म शांति से और अंत में विलय भी शांति में। यथार्थ में संगीत का अस्तित्व या किसी भी नाद का जाना जाता है, क्योंकि शांति के अस्तित्व से।

कलारत्नम् गनम् अर्थात् सभी कलाओं में गायन श्रेष्ठ है (मुकुट में हीरा है) संगीत को सभी कलाओं में महत्वपूर्ण स्थान प्राप्त है। वह अवर्णनीय है। इसलिए यह कहा जाता है कि 'ना विद्या, संगीतपरा' अर्थात् संगीत में कोई और कोई सीखना विशेष नहीं है। मूर्तिकला, पेंटिंग, काव्य आदि कलाओं को समझने के लिए व्यक्ति को उत्साह और कलाकार के मूड की परख होना आवश्यक है। संगीत श्रवण करने वाले को आनंद और परम सुख प्राप्त करने में सहायक है तब अच्छी आत्मा उस कला के परम सुख का आनंद लेता है।

हर वस्तु में नाद को सुनने का प्रयत्न करते हैं। बहते हुए पानी, बारिश का बरसता पानी, मशीनों की आवाज और हवा का बहना, वृक्षों के पत्तों की आवाज, पक्षियों की गूंजन, पशुओं की आवाज और मानव के बोल, दिल की धड़कन की आवाज आदि से नाद को परखते हैं।

संगीत विभाग

मृग देसी विभगण संगीतम द्विविधम मतय
धृतीनेना यदुदी स्थितम् यदुक्तम भारतेनाच
तत्व देसीचारित्य सत्स्थल्लोका संजनम्
देसे देसेन्यू संगीतम् तद्‌देशी त्यभि दियते।।

संगीत के दो विभिन्न प्रकार मृग और देसी हैं।

मृग संगीत भगवान शंकर के लिए भरत ऋषि द्वारा रचा गया है। देसी लोक संगीत है, जो भिन्न स्थानों के स्थानीय लोगों के मनोरंजन के अनुसार होता है।

संगीत एक अपूर्व कला है। वेद, विज्ञान (शास्त्र) और भक्ति का प्रकार चिकित्सा में उपयोगी है।

संगीत दिव्य ज्ञान प्राप्ति का मार्ग है। शिव पुराण में संगीत को दृश्य कला में बेहतर बताया गया है, क्योंकि यह कला अंधे व्यक्तियों को भी आनंद देती है। नाद (आवाज) में दूसरों को प्रभावित करने की क्षमता है। भगवत नाम कीर्तन समाधि में सहायक होता है। बदले में वह ईश्वर से संबंध जोड़ता है यह सरलता के संगीत द्वारा प्राप्त किया जा सकता है।

ऐसा कहा जाता है 'एकम् विजानम् चतुर्वर्ग फल प्रदम' अर्थात् दान, अग्नि देना, ईश्वर नाम संकीर्तन धर्म, अर्थ काम का आशीर्वाद देते हैं। एकमात्र संगीत ही है जो मोक्ष प्रदान करती है। योग्य नाद (आवाज) मधुर, गहन और ऊर्जात्मक होता है, वे शारीरिक और मानसिक रोग को भगाने में प्रभावित करते हैं। साथ ही वातावरण को ऊर्जावान करते हैं। वातावरण में दिव्यता भर देते हैं।

विशेष कला

- संगीत
- काव्य
- पेंटिंग
- मूर्तिकला
- गृह निर्माण कला

संगीत उपकरण

एक संगीत वाद्य संगीत खेल के उद्देश्य से निर्माण या संशोधित एक युक्ति है। सैद्धांतिक रूप से कुछ भी या कोई भी वस्तु जो ध्वनि पैदा करता है और किसी भी तरह यह खेल एक व्यक्ति द्वारा नियंत्रित किया जा सकता है, एक संगीत वाद्य के रूप में प्रस्तुत है। एक विशिष्ट संगीत उद्देश्य की आइटम हालांकि अभिव्यक्ति के आमतौर पर सुरक्षित होती है। संगीत वाद्य यंत्र का अकादमिक अध्ययन ऑर्गेनोलॉजी कहलाता है।

मानव शरीर में ही एक अद्‌भुत संगीत वाद्य है। यही कारण है कि स्वामीजी आमतौर पर हर संगीत कार्यक्रम में कम-से-कम एक गाना गाने के लिए स्थान रखते हैं। ध्वनि संदूक का निर्माण, शरीर के हर अंग में प्रचलित संगीत की भावना और सबसे ऊपर है कि आदमी की बौद्धिक क्षमता सभी संगीत बहुमुखी प्रतिभाओं को समझने की अद्‌भुत है।

आवश्यकता आविष्कार की जननी है। आदि मानव को जब जंगली जानवरों को दूर भगाने की आवश्यकता हुई तो ड्रम का आविष्कार हुआ। संगीत ध्वनियां, उसी तरह एक निश्चित उद्देश्य के लिए, उन्हें उत्पन्न करने वाले वाद्य प्रकृति का एक अनुपम उपहार है। यह इस प्रकार है कि प्रकृति के नियम मानव निर्मित वाद्य यंत्रों पर उनके निर्माण, उपयोग और ध्वनि उत्पन्न करने के गुण के आधार पर लागू होते हैं। मनुष्य एकमात्र प्राणी है, जिसने प्रकृति के वाद्यों को खोजा अथवा सुधार किया, जैसे बांसुरी, वह अन्य उपकरणों के आविष्कार करने में भी सफल रहा। जिसमें प्रकृति ने कुछ सुराग दिए जैसे, हवा, तार वाले वाद्य हाथों की थाप वाले वाद्य आदि।

भारतीय संगीत वाद्य यंत्र को मोटे तौर पर तीन श्रेणियों में वर्गीकृत किया जा सकता है –

1. शास्त्रीय
2. पाश्चात्य
3. लोक संगीत

इन उपकरणों को दो उपसमूहों में वर्गीकृत किया जा सकता है –

(अ) सुमधुर यंत्र
(ब) लय या रीद्‌म उपकरण

मेलोडी उपकरणों को आगे तीन समूहों में विभाजित किया जा सकता है –

1. तार या टाटा वाद्य
2. वायु या सुशीर वाद्य
3. कर्कश

एक और वर्गीकरण संगीत कार्यक्रम में उपयोगिता की दृष्टि से संभव है –

1. श्रृति वाद्य – तंबुरा, एकतारा, दोतारा, श्रृति बॉक्स, तृतिना
2. ताल वाद्य – मृदंगम्, तबला, घटम्, तावील खंजिरा, मुर्सिंग, जलरा इत्यादि।
3. संगीत वाद्य – वायलीन, वीणा, बांसुरी, गोटुवाद्यम्, नागस्वरम् इत्यादि।

वाद्यों के वर्गीकरण का एक और तरीका निम्न है –

अ) वे वाद्य जो संगीत कार्यक्रमों में बजाए जाते हैं वे हैं – वीणा, बांसुरी, मृदंगम् और गोटू वाद्यम

ब) मंदिर में संगीत – तुरहिया, भैरी, उदल, कुदमुख इत्यादि

स) युद्ध में बजाए जाने वाले – शंख, भैरी

द) शाही समारोहों में – अभिषेक, दुदुंभी

इ) लोक संगीत में – तुंतुना, झांझ, खंजीरा

फ) प्रदर्शन उद्देश्य के लिए – ग्रहभेड़ा प्रदर्शनी और प्रदर्शन वीणा।

स्वरमधुर वाद्य (तार वाद्य या टाटा वाद्य) वीणा

वीणा भारत का सबसे प्राचीन तार वाद्य है। यह वैदिक साहित्य में वर्णित तीन प्रमुख वाद्य यंत्रों अन्य दो वेणु यानी बांसुरी और मृदंगम् में से एक है। वीणा एक दिव्य साधन माना जाता है और हिंदू दर्शन में देवी-देवताओं को अकसर वीणा बजाते और मधुर संगीत का आनंद लेते हुए चित्रित किया गया है।

नारद शिक्षा में देवी वीणा और गत्र के बारे में उल्लेख है। यह जानना भी दिलचस्प है कि वीणा में अनेक संख्या में तारों का प्रयोग होता है जैसे, एकतारा, साततंत्र वीणा (एक सौ तार) का भी वैदिक ग्रंथों में उल्लेख है। देवी वीणा में सभी अविनाशी प्रकृति की भावनाओं को दर्शाया गया है (जैसे ईश्वरीय अनुभूति जो कि आंतरिक है) मनुसी वीणा ध्वंसशील प्रकृति की भावनाओं को दर्शाती है (अर्थात् भावनाएं सांसारिक स्तर पर क्षणिक है)। मानव को भी गत्र वीणा के रूप में संबोधित किया गया है। यहां गत्र का तात्पर्य मनुष्य नहीं अपितु मनुष्य द्वारा निकाली गई वीणा की ध्वनि है अर्थात् दरु वीणा। सामवेद के अनुसार –

दरुवि गत्रविना कां द्वेविने गनजतिसु।
समिकि गत्रविनकां तस्यस्र्नुता लक्षणं।।

मानव शरीर गत्र वीणा के रूप में जाना जाता है और वीणा पेड़ के तने (अर्थात् दरु वीणा) से बने दोनों दिव्य संगीत उत्पन्न करने में उपयोगी है।

सदियों से वीणा एक दिव्य साधन माना गया है और वीणा बजाना एक महान योग्यता माना जाता है। महर्षि याज्ञवल्क्य ने अपने अनुभव को इस प्रकार कहा है –

वीणावदना तत्वजन्हश्रीतजती विसर्दह।
तलज्नसकां प्रयत्नेना मोक्षमार्गम सा गच्छति।।

संक्षेप में, वीणा वादन द्वारा मोक्ष यानी मुक्ति को आसानी से प्राप्त किया जा सकता है। मुक्ति पाने के लिए देवों द्वारा निर्धारित अन्य पारंपरिक तरीकों मानसिक और शारीरिक प्रयास की बहुत आवश्यकता है। इसलिए महर्षि ने अप्रयत्न शब्द का उपयोग किया है जिसका अर्थ होता है प्रयत्नहीन।

तंबूरा (तानपूरा)

स्वयं शब्दांश ओम की प्रकृति का है।
स्वयं के रूप में ओम पर ध्यान करना।

ओम– प्रणव एक मौलिक ध्वनि है, जिसमें से पूरे ब्रह्मांड को बनाया गया था। यह शब्द ब्रह्म है– भगवान प्रजापति ध्वनि के रूप में प्रकट होता है। यह प्राण का नियंत्रक और प्रदान करने वाला है– जीवन शक्ति। यह अकार, उकार, मकार और बिन्दु के क्रमशः प्रतीक निर्माण, संरक्षण, विघटन और उद्धार का संयोजन है।

ओम के चार भागों चेतना अर्थात् चार राज्यों के अनुरुप है, अ जाग्रत अवस्था का प्रतीक है, स्वप्न का प्रतीक है, म गहन निद्रा (सुषुप्ति) का प्रतीक है, जो एक बिन्दु का अनुसरण करता है। यह ट्रांसेंडेंटल (तुरीया) का प्रतीक चिन्ह है। ये चारों चरण ध्वनि और उनके काउंटर भागों के चार चरणों का प्रतिनिधित्व कर रहे हैं अर्थात् शारीरिक भाग (स्थूल) वैखरी शब्द से जुड़ा है, उपशीर्षक भाग (सूक्ष्म) मध्यमा शब्द से जुड़ा है, नैमित्यिक भाग (कर्ण)

तानपूरे में स्थित कुछ अति सूक्ष्म पहलू

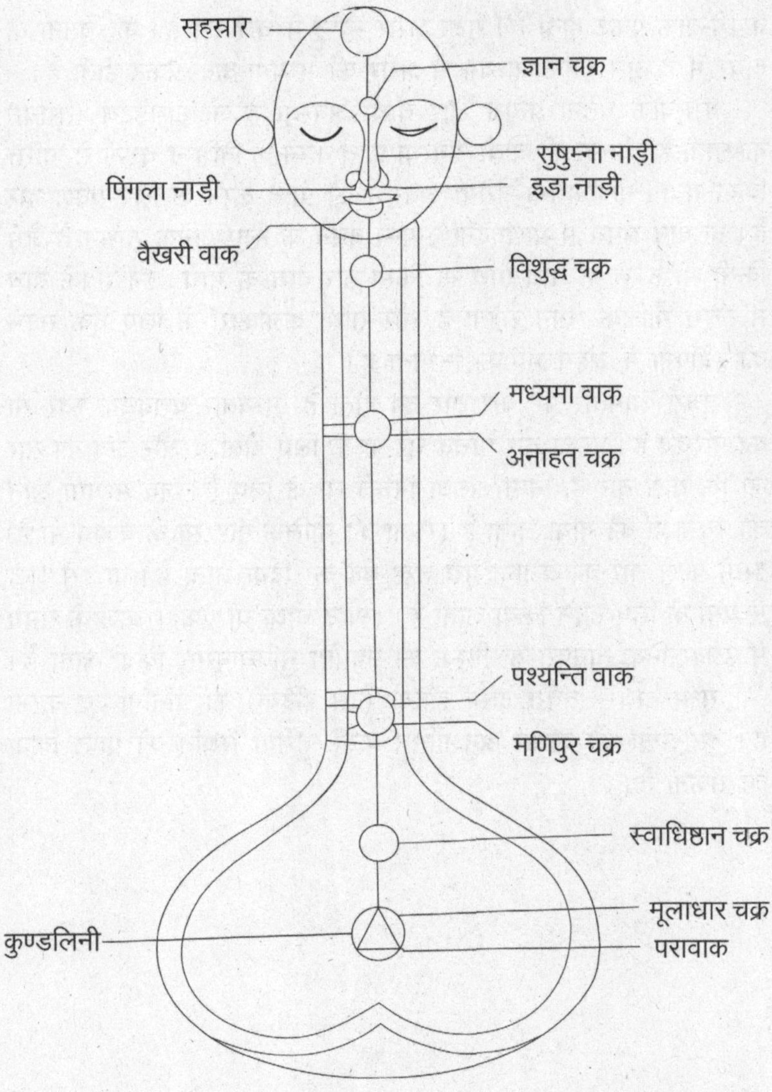

पष्यंती शब्द से जुड़ा है और ट्रांसेंडेंटल भाग परा शब्द से जुड़ा है। ये चारों ध्वनियां चेतना को प्रकट करती हैं, अर्थात् भौतिक शरीर जागृत अवस्था में कार्य करता है यह चेतना के इस दायरे में है और इस शरीर के माध्यम से वैखरी-वाक प्रकट होता है। सूक्ष्म शरीर स्वप्न में चल रहा है। यह चेतना के दायरे में है और इसके माध्यम से शरीर की मध्यमा-वाक प्रकट होती है।

परा-वाक चेतना प्रत्यक्ष और चौथी अवस्था है जो ट्रांसडेंटल (तुरीया) कहलाती है। चेतना की चौथी अवस्था प्राप्त करने के विभिन्न चरणों से पारित किया गया। नादोपासना तुरीया अवस्था को प्राप्त करने के लिए प्रवेश द्वार है। वर्तमान समय में प्राणवंदना उत्पन्न करने के लिए अनेक साधन है जैसे किसी भी तबले के साथ-साथ या किसी तार वाद्य के साथ। इन सबके बीच में तंबुरा मौलिक स्थान रखता है और साथी कलाकारों के लिए एक संदर्भ की स्थापना में अहम भूमिका निभाता है।

तंबूरा आमतौर पर चार तार का होता है, मध्यतार बलवर्धक स्वर सा का परिचय है। पहला तार पांचवें सुर पा के लिए होता है और अंत का तार जो कि बाझ तार है, निम्न अथवा निचले सा के लिए है। जब मध्यमा श्रृति की रचनाओं को गाया जाता है (रचना का मौलिक नोट सा के बजाय मा है) इसमें पहले तार को बजाना पूरी तरह बंद कर दिया जाता है। या इसे शुद्ध मध्यमा के लिए ट्युन किया जाता है। (स्पष्ट चौथा या एफ)। आज के समय में इलेक्ट्रॉनिक तानपूरा या डिस्क का उपयोग सुविधानुसार किया जाता है।

सूक्ष्म अर्थ– तंबूरा दासा इंद्रिया (दस इंद्रियों) का प्रतिनिधित्व करना है। दस तत्वों को उचित अनुशासित करके तुरीया स्थिति को प्राप्त किया जा सकता है।

संगीत की महानता

क्या संगीत आवश्यक है?

आज के नए परिवेश में फिल्म, रिकॉर्ड और माइक्रोफोन को सस्ते संगीत के प्रचार और प्रसार का जन्मदाता माना जाता है। जहां एक ओर रॉक एंड रोल की धुन के आगे राग-रागिनियों का स्थान विलुप्त हो गया है, वहीं दूसरी ओर शास्त्रीय संगीत के साधकों को हास्यप्रद और निरीह माना जाता है। रमणीय दृश्यों का दृश्यावलोकन व श्रवण सभी जीवों में युगों-युगों की अंतर भावनाएं जागृत होती हैं तथा अनेक प्रकार के भावों का निर्माण करती हैं। काव्य तथा संगीत अंतर भावनाओं को झंकृत करने का एक अनुपम माध्यम है।

संगीत आवश्यक है, तो क्यों?

ऋग्वेद से सामवेद निकला और उसकी ऋचाओं से संगीत, तभी व्यक्ति को एक अकल्पनीय नाद की अनुभूति हुई और वह संगीत के मायापाश में फंस गया है और आज भी उससे निकल नहीं पाया है।

रमणीय दृश्यों के दृश्यावलोकन व श्रवण से सभी जीवों में युगों-युगों की अंतर-भावनाएं जागृत होती हैं तथा अनेक प्रकार के भावों का निर्माण करती हैं। काव्य तथा संगीत इन्हीं अंतर-भावनाओं को झंकृत करने का एक अनुपम माध्यम है।

संगीत, मानव के मनोरंजन का साधन है। यह निराशा को दूर कर एकांत को भगाता है। जहां यह दर्दनाशक और सांत्वना देने वाला अपाहिज का एक

सहारा है, वहीं वृद्धों के लिए एक दिल को सुकून पहुंचाने वाला, कम खर्च वाला एक साधन है। संगीत के यह विशेष गुण हैं, इसलिए संगीत, मानव के लिए नितांत आवश्यक है।

क्या संगीत की आवश्यकता है?

संगीत मानव के मनोरंजन का साधन है। यह निराशा एकांत को भगाता है। दर्दनाशक और सांत्वना देने वाला और अपाहिज का एक सहारा है वृद्धों के लिए एक आह्लादक, दिल को सुकून पहुंचाने वाला कम खर्च वाला साधन है। संगीत के अनेक गुण हैं, इसलिए संगीत मानव के लिए नितांत आवश्यक है।

संगीत में "स्वर" है, स्वर ध्वनि से उत्पन्न होता है। स्वर या ध्वनि तो अनेक प्रकार की स्थिति में प्रकृति में विद्यमान है, वैसे ही मनुष्य में मौजूद है। यदि ध्वनि को अनेक स्थानों से प्रभावित किया जाए तो शरीर के समस्त अवयवों को एक दिव्य ऊर्जा प्राप्त होती है। इस क्रिया से शरीर की समस्त व्याधियां समाप्त होती हैं। संगीत लहरियों द्वारा रोग दूर भगाए जा सकते हैं।

संगीत जीवन है तो क्यों?

यह आवश्यक नहीं कि आधुनिक परिप्रेक्ष्य के स्वर ह्रास में शास्त्रीय संगीत उच्चतम और सुरक्षित तथा आबाद रहें, यदि यह जरूरी है तो इसकी पूर्णता के लिए कुछ व्यावहारिक उपाय वांछनीय है।

शास्त्रीय संगीत को ज्ञानयुक्त सुरक्षित आधार और सिद्धांतयुक्त तथा व्यक्तिपरक बनाना नितांत आवश्यक है। आधुनिक युग के संगीत पंडित आचार्य एवं उस्ताद शब्द के बजाय स्वर को ज्यादा वरीयता देते हैं। संगीतज्ञाता ही शास्त्रीय संगीत की बारीकियों को समझ सकते हैं, कम ज्ञानी लोगों को संगीत उनकी क्षमता और जिज्ञासा के अनुरूप होना चाहिए।

उच्चतम संस्थाओं को चाहिए कि कुछ विशेष अवसरों को छोड़कर स्वर के साथ-साथ शब्दों को भी बराबर स्थान देती रहें।

संगीत शिक्षकों तथा विशेषज्ञों की थोड़ी कल्पना (सोच) भी संगीत को ज्ञानप्रद और लोकप्रिय बना सकती है। इस मानवतावादी युग में मनुष्य में मौजूद प्रशंसनीय एवं स्वीकृत-स्वीकरणीय विद्या जीवित तथा प्रगतिशील रहेगी। यह बड़े ही हर्ष का विषय है कि संसार के कुछ डॉक्टर और विशेषज्ञ संगीत में छिपे तत्वों को खोजने में कार्यरत हैं। परीक्षणों से प्राप्त विचारणीय परिणामों ने उनको शोध कार्यों के प्रति और भी जागरूक बना दिया है। मानसिक रोग, पक्षाघात की बीमारियों पर संगीत की स्वर-लहरियां अत्यंत लाभप्रद सिद्ध हुई हैं।

संगीत और ध्यान

चंदन की धूपबत्ती की सुगंध से पूरा वातावरण महक रहा है। तानपुरे के षडज, पंचम की तारों का मिलाजुला आकार एकाकार सुर बहुत सुंदर जमा है। युवती भी तारों को कुछ ऐसे छेड़ रही है कि उसमें से उठा नाद ब्रह्म हमें भेदना चाह रहा है। मन के द्वार उस नाद ब्रह्म से एकाकार होने के लिए खुलने लगे हैं।

मन एकदम साफ, खुला, हलका लगने लगा है। निर्मल होने लगा है। त्रस्त अशांत मन क्या अपना ही था। ऐसी शंका मन में आती है। गिरता-पड़ता, घबराया मन अब कैसे स्थिर होने लगा है। शांत होने लगा है। सांसें लंबी हो रही हैं, नाड़ी की गति पहले से अब शिथिल लगती है। हमें गठिया, दमा, रक्तचाप आदि की समस्या है, यह भूल-सा गया है। इस देह और मन की तरल अवस्था से बाहर न आया जाए, ऐसा लगता है। ध्यान की यही अवस्था तो नहीं है? ऐसा अनुभव अवर्णनीय है। अब ध्यान योग, संगीत की गहरी अनुभूति समझनी होगी क्या है?

संवेदना की पराकाष्ठा

संगीत एक अलौकिक अहसास है। इसलिए संगीत को जिंदगी की सबसे खूबसूरत घटना माना जाता है। संवेदना की यह सर्वोच्च पराकाष्ठा है। संगीत में इतनी ताकत होती है कि वह न तो धर्म देखता है, न उम्र और न स्त्री-पुरुष।

अल्हड़ नदी है संगीत

संगीत सही मायने में एक अल्हड़ नदी है। जिस तरह अल्हड़ नदी का पानी बाधाओं को लांघता हुआ मंजिल पा लेता है, वही स्थिति संगीत की है। अपनी भावनाओं के अधीन होकर ही हम संगीत सुनते हैं। हमारी संवेदना, प्रत्येक बंधन और वर्जनाओं को पीछे धकेल कर अपनी अनुभूतियों को अहमियत देने लगती है। उस समय संगीत के शब्दों के बजाय चेहरे के भावों, मुद्राओं, आंखों और पैर का टेपिंग अभिव्यक्त होता है, ऐसा स्वतः ही हो जाता है।

संगीत, जीवन और प्राण

संगीत, मनुष्य का जीवन और प्राण है। संगीत से दीर्घायु प्राप्त होती है। निद्रानाश, उन्माद, रक्तचाप, हृदय आदि व्याधियों पर संगीत गुणकारी है। मानसिक स्थिरता के लिए, स्मृति-बुद्धि के लिए, दृढ़ मनोबल प्राप्त करने के लिए, विकलांग व्यक्तियों के लिए संगीत-चिकित्सा बहुत लाभकारी है।

ब्रह्माण्ड में जो है, वही सूक्ष्म रूप में हमारे शरीर में भी है। उसका सिर्फ रिमोट कंट्रोल हमें मालूम होना चाहिए। आकाश में, दिन में जैसी सात बदलती अवस्थाएं हैं, उसी अनुसार हमारे शरीर में रस, रक्त, मांस, मेद, अस्थि, मज्जा, शुक्र यह सप्त धातु हैं। संगीत में उसी के अनुसार सात अंग गिनते हैं। यह सप्त स्वर उसी के प्रतीक हैं। ध्वनि की प्रत्ययकारी शक्ति का हम रोज ही अनुभव करते हैं। उसे सुनने से मानवीय मन पर तुरंत नियंत्रण होता है।

जिंदगी हर पल खुशनुमा नहीं होती है। किस्मत के खेल में खुशियां और गम आते-जाते रहते हैं। ऐसे में अगर संगीत को साथी बना लिया जाए और थोड़ी समझदारी बरतें तो आलस्य और तनाव दूर हो जाता है।

अपनी प्रकृति समझकर इस अनुसार रागों को सुनना चाहिए। रुचिकर वाद्यों एवं गाने का श्रवण करना उचित है। संगीत यानी अंततः भावों के परे जीना सीखना है। ऐसा होने पर ही मन पर उचित प्रभाव डाल कर चंचलता का नाश होगा और ध्यान के शुरू में ही संगीत की सहायता से मन एकाग्र होने पर उसे किसी चीज की कमी महसूस नहीं होगी।

संगीत का आनंद ब्रह्मानंद जैसा है

मन पर संगीत के परिणाम का विचार करना जरूरी है। यह दो तरह का हो सकता है। एक संगीतात्मक यानी प्रत्यक्ष संगीत व्यवसाय, दो शौकीन, ऐसे जो इस क्षेत्र के दो वर्ग, उन दोनों के ही मन पर संगीत का आह्लाददायक सुख संवेदक परिणाम होता है। यह सच है, अन्यथा रात-रात भर जाग कर संगीत सुनने वाले संगीत के लिए पागल और घंटों तक मेहनत करने के बाद फिर बिना थके शोध से गाने वाले गायक को, गाने का आनंद, ब्रह्मानंद जैसा ही होता है।

मन की प्रसन्नता पर शरीर का सुस्थिति मन को प्रभावित करने वाली बातों का शरीर पर भी थोड़ा-बहुत परिणाम होता रहता है। मन के साथ संगीत शरीर को भी आह्लादित करता होना चाहिए। मन निरोगी तो शरीर निरोगी, इस कहावत के अनुसार मन आह्लादित हुआ कि शरीर भी आह्लादित होगा। ऐसा कहने में कोई हरकत नहीं है। मन, शरीर से सभी संदर्भों में एकदम जुड़ा हुआ रहता है। मन के साथ तत्संबद्ध दशेंद्रिय और उसके पीछे आत्मा रहती है। ज्ञान के विषय में यह शास्त्रीय तत्व ही है। यही बात संस्कारों के विषय में कहने में भी कोई हरकत नहीं। आह्लाद अथवा आनंद यह भी मन को ही होता है। इसलिए वह आत्मा, मन, इंद्रिय इन्हें भी होता है। शरीर सही रूप में निरोगी कब?

क्या स्वस्थ जीवन के लिए संगीत जरूरी है?

संगीत, मनोरंजन की विशिष्ट साधना, संतों के लिए मार्गदर्शक, प्रेमियों के लिए जीवन का मित्र, पीड़ितों की औषधि तथा अपाहिजों के लिए सहायक है। यदि नियम को छोड़कर संगीत की गहराइयों और बारीकियों पर विचार करें, तो निष्कर्ष यही निकलता है कि संगीत, मनुष्य के लिए एक अभिन्न और परमावश्यक साधना है।

1. संगीत का प्रथम सोपान है स्वर, जो ध्वनि की कक्षाओं और उतार-चढ़ाव को प्रदर्शित करता है।
2. संगीत का द्वितीय भाग है, लय इसे वजन और गति आदि नामों से भी

जाना जाता है। यह मनुष्य के साथ ही पैदा होता है और हर व्यक्ति के साथ मौजूद होता है। इसे श्वास, नाड़ी और दम भी कहते हैं। यह सभी एक गति द्वारा नियंत्रित होते हैं। प्रत्येक क्रिया, जिसमें वजन व गति हो, लेकिन हो कंपन, अधूरी है। संगीत का तृतीय भाग बोली के रूप में जाना जाता है, जो मनुष्य के साथ जन्म लेती है और जीवन के अस्तित्व तक मौजूद रहती है, इन्हीं कारणों से मनुष्य को बुद्धिजीवी कहा गया है।

मनुष्य का जीवन उपर्युक्त चीजों पर चालित है। यदि मनुष्य में स्वर, लय मौजूद है, तो वह जीवित है, अन्यथा मृत माना जाता है।

संगीत एक आराधना, उपासना व रियाज है। किसी भी अर्चना के लिए आंसू और भावुकता आवश्यक है, जो सिर्फ संगीत से ही संभव है। संगीत, हृदय में आग और प्राणों में तड़प पैदा कर देता है। मनुष्य के इन्हीं गुणों के विकास तथा प्रकटीकरण के कारण संगीत का प्रादुर्भाव हुआ।

संगीत दिल में भावुकता, करुणा और तन्मयता पैदा करता है। यही कारण है कि मनुष्य अपने पापों का प्रायश्चित कर प्रभु-अर्चना में तत्पर हो जाता है। संगीत ही मनुष्य का सबसे बड़ा पालक है, जिसने संगीत को जन्म दिया तथा सिद्धांतों का मानना है कि आकाशीय तत्व और उनकी नियमित उथल-पुथल से ऊपर-नीचे मौजूद है। यही आंदोलन शारीरिक आंदोलन को जन्म देता है।

संगीत से समाधि

संगीत साधना व्यक्ति को समाधि की स्थिति तक पहुंचाती है। व्यक्ति उसके प्रभाव में तन्मय हो जाता है।

संगीत से मन को एकतानता मिलती है। इसी में उसके समाधान की जड़ है। गाने-बजाने से, मन पूर्णता में रमने से, रीझने से ही मन को क्लेश देने वाले बाह्य विषयों से निवृत्ति मिलती है। यह कुछ-कुछ समाधि समान ही अवस्था है। गहरी निद्रा भी छोटी-सी समाधि ही है। वह सिर्फ अज्ञानमय रहती है और वास्तविक समाधि ज्ञानमय रहती है। इतना ही इन दोनों में

अंतर रहता है, फिर भी प्रगाढ़ निद्रा में भी मन बाह्य विषयों से पूर्ण रूप से निवृत्त नहीं होगा, तब तक नींद नहीं लगती और लगती है, तो वह गहरी नहीं होती।

स्वप्न आते हैं, यह सबके अनुभव की बात है। एकातांता से समाधि सधती है और संगीत से एकातांता उत्कृष्ट होती है। इसका अर्थ है कि एक प्रकार की समाधि साधने से उसका बहुत-सा सुख संगीत देता है, ऐसा कहने में कोई हरकत नहीं है। इसके लिए संगीत का शौक हरेक को पूरा करना चाहिए, ऐसा कहने में भी कोई हर्ज नहीं है।

संगीत के सब अंग आपस में संवादी आघात रहने वाले (क्षोभ पैदा करने वाले) ऐसे सब ध्वनि, बेलय, बेप्रमाण, कठोर, कर्कश और एक-दूसरे से जुड़े हुए होते हैं। उसका कारण रक्त वाहिनियों की हलचल असमान, तनाव उत्पन्न करने वाली क्षोभ कारक जैसी रहती है। इसी कारण उसमें से बहने वाली वायु की गतिविधि भी वैषम्य उत्पन्न करने में परिणाम कारक होती है। संगीत में यह ठीक विपरीत है। वो लयबद्ध यानी प्रमाणबद्ध, सुसंबद्ध राग, रस और पद्यक शब्द रसानुकूल नाद के वैसे ही स्वर में डूब जाने सरीखे मृदु, मधुर होना जरूरी है, वो कौन-सी भाषा के अथवा उनका अर्थ क्या है? यह सब प्रत्यक्ष गाने के समय निरर्थक होता है। शब्द उनके संगीत से सुसंवादी सम प्रमाण सुरों के कारण और सुस्वर तानपुरे से और अन्य वाद्यों के स्वरों से पूरी तरह से मेल खाने वाले ऐसे रहते हैं। इन सबका वस्तुतः एक संवाद इस शब्द से ही उल्लेख किया जाए तो भी उचित होगा। संगीत में विशिष्ट अर्थ से संवाद यह शब्द परिभाषित माना गया है। षडज पंचम अथवा षडज मध्यम यह जोडियां संवाद के प्रसिद्ध उदाहरण हैं।

संगीत से लाभ

शरीर, वायु की हलचल से संगीत की सुख-संवेदना आती है। स्वर यानी ध्वनि की लहरें चारों ओर प्रसारित होती हैं। वैसे ही वे श्रवणेंद्रिय के द्वार से शरीर के अंतर भाग में घुसकर उसके सूक्ष्मातिसूक्ष्म स्रोतों में प्रविष्ट होती हैं और तत्संबद्ध अवयवों की हलचल कराती है। वायु के अंतर्गत गति से निरोगी

स्थिति में नित्य का संचालन होता है, उसमें यदि सुस्वरों का सहयोग होता है, तो संचालन सुख का होता है, संगीत का महत्व इस दृष्टि से अधिक है।

संगीत का स्वास्थ्य पर लाभ

संगीत से यानी खास करके रागदारी गायन से रोग ठीक होना चाहिए, ऐसी अपेक्षा अनेक लोग करने लगे हैं। संगीत से मन आनंदित होता है, यह बात सर्वमान्य होने लगी है। उसे उससे सहज ही मन की मलिनता समाप्त होगी और उसके द्वारा मनोरोग ठीक हो जाने की मान्यता हो जाएगी, किंतु क्या संगीत से शरीर के रोग ठीक होंगे? यदि हां, तो कौन-कौन से रोग और किस सीमा तक? इस बाबत कहना अधिक चिंतन का है। रोग निवारण के लिए संगीत का शरीर पर यानी शरीर के अंदर के धातु घटकों पर परिणाम होना चाहिए। निश्चय ही उनके निरोगी अवस्था का विचार करना जरूरी है। निरोगी स्थिति में यह परिणाम सिद्ध कर सकें, तो ही रोगी दशा में संगीत परिणामकारक है, ऐसा कुछ हद तक कहा जा सकेगा। इसलिए पहले वही विचार करना क्रम प्राप्त है।

संगीत में स्वर है, स्वर ध्वनि से उत्पन्न होता है। स्वर या ध्वनि तो अनेक प्रकार की स्थिति में प्रकृति में विद्यमान है, वैसे ही मनुष्य में मौजूद है। यदि ध्वनि को अनेक स्थानों से प्रभावित किया जाए तो शरीर के समस्त अवयवों को एक दिव्य ऊर्जा प्राप्त होती है। इस क्रिया से शरीर की समस्त व्याधियां समाप्त होती हैं। संगीत लहरियों द्वारा रोग दूर भगाए जा सकते हैं।

औषधि रहित चिकित्सा

मानव-स्वास्थ्य के लिए संगीत सर्वश्रेष्ठ औषधि है। गाना सुनने से या केवल गुनगुनाने से ही निराशा दूर हो जाती है। हृदय में एक प्रेम उत्पन्न करता है।

संगीत आराधना मानव का सर्वप्रथम कर्त्तव्य ईश्वर की वंदना है। यह कार्य प्रार्थना द्वारा होता है। संगीत ही प्राणों में प्रेम पैदा करता है, तन्मयता उत्पन्न करता है।

संगीत-बोध होने के लिए श्रोता को संगीतज्ञ होना आवश्यक नहीं, क्योंकि संगीत समझने की नहीं, परंतु अनुभव करने की वस्तु है। शब्द समझा जाता है, स्वर अनुभव किया जाता है। अनुभव से उत्पन्न आनंद और लय से लहरें, रक्त और प्राण के माध्यम से मनोमयकोष कोषा तक पहुंचाती हैं।

मन सरीखा हो शरीर का आह्लादन यानी पोषण

जो संस्कार के विषय में, ज्ञान के विषय में, वही क्रिया बाबद् भी समझने में हरकत नहीं है। शरीर को घटनाओं की बिल्कुल सूक्ष्म क्रिया या हलचल इन्हें मन, इंद्रिय और आत्मा इनके सहयोग से ही होती है। ऊपर बताए अनुसार मन का आह्लाद जैसे इंद्रियों तक पहुंचता है वैसे ही वह उसके सूक्ष्म घटकों तक भी पहुंचता है, इस कारण मन प्रसन्न होने से आनंद होती रहती है। शरीर के अत्यंत सूक्ष्म घटक भी एक दूसरे से अत्यंत संयुक्त रहते हैं, इसी से यह परिणाम आते हैं। निरोगी प्रकृति में यह संयोग पूर्ण रहते हैं और अधूरे अपर्याप्त संयोग से रोग उत्पन्न होता है। पूर्ण सहयोग का अर्थ समसंयोग, समसंयोग यानी आह्लाद सहयोग कारण आह्लाद से ही समसंयोग (समानता से) सुख होता है और क्षोभ से वियोग से (वैषम्य से) दुख होता है।

शरीर में स्थित वायु के हलचल को संगीत से सुखसंवेदकता आती है। स्वर यानी ध्वनि ही, ध्वनि की लहरें विचीतरंग न्याय से या कबंदमुकुल न्याय से चहुँओर फैलते हैं वैसे ही वे श्रवणेंद्रिय द्वारा शरीर के अंदर घुस के सूक्ष्म-से-सूक्ष्म स्त्रोतों में से प्रविष्ट होती है और तत्संबद्ध अवयवों की हलचल कराते हैं। शरीर में वायु का यही मुख्य कार्य है।

उसकी तसल्ली कई गुना अधिक है। वायु के अंतर्गत गति को जो निरोगी स्थिति में नित्य का संचालन मिलता है, उसमें स्वर की मदद हो तो संचालन सुख का होता है। इस दृष्टि से संगीत का विशेष महत्व है।

संगीत कलाएं

गीत, वाद्य और नृत्य तीनों संगीत-कला के अंतर्गत आते हैं। इनके सम्मिलित प्रयोग से संगीत के भाव संप्रेषण की शक्ति और बढ़ जाती है। आंशिक चेष्टा, शब्द और स्वर इन तीनों की सम्मिलित शक्ति, संगीत-कला को अन्य किसी भी कला की अपेक्षा अधिक समर्थ बना देती है। इसलिए संगीत को आनंद-प्रदान करने वाली कला कहते हैं।

गीत वाद्य और नृत्य में केवल एक चीज सामान्य है और वह है ताल, लय पर ही तीनों कलाओं का सौंदर्य अवलंबित होता है। संगीत में लय उसका प्रधान तत्व है, इसलिए लय की सम्पूर्ण शक्ति संगीत-कला में निहित रहती है। संक्षेप में यही कहा जा सकता है कि ललित-कलाओं में संगीत का स्थान सर्वोपरि है, क्योंकि वह गतिशील है, आनन्दानुभूति कराने और भावभिव्यक्ति में सक्षम है, चर और अचर पर प्रभाव डालने में समर्थ है, लोक रंजक है और मुक्ति का मार्ग प्रशस्त करने वाला है।

श्री रविन्द्रनाथ ठाकुर ने कहा है “ईश्वर ने पक्षी को गान दिया, मनुष्य को स्वर दिया।”

संगीत

गीतं, वाद्यं तथा नृत्यं त्रयं संगीतमुच्यते। संगीत, रत्नाकर गीत, वाद्य और नृत्य-ये तीनों मिलकर ‘संगीत’ कहलाते हैं। वास्तव में ये तीनों कलाएं (गाना, बजाना और नाचना) एक-दूसरे से स्वतंत्र हैं, किंतु स्वतंत्र होते हुए भी गान के अधीन वादन तथा वादन के अधीन नर्तन है। प्राचीन काल में इन तीनों

कलाओं का प्रयोग अधिकांशतः एक साथ ही हुआ करता था।

'संगीत' शब्द 'गीत' शब्द में 'सम्' उपसर्ग लगाकर बना है। 'सम' यानी 'सहित' और 'गीत' यानी 'गान'। 'गान के सहित' अर्थात् अंगभूत क्रियाओं (नृत्य) व वादन के साथ किया हुआ कार्य 'संगीत' कहलाता है।

स्वर

ध्वनियां में हम प्रायः दो भेद रखते हैं, जिनमें एक की 'स्वर' और दूसरे को 'कोलाहल' (या 'रब') कहते है। कुछ लोग बातचीत की ध्वनि को भी एक भेद मानते हैं। साधारणतः जब कोई ध्वनि नियमित और आवर्त-कंपनों से मिलकर उत्पन्न होती है, तो उसे 'स्वर' कहते हैं। इसके विपरीत जब कंपन अनियमित तथा पेचीदे या मिश्रित हों तो उस ध्वनि को 'कोलाहल' कहते हैं। बोलचाल की भाषा की ध्वनि को स्वर और कोलाहल के बीच की श्रेणी में रखा जाता है। संक्षेप में यह समझिए कि नियमित आंदोलन-संख्यावाली ध्वनि स्वर कहलाती है। यही ध्वनि संगीत के काम में आती है, जो कानों को मधुर लगती है तथा चित्त को प्रसन्न करती है। इसी ध्वनि को संगीत की भाषा में "नाद" कहते हैं। इस आधार पर संगीतोपयोगी नाद 'स्वर' कहलाता है।

भारतीय संगीतज्ञों ने एक स्वर (ध्वनि) से उससे दुगुनी ध्वनि तक के क्षेत्र में ऐसे संगीतोपयोगी नाद बाईस माने हैं, जिन्हें 'श्रुतियां' कहा गया है।

शुद्ध स्वर

जब सा,रे,गा,म,प,धा, नि स्वरों में श्रुतियों का क्रम 4,3,2,4,4,3,2 रहता है तो उन स्वरों को शुद्ध स्वर कहते है। इस शुद्ध स्वरों के पूरे नाम 1. षड्ज, 2. ऋषभ, 3. गंधार, 4. मध्यम, 5. पंचम, 6. धैवत, और 7. निषाद है। गायन की सुविधा के लिए इनमें से प्रत्येक का प्रथम अक्षर ले लिया गया है और इस प्रकार इनके संक्षिप नाम सा, रे, गा, म, प, धा, नि है।

तीव्र और कोमल स्वर

अगर बताए हुए सात स्वर 'शुद्ध स्वर' कहे जाते हैं। इनमें 'सा' और 'प' तो

अचल स्वर माने गए है, क्योंकि ये अपनी जगह पर कायम रहते हैं। बाकी पांच स्वरों के दो-दो रूप कर दिए गए हैं, क्योंकि ये अपनी जगह से हटते हैं। (इसीलिए इन्हें 'विकारी स्वर' भी कहते हैं) इन्हें कोमल, तीव्र नामों से पुकारते है।

दक्षिणी (कर्णाटकी) और उत्तरी हिंदुस्तानी संगीत-पद्धतियां

भारत में दो संगीत पद्धतियां प्रसिद्ध है– 1. कर्णाटकी संगीत पद्धति, 2. हिन्दुस्तानी संगीत पद्धति। 'कर्णाटकी संगीत पद्धति को दक्षिणी संगीत पद्धति भी कहते हैं। यह मद्रास प्रांत, मैसूर तथा आंध्रा प्रदेश में प्रचलित है।

हिन्दुस्तानी संगीत-पद्धति को उत्तरी संगीत पद्धति भी कहते हैं। यह मद्रास प्रांत, मैसूर तथा आंध्रा प्रदेश को छोड़कर शेष समस्त भारत में प्रचलित है। वास्तव में इन दोनों संगीत-पद्धतियों के मूल सिद्धांतों में विशेष अंतर नहीं है। इन दोनों पद्धतियों में कुछ समानता और भिन्नता है।

नाद, श्रुति और राग का विवेचन

नाद

नकार प्राण वाचक (वायु-वाचक) तथा 'दकार' अग्नि वायक है, अतः जो वायु और अग्नि के योग (संबंध) से उत्पन्न होता है, उसी को 'नाद' कहते हैं।

नाद के दो प्रकार माने जाते हैं-'आहत' तथा 'अनाहत'। जो पिंड (देह) से प्रकट हुआ है, उसे 'पिंड' नाम प्राप्त होता है।

अनाहत नाद

जो नाद केवल ज्ञान से जाना जाता है और जिसके उत्पन्न होने का कोई खास कारण न हो, यानी जो बिना संघर्ष के पैदा हो जाए, उसे 'अनाहत नाद' कहते हैं। इसी अनाहत नाद की उपासना हमारे प्राचीन ऋषि-मुनि करते थे। यह नाद मुक्तिदायक तो हैं, किंतु रक्ति-दायक नहीं। इसलिए यह संगीतोपयोगी भी नहीं है अर्थात संगीत से अनाहत नाद का कोई संबंध नहीं है।

आहत नाद

जो कानों में सुनाई देता है और जो दो वस्तुओं से संघर्ष या रगड़ से पैदा होता है, उसे 'आहत' कहते हैं। इस नाद का संगीत से विशेष संबंध है। यद्यपि अनाहत नाद को मुक्ति दाता माना गया है।

नाद के संबंध में तीन बातें ध्यान में रहनी चाहिए-1. नाद का ऊंचा नीचापन, 2. नाद का छोटा-बड़ापन और 3. नाद की जाति अथवा गुण।

नाद का ऊंचा-नीचापन

नाद की ऊंचाई-निचाई से यह मालूम होता है कि जो आवाज आ रही है, वह ऊंची है या नीची। मान लीजिए, हमने 'सा' स्वर सुना, इसके बाद 'रे' स्वर सुनाई दिया और फिर 'ग' सुनाई दिया, इस प्रकार नियमित ऊंचे स्वर सुनने पर हम उसे 'उच्च नाद' कहेंगे, और 'सां' स्वर से नीचे के 'नि, घ, प' इत्यादि स्वर सुनने पर उसे हम 'नीचा नाद' कहेंगे।

हम चाहते हैं कि आप इसका वैज्ञानिक कारण भी जान लें। इसके लिए आपको यह जानना होगा कि ध्वनि की उत्पत्ति किस प्रकार होती है। ध्वनि की उत्पत्ति का कारण जानने के लिए 'आंदोलन' शब्द को समझना होगा। जब किसी वस्तु से ध्वनि उत्पन्न होती है तो यह वस्तु झूले की भांति इधर-उधर बड़ी तीव्र गति से हिलने लगती है। झूले के स्थान पर आप एक दीवार-घड़ी के लटकन का उदाहरण भी ले सकते हैं। जब घड़ी का लटकन हिलता है तो वह अपने लटकने के स्थान से पहले एक ओर जाता है, कुछ दूर जाकर पुनः अपने मूल-स्थान पर लौटकर आता है और फिर दूसरी ओर किसी निश्चित दूरी पर जाकर पुनः पहली ओर जाने के लिए अपने मूल स्थान पर लौटता है। इस संपूर्ण क्रिया को 'एक आंदोलन' कहते हैं। इन आंदोलनों की गति से वायु में लहरें उत्पन्न होती हैं। अब यदि इन लहरों की आंदोलन संख्या, जिसे 'कंपन-संख्या' या 'कंपनांक' भी कहते हैं, एक सैकंड में सोलह है, अर्थात एक सैकंड में इस प्रकार के सोलह कंपन होते हैं तो हम इस ध्वनि को सुन सकते हैं अन्यथा नहीं।

जब इन ध्वनि उत्पन्न करने वाले आंदोलनों की गति में नियमितता होती है अर्थात् घटा-बढ़ी नहीं होती, तब संगीतोपयोगी नाद या 'स्वर' का जन्म होता है। उदाहरण के लिए, जब हम कहते है कि षड्ज की आंदोलन संख्या 240 कंपन प्रति सैकेंड है, तो हमारा तात्पर्य यह होता है कि जो वस्तु आंदोलित हो रही है, उससे प्रति सैकेंड 240 आंदोलन उत्पन्न हो रहे हैं। यहां इस कंपन के फलस्वरूप वायु में उत्पन्न लहरों (तरंगों) का भी ध्यान रखा जाना चाहिए।

नाद का छोटा-बड़ापन

जो आवाज धीरे-धीरे सुनाई पड़े, उसे 'छोटा नाद' कहेंगे और जो आवाज जोर-जोर से सुनाई पड़े, उसे 'बड़ा नाद' कहेंगे। उदाहरण के लिए, यदि किसी घंटे पर आपने नाखून से प्रहार किया तो ध्वनि बहुत हलकी उत्पन्न होगी और वह थोड़ी दूर तक ही सुनाई देगी। इसके विपरीत यदि हथौड़े से प्रहार किया, तो ध्वनि बहुत भारी उत्पन्न होगी और वह बहुत दूर तक ही सुनाई देगी। यहां धीरे से उत्पन्न होने वाली ध्वनि को 'छोटा नाद' और जोर से उत्पन्न होने वानी ध्वनि को 'बड़ा-नाद' कहेंगे।

नाद की जाति या गुण

नाद की जाति से यह मालूम होता है कि जो आवाज जा रही है, वह किसी मनुष्य की है या कि वाद्य से निकल रही है। उदाहरणार्थ एक नाद हारमोनियम, सारंगी, सितार या तबला इत्यादि से प्रकट हो रहा है और एक नाद किसी गायक के गले से प्रकट हो रहा है, तो हम नाद प्रकट होने की क्रिया को देखे बिना ही यह बता देंगे कि यह नाद वाद्य का है या किसी मनुष्य का।

(2) श्रुति

इसे अधिक स्पष्ट समझने के लिए मान लीजिए कि हमने कोई एक नाद लिया। उदाहरण के लिए, इस नाद की आंदोलन-संख्या 100 कंपन प्रति सैकेंड है। अब हमने एक दूसरा नाद लिया, जिसकी आंदोलन संख्या 101 कंपन प्रति सैकेंड है। वैज्ञानिक दृष्टि से तो ये दो भिन्न नाद हैं, परंतु इनकी कंपन-संख्याओं में इतना कम अंतर है कि किसी कुशल संगीतज्ञ के कान भी इन दोनों नादों को पृथक-पृथक शायद ही पहचान सकेंगे। जबकि यदि हम क्रमशः इस नाद में एक-एक कंपन प्रति सैकेंड बढ़ाते जाएं, तो एक स्थिति ऐसी आ जाएगी कि वे दोनों नाद अलग-अलग स्पष्ट पहचाने जा सकेंगे या इन दोनों नादों को पृथक-पृथक स्पष्ट सुना जा सकेगा। इसी आधार पर विद्वानों ने श्रुति की परिभाषा यह दी है कि जो नाद एक-दूसरे के पृथक तथा स्पष्ट पहचाना जा सकें, उसे 'श्रुति' कहते हैं।

श्रुति-स्वरूप

श्रुत और स्वर देखने में ये दो नाम अवश्य हैं, किंतु ध्यानपूर्वक देखा जाए तो श्रुति और स्वर में कोई विशेष अंतर नहीं है, क्योंकि दोनों ही संगीतोपयोगी आवाजें हैं। दोनो का ही प्रयोग गान-वादन में होता है और दोनों ही आवाजें स्पष्ट सुनी जा सकती है। अब श्रुति और स्वर का भेद सरलतापूर्वक समझाते हैं।

श्रुति का स्वरूप है प्रथमाघात से अनुरणन हुए बिना (बिना प्रतिध्वनि हुए) ह्रस्व टंकार नाद। आवृत्तियुक्त इस वाणी के श्रुति के स्वरूप में उसके स्पंदन पृथक-पृथक सुनाई देते हैं और यही प्रकार श्रुति वीणा का है, जो नाद कर्ण द्वारा स्पष्ट विभक्त स्वरूप में सुना जा सकता है। उसकी ऊंचाई, मंदता, तीव्रता केवल सुनने से ही नापी जा सकती है। उसे श्रुति कहते हैं। श्रूयते इति श्रुतिः, श्रवणात् श्रुतयो मतः, श्रवणेंद्रिय ग्राह्यात्वात ध्वनिरेव श्रुतिः भवेत् आदि प्रमाण वचन ग्रंथों में मिलते हैं।

संगीत की श्रुति स्पष्ट होकर मंद, तीव्र, ऊंची-नीची और स्थिर होती है तथा विकृत या अविकृत अवस्था दिखाने में समर्थ होती है। वह उद्दीपन रस का भी आविष्कार कर सकती है। योगशास्त्र के आधार पर शरीर विचार करके भारतीय संगीतकारों ने एक सप्तक में बाईस श्रुतियां मानी हैं। शारंगदेव ने इस संबंध में प्रथम नियम यह लिखा है कि किन्हीं दो श्रुतियों का आंदोलन-प्रमाण प्रथम और दूसरी श्रुति के प्रमाण-संबंध से भिन्न न हो। षड्जग्राम के पंचम की आंदोलन-संख्या को मध्यम ग्राम के पंचम की आंदोलन-संख्या से विभाजित करने पर जो भाजक प्राप्त होता है, वह भरत मुनि के अनुसार एक श्रुति-प्रमाण है। सप्तक के बाईस श्रुतियों की स्थापना इन प्रमाणित नियमों के अनुसार की गई है। श्रुति के पृथक भाग को अलग-अलग नाम दिए गए हैं। इन बाईस श्रुतियों का लक्ष्य एक ही है- रंजन तथा भावविस्तार की क्षमता। गीतवादित्र नृत्यानाम् रक्ति साधारणो गुणरू रक्ति का अर्थ केवल मधुरता नहीं, अपितु भावना के आविष्करण से है।

श्रुति :- सुरीली ध्वनियों के एक समूह में से संगीत के प्राचीन पंडितों ने

बाईस स्थान ऐसे चुन लिए, जिनकी आवाजें परस्पर ऊंची-नीची हैं और जो संगीत में उपयोगी सिद्ध हुई हैं। इन्हें ही 'श्रुति' कहा है।

(3) स्वर :- इसके बाद उन्हीं बाईस, ध्वनियों में से बारह ध्वनियां ऐसी चुन ली गई, जिनकी आवाजें परस्पर ऊंची-नीची हैं। किंतु उन बाईस ध्वनियों में परस्पर जो अंतराल है, वह बहुत ही सूक्ष्म है और इन बारह स्वरों में जो परस्पर अंतराल है, वह उनसे कुछ अधिक है। यही कारण है कि श्रुतियों के अंतर को साधारण संगीतज्ञ की अपेक्षा एक उत्तम संगीतज्ञ ही अनुभव कर सकता है, किंतु स्वरों के अंतर (फासले) को साधारण संगीत-प्रेमी भी पहचान लेते हैं। बाहर ध्वनियों को फिर और भी संक्षिप्त किया तो सात ध्वनियां ही रह गईं। ये सात शुद्ध स्वर हुए और स्वर शुद्ध व विकृत मिलकर कुल बारह स्वर हुए।

1. श्रुतियां बाईस होती हैं और स्वर सात या बारह।
2. श्रुतियों का परस्पर अंतराल या फासला स्वरों की अपेक्षा कम होता है। स्वरों का परस्पर अंतराल श्रुतियों की अपेक्षा अधिक होता है।
3. कण, भीड़ और सूत द्वारा जब तक किसी सुरीली ध्वनि को व्यक्त किया जाता है, तब तक तो वह 'श्रुति' है और जहां उस पर ठहराव हुआ कि वह स्वर कहलाएंगी। श्रुति और स्वर की तुलना में अहोवल पंडित ने 'संगीत' 'पारिजात' में सर्प और कुंडली का तो उदाहरण दिया है, उसके अनुसार सर्प की कुंडली तो श्रुति है और सर्प स्वर है। कुंडली के अंदर जिस प्रकार सर्प रहता है, उसी प्रकार श्रुतियों के अंदर स्वर स्थित है।

रस का संबंध

रस का संबंध मानवीय भावों से हैं। साहित्य में नौ रसों का वर्णन किया गया है जैसे हर्ष, विषाद, प्रेम, घृणा, वात्सलय, शौर्य, दया आदि मुख्य हैं।

राग में भी इसी तरह भावों को प्रकट होते है। राग का रस से घनिष्ट संबंध है।

काव्य का रिश्ता-नाता

राग का संबंध केवल रस से नहीं, किन्तु काव्य से भी है। भाव के निर्माण के लिए काव्य का निर्माण अत्यंत जरूरी है। अब मान लिजिए एक उत्साहित साहित्य हो जैसे 'जीवन चलने का नाम चलते रहो सुबह-शाम, एक राग में बंदिश बनाई जाए और वह राग का समय रात 11 बजे हो तो उसका क्या फल प्राप्त हो सकता है। भैरव नाम से वीर रस राग प्रत्ति है, किन्तु व्यवहार में भक्ति अथवा करूणा के प्रेम-प्रसंग के काव्य में ही प्रयुक्त होते हैं।

राग

"याडयं ध्वनि-विशेषस्तु स्वर-वर्ण विभूषितः।
रंजको जनचित्तानां स राग कथितो बुधैः।।

अर्थात् वह जो विशेष ध्वनि है जो कि स्वर और वर्ण (अंग) से सुसज्जित है और जिसका बहुरंगी अथवा उत्तम प्रभाव लोगों के मस्तिष्क तक जाता है, उसे राग कहा जाता है।

रंजयति इति राग– राग का अर्थ है जो मस्तिष्क और हृदय को आनंद प्रदान करे। संस्कृत में 'राग' का शाब्दिक अर्थ है रंग अथवा मनःस्थिति। सातवीं शताब्दी के दौरान राग नामक शब्द को ऋषि मतंग द्वारा अपनी रचना बृहद्देशी में उपयोग में लाया गया। यही कारण है कि उन्हें वर्तमान आधुनिक राग तंत्र के पिता के स्वरूप में माना जाता है। वर्तमान में कर्नाटक संगीत (भारतीय शास्त्रीय संगीत का एक प्रकार जिसकी जड़ें दक्षिण भारत में हैं) यचह एक उत्तम रूप से आकलनीय तंत्र है, जिसे व्यंकटमुखी द्वारा अपने प्रबंध चतुर्दन्डी प्रकाशिका में उत्तम प्रकार से अभिव्यक्त किया गया है।

राग की परिकल्पना हिन्दुस्तानी और कर्नाटक, दोनो प्रकार की शास्त्रीय शैलियों में अपना प्रमुख स्थान रखती है। भारतीय शास्त्रीय संगीत में सभी रचनाएं रागों पर ही आधारित होती हैं। भारतीय संगीत की यह प्रमुख विशेषता है, जिसमें मस्तिष्क में मौजूद सभी संवेदनाओं के साथ स्वयं को आनंद देने हेतु नावीन्य विविध प्रकार से रंजकता का निर्माण किया जा सके।

छत्तीस मेलकर्ता राग होते हैं। उनमें शुद्ध मध्यम स्वर होते हैं। इन रागों को शुद्ध मध्यम मेलकर्ता राग या पूर्व मेलकर्ता राग कहते हैं। दूसरे समूह में छत्तीस से बहत्तर तक के मेलकर्ता राग होते हैं। इनमें प्रतिमध्यम स्वर होता है। इन रागों को प्रतिमध्यम मेलकर्ता राग कहा जाता है।

ये दोनों ही समूह अर्थात् पूर्व मेलकर्ता राग व उत्तर मेलकर्ता रागों को छः चक्रों में बांटा जाता है। प्रत्येक चक्र में छह राग होते हैं। इस प्रकार से चक्र एक से छः में पहले छत्तीस राग होते हैं और चक्र सात से बारह में अगले छत्तीस राग। पूर्वांग स्वर दोनों चक्रों में समान रहते हैं और उत्तरांग स्वर प्रत्येक चक्र में छह विविध संयोजनों के साथ आते हैं। इस प्रकार से पूर्वांग रागों के प्रत्येक संयोजन के लिए छह संयोजन उत्तरांग स्वरों के होंगे

मेल कर्ता राग

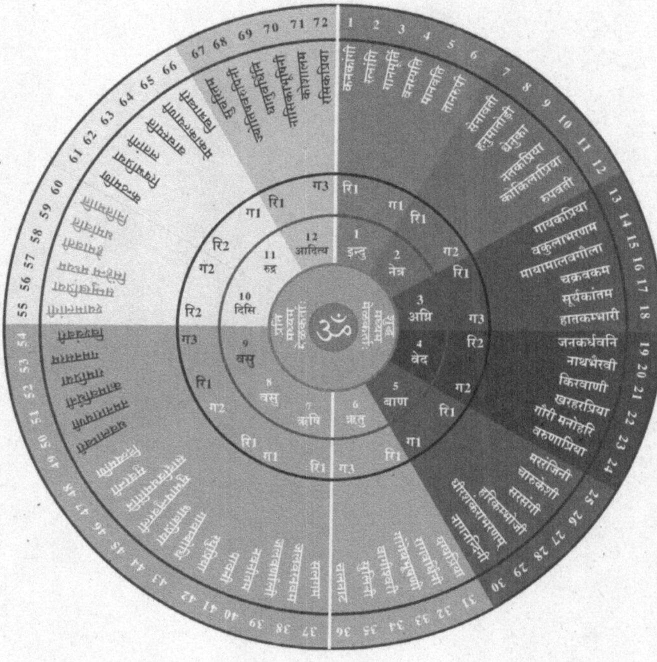

और इस प्रकार से 6*6=36 यह प्रकार होता है। (पूर्व मेलकर्ता)। समान समीकरण को दोहराए जाने पर उत्तर मेलकर्ता संयोजन के लिए छत्तीस रागों का प्रादुर्भाव दिखाई देता है। सभी बहत्तर मेलकर्ता रागों के आरोह व अवरोह के स्वर दिए गए हैं। साथ ही विशेष नाम भी दिया गया है जो कि मेलकर्ता संख्या बताता है।

राग समय बंधन

राग रस जैसा ही राग समय संबंध यह भी संगीत में बहुत महत्वपूर्ण माना जाता है। जो समय तय है उस अनुसार वे राग, काफी कठोरता से गाने का नियम है। यह नियम उतने ही कठोरता से पालन किया जाता है जैसे धर्मशाला के नियम का पालन किया जाता है। ऐसा रिवाज ही बन गया है। कठोर ब्राह्मण भी एक बार अपने नियम शिथिल कर सकता है किन्तु एक पक्का रागदारी का अनुशासित गायक बेवक्त कोई रागिनी नहीं गाएगा। ऐसे नियम ऊपरी तौर पर अंध श्रद्धा की श्रेणी में रखे जाते हैं और नवमतवादी ऐसा कहते भी हैं, फिर भी गायक को ही नहीं शास्त्रज्ञ को भी वैसा नहीं लगता। उन्हें उसमें वर्गीकरण, विभिन्नता और स्वाभाविकता तथा योजकता प्रतीत होती है। इस विषय में सन् 1939 में हुए एक बड़े आंदोलन के समय अनेक लेखन कार्य एवं भाषण हुए उस समय नवमत वादों का समग्र समायोजन करते हुए प्रकाशित एक विस्तृत पत्रिका में समय संकेत बाबत किए हुए विवेचन संबंधी विवरण आगे दे रहे हैं :

अहोरात्रि से षड्विध का अनुभव

"अहोरात्र" के मोटे रूप से रात और दिन ऐसे दो और फिर पूर्व मध्य उत्तररात्र और फिर पूर्वान्ह, मध्यान्ह और अपराह्न रात्र ऐसे और तीन-तीन भाग पड़ते हैं। इस काल का सृष्टि पर होने वाला परिणाम ध्यान देने योग्य है। पूर्वान्ही हवा में शीतलता रहती है और दोपहर तक धूप बढ़ती जाती है वह धूप शाम के समय तक कम होकर हवा बहने लगती है।

शाम को यह हवा में ठंडक आने लगती है वह बढ़ती जाती है और सुबह तक कायम रहती है। दिन में सूर्य के तपन के कारण उत्तेजन और रात को गरमी के अभाव के कारण मांद्य'' इस प्रकार सृष्टि पर दिन और रात का परिणाम होता है और वे भी सृष्टि का ही अंग होने से मानव को भी उनका परिणामों का अनुभव करना पड़ता है।

वातावरण का प्रकृति और मनोवृत्ति पर परिणाम

मनुष्य की प्रकृति प्रायः मंद, मध्याह्न में उत्तेजित और तीसरे पहर में चंचल होती है। यह चंचलता वायु के कारण होती है। किन्तु शाम के समय इसमें ठंड का योगदान होता है उस कारण रात को दिन के मान से मांद्य ज्यादा रहता है।

मध्य रात्रि में यह और बढ़ जाता है। इसके ठीक विपरीत माध्यान्ह में गरमी की वृद्धि असहाय होने से मांद्य नहीं रहता फिर भी कार्य क्षमता नहीं रहती। इसीलिए इन दोनों समय शरीर में शिथिलता ही आती है। आयुर्वेद उपरोक्त तीन समयों में क्रमशः कफ, पित्त एवं वायु की प्रमुखता बताई और इसका अनुभव दिन में एवं रात में सभी को भी आता है। शाम को और भोर के समय क्रम से कफ और वात की प्रमुखता का अनुभव होता है। शरीर जैसे ही मन के भी व्यापार चलते हैं। मन के सत्व, रज और तम यही तीन गुण, इन्हीं तीन काल समयों में बलशाली रहते हैं। अब सूर्य एवं सूर्य भाव इनका दिन और रात का प्रभाव देखते पूरे दिन में पित्त और रज का और पूरी रात्र कफ।

राग रस

आचार्य भरत ने रस विषयक लक्षण सूत्र की व्याख्या केवल एक पंक्ति में कही है :

रस-निष्पत्ति का प्रथम सोपान स्थायी भाव है। रसिक हृदय में सुप्त रूप से स्थित स्थायी भाव, अनुभाव तथा संचारियों के संयोग से तदनुकूल रस में परिणत हो जाते हैं। रसावस्था हृदय की द्रवणशीलता की परिपाटी है, जिसमें

विभावादि बाह्य कारणों से प्रभावित होकर हृदय इतना अधिक द्रवीभूत हो जाता है कि उसकी आस्वाद्य-वस्तु के साथ नितांत तन्मयता स्थापित हो जाती है। मन की तटस्थता निराकृत होकर जहां नाट्य, गान, नृत्य आदि वस्तुओं से संपूर्ण तादात्म्य स्थापित करती है, वही रसावस्था है। वक्ता, श्रोता तथा वस्तु तीनों का साधारणीकरण यही रस का बाह्य एवं प्रत्यक्ष स्वरूप है।

स्थायी भाव ऐसी मनोवैज्ञानिक दशा है, जो नाट्य, काव्य तथा संगीत के आस्वादकों में स्वभावतः विद्यमान होती है। जहां तक संगीत का प्रश्न है, गायक और श्रोता की मनःस्थिति संगीत प्रदर्शन अथवा संगीत श्रवण से पूर्व पूर्णतः संस्कार शून्य नहीं मानी जा सकती। स्थायी भाव से तात्पर्य इन्हीं संस्कारों से है, जिनका संचय दैनदिन जीवन के अनुभवों के घात-प्रत्याघात से निरंतर होता रहता है। महाकवि कालिदास के अनुसार स्थायी भावों में जन्म-जन्मांतर के संस्कारों का योगदान अवश्यंभावी है। भरत के अनुसार स्थायी भाव आठ हैं। रति, हास, क्रोध, उत्साह, भय, जुगुप्सा, विस्मय, शोक। अनुकूल वातावरण को पाकर यही संस्कार उद्‌बुद्ध हो उठते हैं तथा भावों के क्रिया-प्रतिक्रिया के फलस्वरूप विशिष्ट रस रूप से परिणत हो जाते हैं। आठ प्रकार की रस दृष्टियां कांता, हास्य, करुण, रौद्र, वीर, भयानक, वीभत्स तथा अद्‌भुत हैं, जो रसोत्पत्ति में सहायक होती हैं। इसके पश्चात् अन्य दृष्टियों का भी वर्णन है, जो भिन्न प्रकार के भावों को उद्दीप्त करने में सहायक होती हैं।

हास्य तथा शृंगार में मध्यम एवं पंचम का प्रयोग कर्तव्य है। वीर, रौद्र तथा अद्‌भुत में षड्ज एवं ऋषभ स्वर का, करुण रस में गांधार तथा निषाद का तथा वीभत्स एवं भयानक रस में धौवत स्वर का प्रयोग अभीष्ट है।

यह सत्य है कि शास्त्रीय संगीत का प्रत्येक राग किसी न किसी भावना से अवश्य संबंधित है। संगीत की सृष्टि में जहां ओज और माधुर्य की रस सरिता है, वहां दूसरी ओर काव्य में वीर, करुण रस के सागर भी प्रस्तुत हैं। श्रुति भिन्नता एवं स्वर लगाव से एक ही स्वरों के होते हुए भी राग अपनी भिन्न-भिन्न छवि उत्पन्न करते हैं। गंभीर प्रकृति के रागों से जिस प्रकार शृंगार रस उत्पन्न नहीं हो सकता, उसी प्रकार बारीक तथा हलके स्वरों द्वारा शांत रस की उत्पत्ति नहीं हो सकती। राग में प्रयुक्त होने वाले स्वरों के अनुसार प्रत्येक राग, श्रोताओं के हृदय पर अपना विशिष्ट प्रभाव

उत्पन्न करता है, यही हमारे राग की विशेषता है। राग में रस-सृष्टि विभिन्न उपादानों से संभव है।

राग रंजकता

जैसे कि राग की परिभाषाओं से तथा मतंग के कथन से स्पष्ट है कि रंजन शब्द का प्रयोग राग के महत्व के संदर्भ में किया गया है। रंजकता के लिए ही राग का निर्माण हुआ है अथवा राग वह है, जिससे मन का रंजन हो। रंजकता को ही दूसरे शब्दों में रस भी कहा जा सकता है। राग का साध्य रंजकता तथा सौंदर्य है। कभी सौंदर्य स्वर से, तो कभी लय से प्रस्फुटित होता है। प्रत्येक राग का अपना एक स्वरूप, एक व्यक्तित्व होता है जो उसमें लगने वाले स्वर, उनके परस्पर संबंध, स्वर लगाव, उनके स्वरस्थान, विश्रांति स्थान, कण, मींड आदि पर निर्भर करता है। प्रत्येक राग में वही सात शुद्ध तथा पांच विकृत स्वरों में से ही कुछ स्वर लगते हैं परंतु समान स्वर होने पर भी उनके लगाने का ढंग, स्वरों के अल्पत्व, बहुत्व के कारण प्रत्येक राग की आकृति अलग हो जाती है। उदाहरणस्वरूप दरबारी कानडा तथा अडाना या देशकार तथा भूपाली को ही ले लीजिए इन दोनों रागों की जोड़ियों में दोनों रागों के स्वर एक ही हैं, किंतु समान स्वरों के होते हुए भी दरबारी गंभीर प्रकृति का तथा अडाना चंचल, अल्हड़ युवती-सा शृंगारपूर्ण प्रतीत होता है।

आलाप राग का आधार है

आलाप राग का आधार, मुख्यतः आलाप पर ही राग का सौंदर्य या राग का रस निर्भर करता है। राग की आकृति बनी-बनाई नहीं होती, केवल राग के आरोह-अवरोह को गाने या बजाने से राग का सौंदर्य प्रस्फुटित नहीं होता। इसके लिए राग में आलाप का प्रयोजन है। जब एक-एक स्वर की सहायता से कलाकार आलाप करके राग की बढ़त करता है तभी राग रूप साकार होता है। अपने भावों को व्यक्त करने के लिए राग पर पूर्ण आधिपत्य होना कलाकार के लिए नितांत आवश्यक है। राग की प्रकृति (चलन) के अनुसार, अपनी कल्पना तथा योग्यता के अनुसार मींड, गमक तथा कण स्वरों के प्रयोग

से कलाकार आलाप के माध्यम से सौंदर्यबोध कराता है, जैसे दरबारी का आंदोलित उतरा गंधार, नायकी, अडाना, सूहा, बागेश्री के कोमल गांधार से अलग रहता है। तोड़ी के अति कोमल गांधार की अपनी अलग ही शान है, अतः किस स्वर पर कण लगाया जाए, कौन-सा स्वर गमक से तथा कौन-सा स्वर मींड के साथ लिया जाना चाहिए, यह सौंदर्य इतना सूक्ष्म है कि इसे शब्दों में व्यक्त नहीं किया जा सकता।

लय संगीत का आवश्यक तत्व है

राग में अन्य तत्वों के साथ लय का भी महत्वपूर्ण स्थान है। लय के बिना राग में गति उत्पन्न नहीं होती। बिना ताल या लय के राग गाया तो जा सकता है, किंतु ताल की अनुपस्थिति में कलाकार को अपनी कला पूर्ण रूप से प्रदर्शित करने के लिए प्रोत्साहन नहीं मिलता। प्राचीन काल में गीतं वाद्यं तथा नृत्यं त्रयंसंगीतमुश्यते कहा गया है, जिसके अनुसार तीनों कलाएं साथ-साथ प्रयुक्त होती थीं। कालांतर में तीनों कलाओं का स्वतंत्र विकास हुआ, किंतु तीनों में ही लय का प्राधान्य रहा।

राग-रस-स्वभाव से दोष तक

रस	स्वभाव	राग	दोष
शांत	भय	भैरव, यमन	वात
वीर	क्रोध	दुर्गा, शंकरा	कफ
श्रृंगार	धैर्य	भीमपलासी, तिलक	पित्त
करुण	शांति	मुलतानी, जोगिया	सम

इसी तरह आयुर्वेद पत्रिका ने 1951 में पृष्ठ चार सौ पर इन रागों से रोगों के उपचार का दावा किया हैः—

क्षय रोग-तिलंग, बिलावल और मुलतानी

ब्लड प्रेशर-पूर्वी, टोडी

प्रदर-ब. सारंग देस

उन्माद-बहार नागेश्वरी

हिस्टीरिया-खमाज, दरबारी, कानडा, पूरिया

वीर्य रोग-आसावरी
मलेरिया-हिंडोल, मारवा
मिरगी -बिहाग, धानी
सिरदर्द-सोहनी टोडी, भैरवी
सुरती-बसंत, सोरट

रागों का समय-विभाजन

उत्तर-भारतीय संगीत पद्धति में रागों का प्रयोग-काल (गायन-वादन का समय) दिन और रात्रि के चौबीस घंटों के दो भाग करके बांटा गया है। पहला भाग बारह बजे दिन से बारह बजे रात्रि तक और दूसरा भाग बारह बजे रात्रि से बारह बजे दिन तक माना जाता है। इनमें पहले भाग को पूर्व-भाग और दूसरे भाग को उत्तर भाग कहते हैं।

पूर्व राग - जो राग दिन के बारह बजे से रात्रि के बारह बजे तक (पूर्व-भाग) के समय में गाए-बजाए जाते हैं, उन्हें पूर्व-राग कहते हैं।

उत्तर राग - जो राग बारह बजे रात्रि से दिन के बारह बजे तक (उत्तर-भाग) के समय में गाए-बजाए जाते हैं, उन्हें उत्तर-राग कहते हैं।

सप्तक के सात शुद्ध स्वरों में तार-सप्तर का सा मिलाकर सा रे ग म, प ध नि सा इस प्रकार स्वरों की संख्या आठ कर ली जाए और फिर इसके दो हिस्से कर दिए जाएं, तो सा रे ग म यह सप्तक का पूर्वांग और प ध नि सा, यह सप्तक का उत्तरांग कहा जाएगा।

पूर्वांगवादी राग

जिन रागों का वादी स्वर सप्तक है, पूर्वांग अर्थात् सा रे ग म, इन स्वरों में से होता है, वे पूर्वांगवादी राग कहे जाते हैं। ऐसे राग प्रायः दिन के पूर्व-भाग यानी बारह बजे दिन से बारह बजे रात्रि तक के समय में गाए जाते हैं।

स्वर और समय के अनुसार उत्तर-भारतीय रागों के तीन वर्ग मानकर कोमल-तीव्र (विकृत) स्वरों के हिसाब से उनका विभाजन किया गया है- 1. संधिप्रकाश राग अर्थात् कोमल 'रे' और कोमल 'म' वाले राग, 2. शुद्ध 'रे' और शुद्ध 'घ' वाले राग तथा 3. कोमल 'ग' और कोमल 'नि' वाले राग।

संधिप्रकाश राग

ऊपर बताए हुए तीन वर्गों में से प्रथम वर्ग अर्थात् कोमल 'रे' और कोमल 'ध' वाले राग संधिप्रकाश रागों की श्रेणी में आ जाते हैं। ध्यान रहे, इस वर्ग में कोमल 'रे' के साथ-साथ तीव्र 'ग' होना जरूरी है। यदि तीव्र 'ग' के स्थान पर कोमल 'ग' होगा तो वह तीसरे वर्ग में आ जाएगा। दिन और रात्रि की संधि अर्थात मेल होने के समय को संधिकाल कहते हैं। प्रातः सूर्योदय से कुछ पहले और शाम को सूर्यास्त से कुछ पहले का समय ऐसा होता है, जिसे न तो दिन ही कह सकते हैं, न रात ही। इसी समय को संधिप्रकाश की बेला कहा गया है और इस बेला में जो राग गाए-बजाए जाते हैं, उन्हें ही संधिप्रकाश राग कहते हैं। जैसे – भैरव, कालिगड़ा, भैरवी, पूर्वी, मारवा इत्यादि।

संधिप्रकाश के भी दो भाग माने गए हैं- 1. प्रातःकालीन संधिप्रकाश राग और 2. सायंकालीन संधिप्रकाश राग। जो राग सूर्योदय के समय गाए-बजाए जाएंगे, वे प्रातःकालीन संधिप्रकाश राग होंगे और जो सूर्यास्त के समय गाए-बजाए जाएंगे, उन्हें सायंकालीन संधिप्रकाश राग कहेंगे।

संधिप्रकाश रागों में मध्यम स्वर बड़े महत्व का है। प्रातःकालीन संधिप्रकाश रागों में अधिकतर मध्यम कोमल यानी शुद्ध होगा और सायंकालीन संधिप्रकाश रागों में अधिकतर तीव्र मध्यम मिलेगा, जैसे- भैरव और कालिगड़ा प्रातःकालीन राग हैं, क्योंकि इनमें शुद्ध मध्यम है तथा पूर्वी और मारवा सायंकालीन संधिप्रकाश राग हैं, क्योंकि इसमें तीव्र मध्यम है।

संधिप्रकाश रागों की एक साधारण-सी पहचान यह भी है कि उनमें धैवन स्वर चाहे कोमल हो या तीव्र, किंतु उनमें 'रे' कोमल और 'ग-नि' तीव्र ही अधिकतर मिलेंगे। यद्यपि कोई-कोई संधिप्रकाश राग इस नियम का अपवाद भी हो सकता है, जैसे- भैरवी।

शुद्ध 'रे-ध' वाले राग

रे-ध (तीव्र) वाले रागों के गाने-बजाने का समय संधिप्रकाशकाल के बाद आता है, क्योंकि संधिप्रकाश-काल दिन में दो बार आता है, अतः इस वर्ग के

रागों के गाने का समय भी चौबीस घंटों में दो बार आता है। इसमें कल्याण, बिलावल और खमाज ठाई के राग गाए-बजाए जाते हैं।

प्रातःकालीन संधिप्रकाश रागों के बाद गाए-बजाए जाने वाले रागों में दिन चढ़ने के साथ ही साथ शुद्ध रे तथा शुद्ध ध की प्रधानता बढ़ती जाती है। इस प्रकार प्रातः सात बजे से दस बजे तक और शाम को सात बजे से दस बजे तक दूसरे वर्ग के अर्थात् रे-ध शुद्ध वाले राग गाए-बजाए जाते हैं। इस वर्ग में ग का शुद्ध होना आवश्यक है। साथ ही इस वर्ग के रागों में मध्यम स्वर का भी विशेष महत्व है। इस प्रकार सवेरे सात बजे से दस बजे तक गाए-बजाए जाने वाले रागों में शुद्ध अर्थात कोमल मध्यम की प्रधानता रहती है, जैसे- बिलावल, देशकार, तोड़ी इत्यादि और शाम सात बजे से दस बजे तक गाए-बजाए जाने वाले रागों में तीव्र मध्यम की प्रधानता रहती है जैसे यमन, शुद्ध कल्याण, भूपाली इत्यादि।

कोमल ग-नि वाले राग

इन रागों को गाने का समय शुद्ध रे-ध वाले रागों के बाद आता है अर्थात कोमल ग-नि वाले राग दिन में दस बजे से चार बजे तक और रात्रि में दस बजे से चार बजे तक गाए-बजाए जाते हैं। इस वर्ग के रागों की खास पहचान यह है कि उनमें ग कोमल जरूर होगा, चाहे रे-ग शुद्ध हों या कोमल। इस वर्ग के रागों में प्रातःकाल आसावरी, जौनपुरी, संधारी-तोड़ी इत्यादि राग गाए जाते हैं और रात्रि में यमन इत्यादि गाने के बाद, जैसे-जैसे आधी रात्रि का समय आता जाता है, बागेश्री, जयजयवंती, मालकोंस इत्यादि राग गाए-बजाए जाते हैं।

यहां हम रागों के गाने-बजाने की एक तालिका दे रहे हैं जो कि रात्रि के प्रथम प्रहर के प्रमुख राग यमन से आरंभ होती है, क्योंकि गायक-वादक प्रायः गलत राग से ही अपना गायन-वादन प्रारंभ करते हैं। इस तालिका में भैरवी को इसलिए छोड़ दिया गया है क्योंकि महफिल की समाप्ति प्रायः भैरवी पर ही करने का रिवाज-सा हो गया है। अतः भैरवी का गान-काल यद्यपि प्रातःकाल है, किंतु रात्रि के एक-दो बजे जब भी महफिल समाप्ति पर होती है, भैरवी सुनाई दे जाती है। इसी प्रकार दिन में भी एक-दो बजे कभी-कभी भैरवी सुनाई दे जाती है।

रागों का शरीर के अंगों पर प्रभाव

सुबह के राग	:	उदर और बड़ी आंत
दोपहर के राग	:	प्लीहा, हृदय, छोटी आंतें, पैंक्रियाज
सायं संधिप्रकाश	:	मूत्राशय और मूत्रपिंड
रात्रि	:	मज्जा संस्थान
मध्य रात्रि	:	यकृत और पित्ताशय
प्रातः	:	संधिप्रकाश-फेफड़े

रागों का समय-चक्र

जिस प्रकार मौसमों के परिवर्तित होने से आपके दोष असंतुलन के प्रति अति संवेदनशील हो जाते हैं, इसी प्रकार आपका शरीर भी दिन के विभिन्न

रागों का समयचक्र

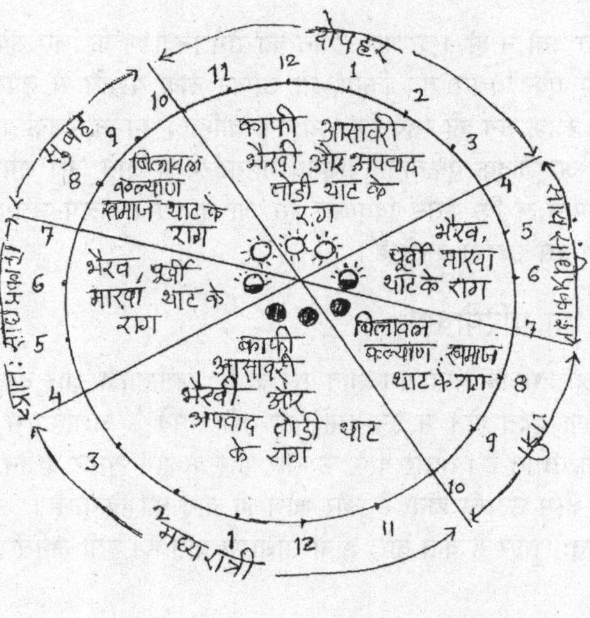

कालों के प्रति संवेदनशील होता है। कुछ घंटे शरीर की क्रियाओं के शिखर के होते हैं और कुछ घंटे गर्त के। संगीत-चिकित्सा इनके बीच के अत्यधिक उतार-चढ़ाव को समाप्त करके इन्हें एक सत्त धारा में संतुलित करती है। यदि आप सोने की कोशिश करते हैं, परंतु आपका मस्तिष्क अभी भी दिन भर के अपूर्ण कार्यों पर चिंतन कर रहा हो तो संगीत-चिकित्सा द्वारा इसे सुधारा जा सकता है।

- आप दस मिनट की संगीत-चिकित्सा से लाभान्वित हो सकते हैं-
- प्रातःकाल में शांति से जगाने वाले के रूप में
- भोजन के बाद पाचन को सक्रिय करने के लिए
- सोने में सहायता पहुंचाने के लिए
- जब आप बीमार हों, तब स्वास्थ्य लाभ के दौरान।
- सुनने के लिए सर्वश्रेष्ठ उपाय अपनी आंखें बंद करके शांत बैठना है।

रस समय से दोष संबंध तक

मर्यादित क्यों न हो, एक बार संगीत का रोग निवारण के लिए उपयोग करने के लिए एक विचार तय किया, तो उसका ठीक पद्धति से उपयोग करना पड़ेगा। रंजक राग को रसवर्धक अर्थ देना चाहिए। मन का रंजक यानी रक्तता अर्थात् आह्लादक एकतानता। इतने गहराई में न जाते अर्थ समझ में आए तो ये मान लें कि उसमें विवक्षित रस आ गया है। अलग-अलग गाए राग अत्संकी रस उत्पन्न करते हैं।

दोषों का परिपोषण

प्रातः और सायंकालीन राग शांत रस के हैं। शतोत्पादी और कफ दोष यह शीत गुण युक्त होने से इन दोनों का यही समय हैं अशांत रस कफवर्धक समझना उचित है। तीसरे पहर के और भोर के राग शृंगार प्रधान हैं। शृंगार रस से क्षोभ उत्पन्न होता है और क्षोभ ही वायु की क्रिया है।

अतः शृंगार से वात वृद्धि होना साधारण बात है। उसी अनुसार मध्याह्न व

मध्य रात्रि के राग वीर रस प्रधान होते हैं। उससे उत्पन्न होने वाला उत्तेजन, पित्त दोष सरीखा है। सहज ही यह रस पित्तवर्धक समझने में हरकत नहीं है। यह दो काल में सर्वमान्य है।

समयानुकूल राग गायन

इस पर कोई कहेगा कि रोगों का नाश करने के लिए रागों को उनके गाने के लिए निर्धारित समय पर गाना संभव नहीं होगा। समय का अनुशासन तोड़कर गाना पड़ेगा, क्योंकि जो बात दोष बढ़ाएगी, वही उसके विरुद्ध प्रभावों का शमन करेगी।

अब इन दोषों पर जिन रसों का उपयोग होना है, वे शांत, वीर व शृंगार करुण, इनके समय मोटे रूप से दोषों के अनुसार तीन न होकर चार हैं। वे क्रम से भोर सुबह, दोपहर, तीसरा प्रहर ऐसे दिन के और सांझ पूर्व राग, मध्य राग व अंत राग ऐसे रात के होकर उनके समय क्रम से 4.7, 7.10, 10.1, 10.4 दिन के और रात के होते हैं। इसके विपरीत वातनाश के लिए कुछ प्रमाण में वीर और कुछ प्रमाण में शांत इन दोनों करुण, इनका कफ-पित्तजन्य मिश्रित विकृतियों पर प्रभावी होना कहा गया है। इनका समय एक-दो प्रहर बाद का और पहले का यानी समय में बदलाव करके ही रोगी को गायन सुनना पड़ेगा, ऐसा कोई कहेगा तो वह अयुक्त नहीं लगेगा।

भोर के समय और शाम के समय इन तंत्रों की जोड़ी देखने लायक है- भैरवी-पूर्वी, तोड़ी-मुलतानी, आसावरी-दरबारी, देशकार-भूप, बिलावल-कल्याण, देसी-काफी इन रागों में स्वरों का साम्य बहुत होकर वे पहले राग सुबह और बाद के राग पूर्व रात्रि काल हैं। इन रागों के स्वर करीब-करीब सरीखे हैं।

थोड़ा बदलाव–क्यों नहीं?

इस पर कोई यह कहेगा कि सच में बहुत बड़ा समय का बदलाव करना जरूरी नहीं है। सिर्फ एक प्रहर आगे-पीछे करना पड़ेगा। सुबह के राग मध्यान्ह को (पित्त एवं वात-पित्त जन्य विकारों पर) तो मध्यान्ह के समय सुबह या तीसरे प्रहर गाने से काम चल जाएगा। सायंकाल से ऐसा ही फिर से यानी

(पूर्ववर्ती दोषों के लिए), सायंकाल के राग मध्य रात्रि और मध्य रात्रि के राग सायंकाल या भोर में गाए जाएं तो ठीक ही रहेगा। तीसरे प्रहर के राग और भोर के समय राग अनुक्रमांक से मध्यान्ह या सायंकाल और मध्य राग के या प्रभात काल गाए जाएं, यह ठीक है। रोगोपचार के लिए यह प्रहर का बदलाव संभव नहीं है।

प्रकृति के रागों का उपयोग

कुछ नामांकित संगीतज्ञों का विचार है कि रागों की रसों के अनुसार प्रकृति एक-सी होती है। एक ही रस और समय के राग प्रकृति से चंचल, शांत और गंभीर ऐसे भिन्न होते हैं। वीर और करुण रस के राग-क्रम से मध्यान्ह के (10.1), भोर के समय (4.7) गाना न गाते हुए सुबह के ही (7.10), किंतु थोड़े उत्तेजना पूर्ण गाकर भी चलेगा। इसी समय देशकाल, बिलावल जैसे राग गाए जाते हैं। इनका उपयोग किया जा सकेगा और आवश्यक उत्तेजन प्राप्त करके कफ दोष कम होंगे।

रोग पर उपयुक्त राग

रात्रि के 10 से 1 के बीच के राग ही अधिक गिनती में हैं। महफिल का यही समय होने से यह सहज ही है। इस समय के वीर रस के जाने हुए राग सब प्रकृति के नहीं हैं। इसमें से शांत और गंभीर प्रकृति के, उदाहरण के लिए केदार, छायानट, खंबावती, सुर मल्हार, बागेश्री, शंकरा वैसे ही पीछे के 7-10 के बीच के यमन, शुद्ध कल्याण, श्याम कल्याण, कामोद, पूरिया यह राग गाए जाएंगे, जिनमें शूल, बेचैनी, क्षोभ अधिक होगा। ऐसे वात-विकार में इन रागों से आवश्यक आराम मिलेगा। इससे अलग विकार में, जिसमें बधिरता, सटकापन (बधिर्य, अकर्मकता) आई हो ऐसी अवस्था में जयजयवंती, तिलक, कामोद, बिहाग, सरीखे अच्छे राग गाए जा सकेंगे। इसी स्थिति में ठुमरी का उपयोग होगा। खमाज, काफी, तिलंग, देस, झिंजोटी, मांड यह ठुमरी के तयशुदा राग हैं। इन रागों के रस समयानुसार वीर होते हुए भी वे सही में श्रृंगारिक ही हैं और प्रकृति से चंचल होने से लटकापन, सुस्ता आदि

पर इनका बहुत उपयोग होगा। उत्तर रात्रि के समय तकलीफदायक विकारों पर दरबारी, कानडा, मालकौंस, अडाणा यह राग निश्चय ही गाए जा सकेंगे और उनका उपयोग भी होगा। यह राग मध्य रात्रि के बाद कई बार गाए जाते हैं। इससे अधिक विकार पर बसंत-बहार, सोहनी ये राग गाए जाएं, तो कफ प्रकोप शांत होगा।

निश्चित समय के रागों बाबत कोई पर्याय नहीं

अब प्रश्न शेष रहता है, उस समय के ही कहे जाने वाले ऐसे उन दोषों पर तीव्र विकार में अधिक से अधिक आराम देने वाले रागों के बाबत हमको साधारण राग ही रोगी के सामने गाना है। इसीलिए यह प्रश्न अन्यथा जोड़ या मिश्र (जैसे-भैरव बहार हिंडोल बहार, यमन-बिलावल, लंकादहन-सारंग, पूरिया-धनाश्री, बसंती केदार, बागेश्री-बहार, काफी-कानडा, बागेश्री-कानडा, नायकी-कानडा, रायसा-कानडा, सुहा-कानडा, रहाना-कानडा, कौशी-कानडा) रागों का विचार करना संभव होता। मिश्र राग जबकि रोगों के लिए नहीं है, फिर भी केवल फरमाइश के लिए बने हैं (कुछ बातों के लिए) ऐसा कहने का मन करता है, फिर भी राग-निर्माताओं ने अत्यंत बुद्धि-कुशलता से उनकी रचना की है। जानकार होकर भी गायक को भी उन पर बहुत मेहनत करना पड़ती है। इन रागों में दो रागों के बीच का जोड़ ठीक तरीके से मिलाना पड़ता है फिर भी रोगियों को वह उतने अच्छे लगने वाले नहीं हैं। उन्हें तो सीधे, आसान, सहज, हमेशा के सुने हुए ऐसे मधुर राग सुनना पसंद रहता है और उन्हीं से उन्हें अच्छा लगता है। साधारण रागों में जो समय-परिवर्तन करना स्वीकार नहीं करते, वैसे राग वैद्य जरूर गाने को कहने का प्रसंग आएगा।

यदि ज्यादा बेचैनी हो तो मध्यान्ह में सुबह का भैरव, रामकली विकास, ललत और मध्य रात्रि हो रही हो तो यमन, भूप, कामोद, श्याम कल्याण, मारु बिहाग को पूर्व रात्रिकालीन राग गाना चाहिए। भैरवी कभी भी गाने से हरकत नहीं है। शांत रस का भरा हुआ होने से किसी भी समय प्रकोप हुआ हो तो भैरवी उसका निवारण करेगी। प्रातःकाल में सारंग और शाम के समय मालकोंस गाना जरूरी हो तो गाना चाहिए। बैठक की रंगीनता या

सर्वसामान्य रसरंजन से ज्यादा रोग-चिकित्सा की दृष्टि से राग-विचार हम कर रहे हैं, इसलिए बेवक्त के राग और वह भी उचित प्रसंग पर गाने में हरकत नहीं है, ऐसा कहना गलत नहीं होगा।

राग-गायन का मनोवैज्ञानिक समय

आदिकाल से ही रागों को उनके निर्धारित समय पर ही गाया जाता है लेकिन कुछ रागों का गायन विशेष ऋतुओं में ही होता है। कुछ खामियों के बावजूद यह नियम नहीं बदलता। फिर प्रश्न उठता है कि राग-गायन मनगढ़ंत है या मनोवैज्ञानिक। क्या हम अभी भी प्राचीन बंधनों व नियमों के अधीन रागों को उनके निर्धारित समय पर ही गाने के लिए नियमबद्ध हैं?

रागों की समय-सारिणी मनगढ़ंत होना कई तर्कों से माना जाता है। प्रथम राग-स्वरों से निर्मित होते हैं जबकि स्वर सीमित ही होते हैं। यूं ही बारह स्वरों में थोड़ा-बहुत परिवर्तन कर इन रागों का प्रयोग किया जाता है। जब स्वर ही अपरिवर्तित हैं, तो राग कैसे परिवर्तित हो सकता है। स्वर अस्तित्वहीन है, वह सापेक्ष है, जो स पर आधारित है। उदाहरणार्थ हारमोनियम का काला स्वर स अपने आधार के हिसाब से सात सुरों में से कोई भी हो सकता है। वास्तव में स्वरों का प्रभाव कलाकार पर पूर्ण रूप से निर्भर होता है।

कुछ रागों की समय सारिणी हमारे परंपरागत संस्कारों पर निर्भर करती है। यह अतीत में राजदरबारों में गाने वाले संगीतज्ञों के मस्तिष्क की उपज है। प्रश्न यह है कि नए राग कहां से लाते हैं और किस तरह उन्हें प्रभावशाली व समयानुकूल बना देते हैं। इस आधार पर राग-रागिनियां दैवीय शक्ति से ओतप्रोत हैं, जिन्हें आह्वान करके कभी भी बुलाया जा सकता है।

रागों के बारे में प्राचीन संगीतकारों के विभिन्न मत रहे हैं। जहां तक देखा जाए, संगीत पारिजात को प्रातःकाल के राग का समय दिया गया है, जबकि वह रात्रिकालीन राग है। समय के साथ रागों का भी रूप परिवर्तन होता है। आज उन रागों के बारे में सोचें, जिनका चार सौ साल पहले क्या रूप था, लेकिन कुछ तथ्यों से यह निष्कर्ष निकलता है कि राग गायन थोड़ा-बहुत मनोवैज्ञानिक है।

रागों के स्वर-निर्धारण में स्वरों का भी अपना अमूल्य स्थान होता है। मध्यम सप्तक का मध्य स्वर होता है, जिसका प्रभाव व्यक्तित्व निर्माण में विशेष भूमिका निभाता है। जैसे- प्रातःकालीन राग में शुद्ध मध्यम ही लगता है, तीव्र नहीं। दिन के रागों में भी अधिकतर मध्यम ही लगता है। जैसे-जैसे रात आने लगती है, दिन ढलने लगता है। पिछले प्रहरों में फिर वही चक्र दोहराने लगता है। संक्षेप में शुद्ध और तीव्र मध्यम का प्रयोग रागों में समय निर्धारण का सिद्धांत बन जाता है। रागों के निर्धारण में प्रधान स्वर का बहुत महत्व है जो स्वर राग को घोषित करता है, वही प्रधान होता है। प्रातः से 12 बजे तक गाए जाने वाले राग वादी स्वर सप्तक के पूर्वार्ध अर्थात् सा रे ग म प वादी में कोई स्वर होता है। रात और दिन के 12 बजे गाए जाने वाले रागों में उत्तरार्ध म प ध नि स इनमें से कोई स्वर वादी होता है। मध्यम तथा पंचम सप्तक के महत्व में होने से पूर्वांग तथा उक्त राग दोनों में आवश्यकतानुकूल शामिल हुआ करते हैं।

मनोविज्ञान

संगीत द्वारा मन को ही भावानुभूति होती है, इसलिए संगीत और मनोविज्ञान का आपस में संबंध है। रसशास्त्र के विभाव, अभाव, भाव मनोविज्ञान का कारण, प्रतिक्रिया और भाव ही है। मनोविज्ञान में जो मन है, वही रस-शास्त्र में चेतना है। संगीत-कला के द्वारा चित्तवृत्तियों का निरोध बहुत आसानी से हो जाता है, क्योंकि संगीत शुरू होते ही व्यक्ति का मन एकाग्र होने लगता है, जो चित्तवृत्ति निरोध के लिए सबसे जरूरी है।

किसी आवाज का सुन लेना एक चीज है और आवाज को सुनकर पहचानना यह बता देता है कि सुने जाने वाली आवाज पंचम है, अलग चीज है। पहली को मनोविज्ञान की भाषा में संवेदना कहते हैं, जबकि दूसरे को प्रत्यक्षीकरण होता है। जब कोई ध्वनि कान तक पहुंचती है तो उसका वहां संग्रहण होता है।

कोई भी घटना, विचार या प्रभाव जो भी मस्तिष्क में एक बार पहुंच जाता है वहां से बाहर नहीं निकल सकता। जब हम किसी राग को सुनते हैं

या सीखते हैं, तो पूर्व-काल में सीखे गए रागों का प्रभाव हमारे लिए सहचर्य का काम करता है। इन प्रभावों के आधार पर हमें दुःख, हर्ष, विषाद की अनुभूतियां होती हैं और हम झूम उठते हैं।

मन व संगीत (मनोवैज्ञानिक आधार)

संगीत को जब हम श्रव्य उत्तेजना का रूप मानते हैं तब उसका शरीर से जरूर संबंध होता है। कर्णेंद्रिय से संगीत का आनंद प्राप्त होता है। संगीत के लिहाज से इस संवेदना का लक्षण श्रवण मधुरता है, बाह्य कारण से श्रवण मधुरता आ सकती है। साधना के बल से आवाज में ओज पैदा हो तो उसमें गूंज पैदा होगी, शक्ति होगी, मधुरता होगी, उतना ही संगीत का आकर्षण ज्यादा होगा। अभ्यास से स्वर-स्थान एक रूप होता है, राग ज्ञान व ताल ज्ञान इसमें ज्ञान की प्रधानता है। अतः आवाज में प्रमादयुक्त गुण हो, परंतु शरीर से जहां इसका संबंध है, वहां इसका महत्व नहीं है।

टोन का वयन - ध्वनि का इस प्रकार टेक्स्चर होना चाहिए जिसमें मनोरंजन हो, यह ध्वनि के गुण-धर्म से पैदा होता है। टोनल क्वालिटी की समुचित व्यवस्था ही स्वरों में आती है। यह श्रवण सुख देता है, यह श्रवण संवेदना विशुद्ध नहीं, इसमें प्रत्यक्षीकरण है।

संगीत से इंद्रियजन्य मानसिक, बौद्धिक व आध्यात्मिक इन चारों स्तरों पर आनंद प्राप्त होता है। यहां आनंद बहुत व्यापक अर्थ में हैं। मनोविज्ञान की दृष्टि से यदि उससे हमें आनंद नहीं मिलता, तो वह संगीत नहीं राग है। राग में रंजन शक्ति है। आनंद से वंचित रहकर संगीत में भाव निर्माण होते हैं, यह चर्चा ही अकारण है। आनंद विहीन संगीत की कल्पना ही असंभव है।

संगीत के लिए कौन सा हिस्सा भावों के लिए उपयुक्त है, इसके बारे में हम कुछ नहीं कह सकते क्योंकि भाव का प्रभाव पूरे व्यक्ति पर पड़ता है। ज्ञान पक्ष पर भी प्रभाव होता है परंतु संगीत का प्रमुखतः भावात्मक पहलू पर ज्यादा प्रभाव होता है। इस अर्थ में संगीत एक ललित-कला है।

कला को हम कौशल कहते हैं, उनमें कुशलता इस प्रकार है कि किसी क्रिया को किस प्रकार कुशलता से करना है। कुशलता व बौद्धिक आकलन

इन दोनों का समन्वय विद्या में है परंतु कला का स्थान 64 कलाओं की विद्या में नहीं है। यह एक ऐसी कला है, जिसमें बौद्धिक स्तर पर संगीत का विचार किया जाए तो हम यहां पर देखते हैं कि कलाकार की गहराई कितनी है।

संगीत का प्रभाव शरीर व मन, दोनों पर पड़ता है। अब यहां यह विचार करना आवश्यक हो जाता है कि संगीत की ऐसी कौन सी शक्तियां हैं जो मन को आकर्षित कर लेती हैं।

संगीत की दिव्य शक्तियां

संगीत में आनंद देने की शक्ति है। ब्रह्मानंद सहोदर आनंद प्रदान करने की शक्ति भी इसमें हैं। यह आनंद की चरम सीमा है, इसी आनंद के चरमावस्था तक हम पहुंचना चाहते हैं। इसे संगीत के द्वारा प्राप्त किया जा सकता है। स्वरानंद की अवस्था जहां है, वहां दुःख का नामोनिशान नहीं होता है, संगीत के प्रभाव आनंददायी हैं, यह इसकी विशेषता है।

इसके अतिरिक्त संगीत, मन को केंद्रित करने का उपयुक्त साधन है। हर व्यक्ति अपने लक्ष्य को मन में केंद्रित करना चाहता है। जितना ज्यादा मन केंद्रित करेगा, उतना ही यशस्वी होता है। इस मायने में संगीत एक प्रकार से योग है। यहां अनुशासन है। लक्ष्य पर मन केंद्रित करना यह किसी बाह्य क्रिया से नहीं, बल्कि आत्मप्रेरणा से होता है। मन को भटकने की जो आदत है, वह संगीत के द्वारा कम की जा सकती है। इसके साथ ही संगीत से एकसूत्रता आती है। अच्छे संगीतकार के लिए यह अवधान का केंद्रीकरण अत्यावश्यक है। यह क्रिया संगीत के लिए उपयुक्त है। संगीत द्वारा भी मन केंद्रित कर सकते हैं, ये दोनों बातें इस प्रकार एक-दूसरे की सहायक हैं। कलाकार के मन के जो भाव हैं, उससे हम सब एकरूप हो जाते हैं, जब इस भाव एकरूपता में तादात्म्यता आती है तभी रस निष्पत्ति होती है। आत्मा के विकास के लिए जो एक श्रेष्ठ साधना है, वह संगीत है।

क्या है रोग?

शरीर के दोष को शरीर द्वारा ही शरीर से बाहर निकालने का प्रयत्न मात्र

रोग है। जैव रासायनिक स्रोत के अनुसार शरीर को प्रत्येक कोशिका के हर हिस्से में होने वाली क्रिया-प्रक्रिया का ज्ञान रहता है।

एलोपैथ भले ही मिजाज और सेहत को आपस में जोड़कर देखने में हिचकिचाते हो लेकिन एक मेडिकल शाखा ने कहा है कि मस्तिष्क और शरीर का एक-दूसरे से संबंध है, यह शास्त्र फिज़ियो इम्युनोलॉजी है। यह मोहरा अति संवेदनशीलता और सांस संबंधी समस्याओं के परस्पर संबंध में बराबर फिट बैठता है। गुस्से की वजह अकसर भावनात्मक होती है। उदास होने से सांस की गति धीमी हो जाती है, इससे कमजोरी आती है और श्वसन संबंधी बीमारियां होने लगती हैं।

कबीर कहते हैं, यह बात तुम छोड़ दो कि तुम सांस ले रहे हो। सांस वैसे तो तुम्हें ले रही है, सांस सिर्फ जीवन के लिए जरूरी नहीं है। अनुशासित श्वसन हमारे व्यक्तित्व एवं व्यवहार का भी प्रतीक है। आपके अंदर एक व्यक्ति है जो आज तक आपने पता नहीं लगाया। यह व्यक्ति वह है जो नित नए परिवर्तन संकट से संघर्ष करता है। यही व्यक्ति है जो शरीर के जख्म को भरता है और बीमारी को दूर भगाता है, निरोगी बनाता है।

अपने स्वतः को पहचानना

यदि हम अपने शरीर के संदेश से जागृत हैं, तो रोग को हम पहचान नहीं सकते, परंतु कुछ बेबसी या हरारत शरीर में मालूम पड़ती है। ऐसा अहसास होता है कि कुछ गड़बड़ है। अनियमित भोजन, निद्रा और कुछ गलत आदतों से शरीर के अंग कमजोर पड़ते हैं, यह अवस्था जीवन शैली में परिवर्तन करते ही ठीक हो जाती है।

हमारा हृदय 60 गुना इलेक्ट्रॉनिक जेनरेटर है। यदि इसकी दिमाग से तुलना करें तो हृदय बड़ा भाई है और दिमाग छोटा भाई। शरीर, मन की सब क्रिया हृदय के आसपास घूमती है। अपने दो पावर स्टेशन हैं। एक हृदय, दूसरा दिमाग। स्वतः जख्म भरना हो तो हृदय का आदेश रहता है। इसमें एक प्रेम की झलक रहती है और इस कारण कोई भी शत्रु नहीं होता।

कितना भी अच्छा चिकित्सक हो, फिर भी अंदर बैठे हुए चिकित्सक को

जगाना पड़ता है। यदि हमें निरोगी रहना हो तो हम कैसे अंदर के चिकित्सक को जगाएं? एक स्टेट परिस्थिति है उसे अल्टर्ड स्थिति कहते है। एक और मेडिटेटिव्ह स्थिति है, उसे योग निद्रा कहते हैं। इसका मतलब है जागते हुए सोना।

ध्यान-योग निद्रा

ध्यान से मन शांत होता है। दिमाग के विद्युत तरंग की गति बदलती है। यह तरंग, यंत्र पर गिने जा सकते हैं। इसकी गति आपके दैनदिन प्रति सेकेंड 14.18 रहती है। इसे बीटा स्थिति बोलते हैं। 4.8 प्रति सेकेंड गति को थीटा स्थिति कहते हैं। 4 से कम प्रति सेकेंड को डेल्टा कहते हैं। कुछ विचार न करते हम बैठे हैं, तो वह अल्फा स्थिति में रहते हैं।

जागृत स्थिति में हमें अल्फा स्थिति में रहने का काम, ध्यान से होता है। इस स्थिति में हमें जैसा आनंददायक या निरोगी स्थिति कायम करके अपना स्वतः कल्पना चित्रण करते आता है, उसके लिए आवश्यक है तीव्र इच्छा, विश्वास और अपेक्षा।

नीचे दिए गए प्रसिद्ध राग और उसकी प्रकृति का समय दिया गया है। सभी राग स्वाभाविक मधुर होने से सबको लुभाते हैं।

क्र.	राग	दिन	रात	रस	प्रकृति
1.	रामकली	7-10	-	शांत	चंचल
2.	विभास	7-10	-	शांत	गंभीर
3.	भैरव	7-10	-	शांत	शांत
4.	ललत	7-10	-	शांत	शांत
5.	बिलावल	7-10	-	शांत	गंभीर
6.	देसकार	7-10	-	शांत	गंभीर
7.	भैरवी	(सर्वकाल)	-	शांत, चंचल	शांत
8.	देसी	10-1	-	वीर	शांत
9.	असावरी	10-1	-	वीर	गंभीर

10.	तोडी	10-1	-	वीर	शांत
11.	जौनपुरी	10-1	-	वीर	गंभीर
12.	शुद्धसारंग	10-1	-	वीर	गंभीर
13.	सारंग	(माध्यन्ह)	-	वीर	चंचल
14.	पिलू	10-1	-	वीर	चंचल
15.	गौडमल्हार	10-1	-	वीर	चंचल
16.	गौडसारंग		-	शृंगार	गंभीर
17.	भीमपलास	1-4	-	शृंगार	गंभीर
18.	घानी	1-4	-	शृंगार	चंचल
19.	मारवा	4-7	-	करूण	गंभीर
20.	मुलतानी	4-7	-	करूण	गंभीर
21.	पूर्वी	4-7	-	करूण	गंभीर
22.	यमन	-	7-10	शांत	शांत
23.	भूप	-	7-10	शांत	शांत
24.	कामोद	-	7-10	शांत	शांत
25.	शामकल्याण	-	7-10	शांत	गंभीर
26.	शुद्धकल्याण	-	7-10	शांत	गंभीर
27.	मारू बिहाग	-	7-10	शांत	गंभीर
28.	हमीर	-	7-10	शांत	गंभीर
29.	पूरिया	-	10-1	वीर	गंभीर
30.	मिया मल्हार	-	-	वीर	गंभीर
31.	बिहाग	-	10-1	वीर	चंचल
32.	केदार	-	10-1	वीर	गंभीर
33.	दुर्गा	-	10-1	वीर	शांत
34.	छायानट	-	10-1	वीर	गंभीर
35.	खबावती	-	10-1	वीर	गंभीर
36.	जयजयवती	-	10-1	वीर	चंचल
37.	सूरमल्हार	-	10-1	वीर	गंभीर

38.	बागेश्री	-	10-1	वीर	गंभीर
39.	शंकरा	-	10-1	वीर	गंभीर
40.	खमाज	-	10-1	श्रृंगार	चंचल
41.	काफी	-	10-1	श्रृंगार	चंचल
42.	तिलंग	-	10-1	श्रृंगार	चंचल
43.	तिलककामोद	-	10-1	श्रृंगार	शांत
44.	देश	-	10-1	श्रृंगार	चंचल
45.	झिंजोटी	-	10-1	श्रृंगार	चंचल
46.	मांड	-	10-1	श्रृंगार	चंचल
47.	दरबारी कानडा	-	1-4	वीर	गंभीर
48.	मालकंस	-	1-4	वीर	गंभीर
49.	अडाणा	-	1-4	वीर	गंभीर
50.	बहार	-	दिन में	वीर	गंभीर
51.	बसंत	-	दिन में	वीर	गंभीर
52.	सोहनी	-	1-4	वीर	गंभीर
53.	जोगिया	-	4-7	करूण	गंभीर
54.	हिंडोल	-	4-7	करूण	गंभीर

ऊपर दिये गये राग सर्वमान्य और सर्वमान्य समयतीत हैं।

शरीर रचना

आरोग्यता से अभिप्राय

आरोग्यता से अभिप्राय शरीर के समस्त अंगों का अपना कार्य पूर्णरूपेण प्राकृतिक रूपेण करना है। रोग इन संस्थानों के कार्य अथवा बनावट में किसी प्रकार के विघ्न पड़ने को कहते हैं। रोग को समझने के लिए शरीर रचना को सबसे पहले समझना जरूरी है।

इस बात से सभी वाकिफ हैं कि मानव शरीर चार मुख्य विभागों (क) सिर- मस्तिष्क, चेहरा, नाक, कान, आंख, मुख, ललाट, दो जबड़े (ख) गर्दन- अन्न तथा श्वास नली (ग) धड़- फेफड़े, हृदय, पेट, प्लीहा, यकृत तथा दो हाथ, दो पांव।

इसी तरह शरीर संस्थान नौ भागों अस्थि संस्थान, मांसपेशियां, रक्त संस्थान, पाचन तंत्र, उत्सर्जन तंत्र, प्रजनन, नर्वस, ज्ञानेंद्रियों और ग्रंथियों में विभाजित है। शरीर के यह संस्थान शरीर को आकार देना, हिलना-डुलना योग्य बनाना, शरीर के बाह्य भाग को ढके रहना, संपूर्ण शरीर को रक्त प्रवाह, भोजन पचाकर वह ग्लाइकोजीन के रूप में बदलकर मांसपेशियों और यकृत में पहुंचाना, मलाशय, मूत्राशय द्वारा अशुद्धियों को निकालना, प्रजनन तंत्र के माध्यम से शिशु का जन्म, नर्वस तंत्र भूख-प्यास, तापमान और ग्रंथियों, हृदय स्पंदन स्वयंकर्ती क्रिया को संचालित करता है।

एक मशीन है शरीर : शरीर एक स्वसंचालित मशीन के समान है। जैसे- मशीन को समय पर तेल आदि खुराक की आवश्यकता होती है, वैसी ही

शरीर रूपी मशीन को आवश्यक खुराक और स्निग्धता की आवश्यकता होती है। इसके अभाव में शरीर टूटने लगता है।

शरीर में हृदय, मस्तिष्क, रक्त, पेशियां, हड्डी इन्हीं से शरीर की रचना होती है। यह शरीर के भिन्न-भिन्न कोष्ठों की बनी है। यह मूल रूप में एक, पर आकार में अलग होते हैं।

शरीर-रचना यानी अणु परिक्रमा

यह सर्वविदित है कि हर पदार्थ मॉलिक्यूल से बना है और छोटे एटम से बना है। अणु मॉलिक्यूल के अंदर वेग से परिक्रमा करते हैं। यह कण बहुत छोटे होते हैं और अदृश्य भी। यह केवल शक्ति है। ऋण और धन आवेश रहते हैं। सार यह है कि हर पदार्थ में छोटा कण गतिशील है। स्थिर नहीं, अपनी आंखों से वह हर पदार्थ अस्थिर दिखता है, पर वैसा नहीं है। एक दिव्य शक्ति ही इसको गति देती है। शक्ति के कंपन से प्रकाश और नाद का निर्माण होता है।

अणु से परमाणु ऊर्जा

मनुष्य के शरीर की रचना विद्युत कंपन का समूह है। शरीर का हर परमाणु, कोशिकाएँ, टिस्सू यह सब एक विद्युत कंपन का समूह भाग है। यह कंपन अपने शरीर के हर भाग को संतुलित करता है। हर पदार्थ में सूक्ष्म द्रव्य-ऊर्जा या फोर्स रहता है, जो कणों को घूमने की शक्ति देता है। कोई इसे विद्युत ऊर्जा तो कोई वाइब्रेशन कहते हैं। अति सूक्ष्म ऊर्जा सब कायनात में फैली है। यह कहीं स्थिर नहीं है, बल्कि विस्तृत होकर सभी दिशाओं में फैली है। हल्के कंपनों के विचलन से बनी होने के कारण इसे हम देख नहीं सकते हैं।

संगीत से भी जुड़ा है विज्ञान का नाता

विज्ञान में भौतिकी का एक विशिष्ट स्थान है। इस विज्ञान के अनुसार एनर्जी को ताप (हीट), प्रकाश (लाइट), चुंबकीय (मैग्नेटिक), विद्युत (इलेक्ट्रिसिटी),

ध्वनि (साउंड) और यांत्रिक (मैकेनिकल) में विभाजित किया गया है। इसी तरह लाइव्ह एनर्जी (चेतन ऊर्जा) के सूत्रधारों ने भौतिक पक्ष अर्थात् प्राणशक्ति एवं मानसिक पक्ष अर्थात चित्त के रहस्यों को, उसके मर्म के उद्‌घाटन के लिए इसे वैज्ञानिक ढंग से सिद्ध करने के लिए अनंत परिश्रम करके इस सत्यता की पुष्टि की है।

इस ऊर्जा प्रयोगशाला में कई उपकरणों जैसे - वॉल्ट मीटर, जिगर, काउंटर तथा मैग्नोमीटर को प्रभावित कर सकने की क्षमता पाई गई है। जाने-माने चिकित्सक डॉ. डिमिर ने गैल्वेनोमीटर द्वारा इस विद्युत मापन से पाया है कि अच्छे स्वास्थ्य के लोगों में यह विद्युत आठ माइक्रो एंपियर्स थी और तनावग्रस्त लोगों में पंद्रह माइक्रो एंपियर्स तक बढ़ी थी, लेकिन संगीत उपचार से वह कमी दूर करके अस्वस्थ लोगों को उन्होंने ठीक कर दिया।

विद्युत ऊर्जा से भी चालित है शरीर

हम इस धारणा को मानते आए हैं कि मानव शरीर में केवल रक्त-मांस होता है लेकिन हकीकत में ऐसा नहीं है। इसमें विद्युत ऊर्जा होती है। यह हृदय व मस्तिष्क के माध्यम से नाड़ी संस्थान को संचालित करती है, वहीं दूसरी ब्रह्माण्ड से शरीरधारी को प्रभावित करती है। इनके मिश्रण से विद्युत बनती है, परंतु इसे केवल ज्ञानचक्षु से अनुभव किया जा सकता है।

सहसा आप विश्वास नहीं करेंगे कि मानव शरीर एक समुद्र की मानिंद है। इस समुद्र में असंख्य नस-नाडियां नदी-नालों की तरह बहती हैं। श्वास-प्रश्वास के ज्वार-भाटे उठते हैं। मस्तिष्क और हृदय ऊर्जा उत्पन्न करते हैं, इसे मानवीय विद्युत ऊर्जा नाम दिया गया है।

ऊर्जा से जुड़े विचार

परिपथ ऊर्जायुक्त है। इससे प्रवाहित ऊर्जा ही संपूर्ण शरीर की क्रियाशीलता का कारण है। यह ऊर्जा फोन के तार के समान है, जहां केवल संदेश पहुंचाए जाते हैं। इसमें दो वोल्ट का विद्युत प्रवाहित होता है।

प्राणशक्ति का बहिरंग

प्राणशक्ति मूल विद्युत क्रियाशीलता में तो हो सकता है किंतु स्वभाव से यह पूर्ण भिन्न है। प्राण पदार्थ का भेदन करता है, यह संपूर्ण शक्ति का आधार है। यह शक्ति वायु, आकाश, गर्मी एवं ईथर प्लाज्मा की तरह समाई हुई है। इसे ओजस भी कहते हैं। यह प्राणशक्ति ही है, जो कहीं बहिरंग के सौंदर्य में, मृदुल वाणी में, संगीत द्वारा स्वरों में प्रतिभा के रूप में देखी जाती है।

मानसिक शक्ति अथवा बायोएनर्जी की उत्पत्ति शरीर से होती है। यही शक्ति ग्रंथियों के कार्यों से लेकर मस्तिष्क एवं चयाचय के समस्त अंगों को सक्रिय करती है। प्राण अतींद्रिय दृष्टि एवं अतींद्रिय श्रवण की सामर्थ्य तथा अन्य अत्यधिक संवेदनात्मक अनुभवों से संबद्ध है। यह एक मनोवैज्ञानिक, मानसिक रूप से ठोस तथा सूक्ष्म दोनों है।

यह शक्ति बिना किसी प्रत्यक्ष शारीरिक मध्यस्थता अथवा माध्यम के पदार्थ को प्रभावित कर सकती है। इसे हम कार्य करते हुए माप नहीं सकते लेकिन परिणाम देख सकते हैं। इसके प्रयोग को उपचार में सिद्ध किया जा सकता है।

वैज्ञानिकों ने शोध के माध्यम से यह स्वीकार कर लिया है कि बायो एनर्जी के नाम से पहचानी जाने वाली चेतन-शक्ति का आधार शरीर है तथा यह शारीरिक-मानसिक दोनों क्षेत्रों को प्रभावित करती है। संगीत लहरों द्वारा तनावग्रस्त लोगों की सूक्ष्म शक्तियों को जगाया जा सकता है।

जीवनदायिनी शक्ति और स्वास्थ्य

जीवन-शक्ति हमारी सजीवता का मूल तत्त्व है। इसे प्राणशक्ति, ऊर्जा-चैतन्य या चेतना, आत्मा, परमात्मा आदि नामों से जाना जाता है। जीवन का संचालन एक विचित्र सर्वशक्तिमान सत्ता द्वारा होता है, जो प्रत्येक के जीवन में रहकर उसके जन्म-मरण, स्वास्थ्य एवं रोग आदि समस्त बातों की देखभाल करती है। इस महान शक्ति को जीवन-शक्ति कहते हैं।

इसे जानने से हमारा जीवन क्या है? सृष्टि से हम कैसे जुड़े हुए हैं? शरीर

और मन कैसे निरोग रहते हैं? इन रहस्यों का पता लगता है और स्वास्थ्य का मार्ग हमें ज्ञात हो जाता है। जीवन-शक्ति हमारे जीवन की आदि-शक्ति है। जन्म से शुरू होकर मृत्यु तक हमारे साथ रहती है। सृष्टि से प्राप्त होकर यह हमें उससे जोड़े रहती है। सजीवता को प्रदर्शित करने वाली यह शक्ति संपूर्ण सृष्टि में व्याप्त पाई जाती है। हमारे शरीर के अणु-परमाणु में वह स्थित होती है। इसके अभाव में भौतिक जगत जो दिखाई देता है, क्षण में नष्ट हो जाता है। सजीव जगत के संपूर्ण व्यवहार प्रकृति के नियमानुसार चलते रहते हैं, जो अनादिकाल से अत्यंत सुनियंत्रित रूप से चले आ रहे हैं। जीवन के ये आधारभूत नियम-कायदे पंडितों द्वारा बनाए नहीं हैं, वे प्रकृति-प्रदत्त होते हैं, जो अपरिवर्तनशील व त्रिकाल सत्य हैं।

शक्ति

मनुष्य को भी जमाने की चाल के साथ चलना पड़ता है। जमाने की चाल के साथ चलने से इंकार करना, संकट मोल लेना है। यह है संसार में रहने का ढंग, सारा जगत ही एक प्रवाह में बहा जा रहा है। इनमें संभवतः कोई स्वस्थ ठिकाने के फेर से होगा। हम सांस लेते हैं, छोड़ते हैं, नाडियों में खून प्रवाहित होता है, खाया-पिया पाचन होता है, निद्रा आती है, इन क्रियाओं में क्या मनुष्य का कोई प्रयत्न होता है? नहीं, किंतु शक्ति के बिना कोई क्रिया नहीं हो सकती। वह कौन-सी शक्ति है, जो जीव के अंतर में यह सब क्रियाएं करती है। शक्ति के संयोग तथा क्रियाशीलता के कारण ही जीवन का अस्तित्व है। शक्ति के बिना मनुष्य न एक कदम चल सकता है, न सांस ले सकता है।

जड़ पदार्थों से निर्मित आहार, इंद्रियों को स्वस्थ रखता है, किंतु कार्यशीलता शक्ति ही प्रदान करती है। निधन हो जाने पर इंद्रियां स्वस्थ होते हुए भी चेतना के संयोग के अभाव में कार्यरहित हो जाती हैं।

शारीरिक बल, घी-दूध से प्राप्त किया जाता है, किंतु आहार इंद्रियों को स्वस्थ ही बना पाता है। क्रियाशील नहीं कर सकता। कार्य करने के लिए चेतना के संयोग की आवश्यकता है। यह एक प्राकृतिक संयोग है। इस चेतना

को हम शरीर को छेद कर सूक्ष्मदर्शी यंत्रों के नीचे रखकर नहीं देख सकते। इसका हल यही है कि हम श्रद्धा और विश्वास के साथ प्रामाणिक होकर समझें कि हमारे शरीर में इस शक्ति का वास है। यदि शरीर तथा दृश्यमान जगत से अन्य कोई शक्ति है, तो वह अनुभव में भी आना चाहिए। उस अनुभव को प्राप्त करने के लिए अध्यात्म अत्यंत कठिन एवं गहन विषय है। शास्त्रों में इसका वर्णन है, भाषा संस्कृत है जो सर्वसामान्य के लिए सुबोध नहीं।

शरीर स्वतः एक चिकित्सक है। हर पल वह संदेश भेजता है। उसका पालन करना चाहिए। बीमार पड़ने के बजाय बीमारी को पहले ही पास में न आने दें। मन कहिए, आत्मा कहिए या जीवनदायिनी शक्ति कहिए- एक ऐसी शक्ति है जो हमें सावधान करती है। अयोग्य आहार-विहार और गलत आदतों से सचेत करती है।

याददाश्त

संगीत प्रशिक्षण याददाश्त कार्यों में कई ढंगों से मदद करता है। यह भी दर्शाया गया है कि स्वर जितना समझने वाला होता है, उतना ही जल्दी मस्तिष्क में प्रवेश करता है। प्राथमिक ऑडिटरी कोर्टेक्स संगीत के मूल तत्त्वों को पहचानता है, जैसे कि उच्च्व-नीच स्वर और उसकी तीव्रता। यह अनुभव दिलाता है कि यह वह क्षेत्र है, जो थैलेमस से सीधे इनपुट प्राप्त करता है, जो कान के द्वारा वास्तविक ध्वनि पहुंचाता है। यदि कोई इनपुट न हो या उच्च्व या नीच स्वर या उसकी तीव्रता को पहुंचने का जरिया न हो तो प्राथमिक कोर्टेक्स काम ही नहीं करता। दूसरी ऑडिटरी कोर्टेक्स हारमोनिक, मधुर और लयपूर्ण नमूने तैयार करता है। तृतीयक ऑडिटरी कोर्टेक्स कल्पना के तौर पर संगीत के समस्त अनुभव को बताती है। यह लोगों के मस्तिष्क में याद किए गए गीतों को बताता है जो किसी ध्वनि की कल्पना नहीं कर सकते, अपितु संगीत की मधुरता, लय आदि अनुभव कर सकते हैं। जब प्राथमिक कोर्टेक्स किसी तरह उत्तेजित हो जाती है तो ऐसी ध्वनि विमग्र (हेलिसुनेशन) पैदा करती है। संगीत का समस्त भाग तृतीयक कोर्टेक्स में चला जाता है जो मिलकर पूर्ण अनुभव देता है तो तृतीयक कोर्टेक्स के बिना संगीत अध्ययन कार्य कर लेगा। यह

बड़ा कठिन होगा क्योंकि तृतीयक कोर्टेक्स एक गोल घेरा द्वितीयक कोर्टेक्स का है, जो प्राथमिक कोर्टेक्स के चारों ओर घेरा है। एम्युजिया संगीत का आनंद नहीं लेने वाले को कहते हैं। जब हारमोनियम बजता है तो स्वर गलत बज रहा है या ठीक बज रहा है, उनका उन्हें ज्ञान नहीं रहता है। ऐमिकडाला यह ब्रेन मस्तिष्क का छोटा-सा भाग है। यदि ये पीड़ित हो जाता है तो वह संगीत का आनंद नहीं ले सकता। तो ऐसा क्यों? यह शोध का विषय है। आपको सबको पता होगा, औरंगजेब इसी श्रेणी में आता था।

(1) मेमोरी-स्मरण शक्ति : हमारा मस्तिष्क एक कम्प्यूटर है। कम्प्यूटर एक मशीन है उसमें भावनाएं नहीं होती और स्वतः कोई निर्णय नहीं ले सकता। यह मनुष्य निर्मित है। मस्तिष्क ईश्वर द्वार निर्मित एक अमूल्य सुपर कम्प्यूटर है। भावनात्मक है, विचारशील है, स्वतः निर्णय ले सकता है। इसके अपने ईश्वर निर्मित सॉफ्टवेयर हैं और जहां सूचनाएं एकत्रित की जाती हैं। समय के चलते यह निर्णय लेता है। मस्तिष्क में एक जगह है, वहां मनुष्य उसके अनुभव द्वारा प्राप्त सूचनाओं को एकत्रित करता है, इसे मेमोरी सेंटर कहते हैं। जो भी घटना घटी उस समय उस व्यक्ति की जो क्रिया-प्रक्रिया थी उसका अनुभव वह मेमोरी इकठ्ठा करती है। इसको दो भागों में बांटा जा सकता है। एक चेतनमन (Conscious) दूसरा अवचेतन (Sub-Consious) मन से चेतन मन जागृत मन देखना, करना, सोचना, सुनना ये कार्य होते हैं। चेतन मन द्वारा सूचनाएं अवचेतन मन तक पहुंचती हैं। अवचेतन मन और चेतन मन के कोषों को जोड़ने वाले मार्ग पर स्मृति निर्भर करती है। प्रभाव और डिप्रेशन में शक्ति की कोशिकाएं क्षतिग्रस्त होने लगती हैं।

(2) कोशिकाएं क्या हैं? : स्मृति वह है जो अपने चारों तरफ एक जड़ पदार्थ की दिवाल खड़ी करता है अपना शरीर एक घर है, उस घर में शक्ति निवास करती है।

उर्ध्व मस्तिष्क का अगला भाग स्मृति विवेक बुद्धि का स्थान है इसी पर मनुष्य की याददास्त निर्भर है, मस्तिष्क के इस भाग की निर्बलता या किसी प्रकार की विकृति आ जाने से उसकी याददाश्त कमजोर हो जाती है अथवा

खत्म हो जाती है। इसे स्मृतिनाश (Amnesia) कहते हैं।

(3) स्मृति शक्ति मस्तिष्क की एक बड़ी शक्ति है : देखकर सुनकर जो ज्ञान प्राप्त होता है, उसे अपना बना लेना तथा फिर उसे दुहरा देने को स्मृति शक्ति कहते हैं। पढ़े या सुने वाक्य को मन से जोर देकर कई बार दुहरा लिया जाए तो उसकी स्मृति (याद) दृढ़ हो जाती है और अगर उसमें दिलचस्पी ली जाए तो उसकी स्मृति और भी दृढ़ हो जाती है।

(4) स्मृति : भविष्य में स्मृति पटल में याद रखने के लिए पढ़ना जरूरी है। नर्वस एक मूलभूत कोशिका है। दिमाग इसे बड़े हिफाजत से संभालकर रखता है। इसे 'इनग्राम' कहते हैं। हर समय पढ़ते वक्त न्युरल सरक्युट का क्रियाशील होना जरूरी है। न्युरल सरक्युट उत्तेजित होने से पूरा सरक्युट क्रियाशील हो जाता है। कुछ चुनिंदा संगीत के रागों द्वारा रसायनिक तत्व उत्पन्न होता है जो न्युरल सरक्युट को उत्तेजित करता है, वह एकाग्रता बढ़ाता और निराशा कम करता है।

(5) स्मृति शक्ति तथा बुद्धिशक्ति : मस्तिष्क में किसी विकार के उत्पन्न हो जाने या क्षणिता (Degenration) की प्रक्रिया के आरंभ होने पर अथवा मस्तिष्क के अंदर दबाव (Intercronial Pressure) के बढ़ जाने पर मंद होने लगती है। चालीस वर्ष तक उत्तम रहती है इसके बाद क्रमशः ह्रास होने लगता है।

(6) संगीत द्वारा निराशा दूर करना : स्कूल में खेल-खेलते समय यदि विद्यार्थी या खिलाड़ी को कम मार्क्स मिलने से कम विकेट लेने से, उनके मन में निगेटिव विचार आते हैं और निराशा मन में छा जाती है। दिमाग के फ्रंटल लोब (Frontal Lobe) में क्रियाशीलता में कमी आती है अगर ऐसी क्रिया उत्पन्न की जाए कि निगेटिव विचार बाहर चले जाएं और उसकी जगह पॉजिटिव विचार आ जाए।

(7) धीमे संगीत और विशिष्ट रागों द्वारा तनाव व डिप्रेशन दूर करें : तनाव को कम कर कोशिकाओं को क्षतिग्रस्त होने से बचाया जा सकता है। संगीत उपचार में मानसिक शक्ति के साथ-साथ एकाग्रता विवेक और सोच को

सकारात्मक बनाता है। प्रतिदिन 15 से 45 मिनट तक भी म्युजिक थेरेपी से मेमोरी बढ़ाई जा सकती है।

(8) संगीत का परिणाम भय पर : वृद्ध लोगों पर विशिष्ट परिस्थिति जैसे ऑपरेशन के पहले या ऑपरेशन के बाद भी एक डर/भय मौत का होता है। घबरा जातें हैं। ऐसा साधन हो कि बगैर इंजेक्शन या गोली देकर सरलता से काम हो जाये।

गूंज पैदा करने वाले संस्थान–फेफड़े, डायफ्राम और पसलियां : गूंज पैदा करने वाले श्वसन संस्थान ये सभी अंग प्रमुख हैं। डायफ्राम और निचली पसलियां गहरी सांस लेने में बहुत मदद करती हैं। जब व्यक्ति सांस लेता है, तो फेफड़े फूलकर अधिक स्थान लेते हैं। डायफ्राम, जो पसलियों और पेट के बीच में रहता है, नीचे आ जाता है। जैसे ही श्वास बाहर निकलता है तो यह दोनों समूह, एक-दूसरे के विरोध में कार्य करते हैं, आवाज निर्मिति के समय संतुलित रहते हैं।

स्वर तंत्र

स्वर तंत्र कार्टिलेज का बना होता है, जो श्वास नली के ठीक ऊपर स्थित होता है। मांसपेशी के खिंचाव के कारण स्वर यंत्र खिंचता है और करीब आ जाता है। 2 वोकल कार्ड कुछ ऐसे संतुलन में खिंचे रहते हैं कि स्वर नियंत्रण स्वतः ही हो जाता है। वैसे, वोकल कार्ड स्वयं कुछ नहीं करते। उनको गति देने वाली थायरो-अरिटेनाइड मांसपेशियां हैं जो वोकल कार्ड में ही स्थित होती हैं। यह स्वर नियंत्रण में सर्वाधिक सहायता करती हैं। अरिटेनाइड मांसपेशी के तनाव में आने पर और वोकल कार्डों के खिंचने से ग्लेटिंस बंद हो जाता है। श्वास नली में से आने वाली वायु के दबाव से वोकल कार्ड आंदोलित होते हैं और आवाज उत्पन्न होती है। जब वायु आंदोलित होकर स्वर संयंत्र से बाहर निकलती है, तो वह नाक आदि से सह-आंदोलित होकर मुख-सुख द्वारा बाहर निकलती है और इसी कारण आवाज में गूंज होती है। जब फेरिंकस अन्य नलिका का ऊपर का भाग कार्यरत होते हैं तो कंठ की स्वरगुहा तन

जाती है। कंठ का आकार स्वर की ऊंचाई-निचाई के साथ बदलता रहता है। गले का आकार जीभ के उद्गम पर आए हुए तनाव में महसूस किया जा सकता है। इस प्रकार गूंज लाने में सही रूप से जीभ की पेशियां सहायक होती हैं। इनके सुचारू कार्य से न केवल गुंजन कक्ष सही आकार में रहता है, वरन् स्वर भी ठीक रहता है। गलत गाने से वोकल कार्ड पर गठान आ जाती है। उस गठान से सिंगर नोड उत्पन्न होती हैं चिकित्सक की सलाह से वह ठीक हो जाती है। पश्चिम में कंठ-संस्कार या कंठ-साधना का संस्कार नहीं था। शरीर वैज्ञानिकों की सहायता से उन्हें ब्रह्माण्ड की रचना का ज्ञान तो हो गया था, किंतु ध्वनि निर्माण और उससे उत्पन्न गुण-दोषों के बारे में पता नहीं था। वैज्ञानिक संगीतज्ञ एमिल बैंक, अनेस्टजी व्हाइट, एच.एच. इलकर्ट और जे. लुश्स ओर्टन, डॉ. डी. स्टेनले ने शोध करके कहा कि आवाज का निर्माण शारीरिक क्रियाओं की तरह ही संचालित होता है। प्रत्येक मांसपेशी अपनी विरोधी मांसपेशी की मदद से ही कार्य करती है, दोनों में संतुलन न हो, तो शारीरिक क्रिया कष्टप्रद हो जाती है।

कर्णेंद्रिय

दृश्यावलोकन की भांति श्रवण भी दूरस्थ चेतावनी और आदान-प्रदान की एक महत्वपूर्ण अनुभूति है। इसका प्रयोग सावधानी, आदान-प्रदान और डर के लिए होता है। इसके लिए उचित संकेत मस्तिष्क के उच्च भाग तक अवश्य पहुंचना चाहिए। ध्वनि के पूर्वानुमानिक कंपन की यह एक जागरूक विधि है। कान का कार्य शारीरिक कंपनों को सांकेतिक आवेग में परिवर्तित करना होता है, इसे जीव वैज्ञानिक सूक्ष्म फोन भी कहा जाता है। माइक्रोफोन की तरह कान भी कंपन द्वारा उत्तेजित होता है।

कान युग्मित अंग है। यह सिर के प्रत्येक दोनों तरफ की ज्ञानेंद्रियां है जो टेम्पोरल बोन के साथ स्वयं जुड़ा होता है, जिसे तकनीकी तौर पर कोचेला कहते हैं। कान का भाग कोचेला द्वारा संचालित ध्वनियों से संबंधित होता है। कोकलिया गुजरने वाले कंपन से संबंधित होता है। कंपन का संवहन अंतःसतह पर दो माध्यमों में होता है, जो एक-दूसरे से भिन्न होते हैं।

उदाहरणतया वायु और पानी। कान की रचना जटिल है, जो ध्वनि संचरण के अवरोध को दूर करता है। ध्वनि संचरण विधि को दो भागों में बांटा गया है, बाह्य और मध्य कर्ण / बाह्य कर्ण, जो ध्वनि को ग्रहण करता है, जबकि मध्य कर्ण, एक अवरोध मेल युक्ति है।

सुनने की क्रिया वाला प्राकृतिक यंत्र है कान

श्रावक शक्ति प्रदान करने वाली इंद्रिय-कर्णेंद्रिय कान सुचारू रूप से काम करते हैं। यह सुनने की क्रिया संपन्न करने वाला प्राकृतिक यंत्र है। कान जो बाहर से दिखाई देता है, वह कान की बाहरी पाली का आकार ध्वनि तरंगों को संग्रहित करके भीतरी पर्दे (टिम्फेनिक) तक पहुंचाने का काम करता है। यह केवल ध्वनि तरंगें ही नहीं पहुंचाता, वरन धूल, मिट्टी, जंतु आदि को मध्य कर्ण में जाने से रोकता है। ध्वनि तरंगें पर्दे पर कंपन पैदा करती हैं और विशेष कोशिकाएं इन कंपनों को संवेदना में परिवर्तित कर देती हैं। श्रवण नाड़ी द्वारा मस्तिष्क में स्थित केंद्र तक पहुंचती है। यहां मस्तिष्क में इस ध्वनि का विश्लेषण होता है। ध्वनि की रचना माध्यम में दबाव उतार-चढ़ाव से की जाती है। उदाहरण वायु माध्यम। इस वायु में उतार-चढ़ाव, कान की नली द्वारा कान के अंदर प्रवेश करती है। वह ध्वनि कान के परदे तक पहुंचती है। पर्दे से कंपन कोकलिया तक पहुंचते हैं। यह कंपन कोकलिया तक पहुंचाने में तीन छोटी-छोटी हड्डियां, मेलीअस, इंकस और रटेपस मदद करती हैं। इन तीनों हड्डियों को ऑसिकल कहते हैं। कोकलिया एक द्रव्य युक्त पतली नली होती है। इसका आकार घोंघे जैसा होता है। यह एक बैसिकर झिल्ली के ऊतक से भरी रहती है। जबकि ऑडिटरी नस में यह कंपन इलेक्ट्रिक संदेश में परिवर्तित होते हैं और वहां से वह मस्तिष्क में पहुंचाए जाते हैं, जहां उसका विश्लेषण होता है।

कान ध्वनि के लिए एक प्रिज्म की तरह कार्य करता है। कान, ध्वनि की भिन्न-भिन्न आवृत्तियों को अलग कर एक श्रवणेय स्पेक्ट्रम बना देता है। कान 100 भिन्न-भिन्न आवृत्तियों को अलग कर सकता है। इस तरह विभिन्न वाद्य यंत्र जो कई ध्वनि निकालते हैं, को अलग किया जा सकता है, पहचाना

जा सकता है। यद्यपि दो वाद्य यंत्रों की उच्च-निच आवाज एक जैसी होती है और ध्वनिक आवृत्ति का निर्धारण संबंधित हारमोनिक्स द्वारा किया जाता है, जो बैसिलर झिल्ली पर अलग-अलग किया जा सकता है। इस तरह से कान दो आवाजों के अंतर को समझ सकता है। उथल-पुथल की अनुभूति बैसिलर झिल्ली के द्वारा अनुभूत की जाती है। जब दो ध्वनियां एक साथ निकलती हैं तो उथल-पुथल स्पंदन पर निर्भर करती है, जिन्हें नियमित फ्लूट या बांसुरी से सुना जा सकता है। जब दो हारमोनिक्स आवृत्ति काफी नजदीक हों, तो स्पंदन को वैसिलर झिल्ली द्वारा सुना जा सकता है। कुछ हद तक ध्वनि का विश्लेषण हमारे अपने अनुभव पर निर्भर करता है।

दार्शनिक पद्धति – कान और कंठ

हमारे यहां दर्शन-शास्त्र में शब्द-विचार के अंतर्गत कान और स्वर यंत्र का अध्ययन किया गया और ध्वनि-निरूपण भी हुआ। शरीर रचना का निरूपण योग की क्रियाओं के आधार पर हुआ। मनुष्य देह को एक यंत्र कहा गया, जो षट् चक्रों से बना हुआ है। इन चक्रों का स्थान निर्धारित है। तीन प्रकार के स्वरों (मंद, मध्य और तार) की उत्पत्ति हृदय, कंठ और मूर्धा से होती है।

ध्वनि की प्रक्रिया यह कही गई है- पहले आत्मा में विवक्षा (कुछ कहने की इच्छा), आत्मा से मन की प्रेरणा, मन द्वारा, प्राण-वायु की प्रेरणा, प्राण-वायु का अग्नि से संयोग, संयोग होने पर मन द्वारा वायु को ऊपर उठने की प्रेरणा, तब वायु-संचारण द्वारा ध्वनि की उत्पत्ति होती है।

भारतीय शास्त्रीय संगीत में कंठ ध्वनि को बहुत महत्वपूर्ण माना गया है। यही वह कंठ है, जहां से स्वर के स्रोत फूटते हैं। यूं तो कंठ संगीत के कई भेद हैं, पर इनमें चार को ही प्रमुख माना गया है। ये हैं- काहुल, नारट, बोंबक और मिश्रक।

1. **काहुल** - कफ की अधिकता से उत्पन्न ध्वनि है। वह स्नेहयुक्त, मधुर, सुंदर रहती है। मंद्र स्थानों में पूर्ण सुख भाव के साथ रहे तो उसका नाम अडिल्ल है।
2. **नारट** - पित्त की अधिकता से उत्पन्न ध्वनि है। तीनों स्थानों में गंभीरता

और लीनता से युक्त है।

3. **बोंबक** - वात की अधिकता से उत्पन्न ध्वनि का नाम बोंबक है। स्नेह रहित, माधुर्य रहित ऊंची ध्वनि है।

4. **मिश्रक** - दोषों की अधिकता से उत्पन्न होने वाली ध्वनि का नाम मिश्रक है।

इसके चार भेद हैं- नारट-काहुल, नारट-बोंबक, बोंबक-काहुल, नारट-बोंबक-काहुल। मिश्रित ध्वनि में दोनों ध्वनियों के दोष का थोड़ा परिहार हो जाता है। तीनों मिल जाते हैं तो पूर्ण परिहार हो जाता है। ध्वनि उत्तमोत्तम बन जाती है। दो-दो के मिश्रण में नारट-काहुल मिश्रण उत्तम है। अर्थात् कफ-पित्तज ध्वनि उत्तम है। काहुल-बोंबक ध्वनि अर्थात कफ-वातज ध्वनि मध्यम है। बोंबक-नारट मिश्रक या पित्त वातज ध्वनि अधम है। कफ, पित्त, वात के अंश भेद से दशाविध ध्वनियां उत्पन्न होती हैं।

1. मधुर स्नेहयुक्त धन
2. स्नेहयुक्त कोमल धन
3. मधुर मृदु त्रिस्थान व्याप्त
4. मृदु, त्रिस्थान गंभीर
5. स्नेहयुक्त मृदु धन
6. मधुर, मृदु, धन और त्रिस्थान व्याप्त
7. मधुर, स्नेहयुक्त त्रिस्थान व्याप्त
8. मधुर स्नेहयुक्त, गंभीर, धन, त्रिस्थान व्याप्त
9. स्नेहयुक्त, कोमल, गंभीर, धन त्रिस्थान लीन
10. स्नेहयुक्त, मधुर, कोमल, धन, लीन, त्रिस्थान व्याप्त और गंभीर।

इनके अतिरिक्त दो-दो भेदों के मिश्रण में अंश भेद से बारह ध्वनि भेद और तीन दोषों के मिश्रण अंशभेद से आठ भेद संगीत रत्नाकर में दिए गए हैं।

विशिष्ट शरीर रचना

चक्र

प्राण उर्जा के सूक्ष्म ढांचे में प्रत्येक नाड़ी का एक निश्चित मार्ग होता है और एक विशिष्ट बिंदु पर इनका संगम होता है, जो प्राण अथवा आत्मिक ऊर्जा के केंद्र होते हैं। इन्हें योग में चक्र कहा जाता है। संस्कृत में चक्र का अर्थ वृत्त, पहिया अथवा घूर्णन करने वाली कोई गोल वस्तु होता है। यह परिपथ मेरूदंड में होता है, जहां पांच प्रमुख नाड़ी-जाल स्थित हैं। इन्हें ही चक्र कहते हैं। यह उच्च तलों से ऊर्जा ग्रहण कर शरीर और मन को उसका वितरण करते हैं।

ये चक्र भौतिक दृष्टि से मेरूदंड में स्थित नाड़ी-जाल के प्रतीक हैं अथवा ग्रंथियां हैं, परंतु वस्तुतः ये न तो नाड़ी-जाल हैं और न ही कोई ग्रंथि। अत्यंत सूक्ष्म कंपनों पर चक्र कार्य करते हैं तथा मेरूदंड में उनकी भौतिक स्थिति को नेत्रों द्वारा देखा नहीं जा सकता, हालांकि वैज्ञानिक अत्यंत सूक्ष्म उपकरणों द्वारा उन्हें देख लेने का दावा करते हैं। हर चक्र की तरंग उससे संबंधित ग्रंथि और अंगों के कार्यों को प्रभावित करती है। इससे समूचा शारीरिक ढांचा और उसकी चयाचय की क्रिया प्रभावित होती है।

छह अथवा सात चक्र

मानव शरीर में मेरूदंड तथा सिर में सात चक्रों की स्थिति मानी जाती है। हर चक्र की अपनी पृथक तरंग होती है।

चक्रों का विवरण : मूलाधार चक्र

मूलाधार चक्र ऊर्जा का निम्नतम चक्र कहलाता है जो मेरूदंड के मूल में स्थित है। मूल का अर्थ जड़ तथा आधार का अर्थ जगह होता है। समस्त पाशविक प्रेरणाएं यहीं से उठती हैं। मनुष्यों में मूलाधार विकास-यात्रा का प्रस्थान-बिंदु होता है। मूलाधार जननांगों तथा उत्सर्जन संस्थान को नियंत्रित तथा नियमित करता है। इसका संबंध नासिका-द्वार तथा घ्राणशक्ति से होता है। अस्तु, नासिकाग्र दृष्टि के अभ्यास द्वारा मूलाधार को सक्रिय किया जा सकता है।

स्वाधिष्ठान चक्र

मूलाधार से दो अंगुल ऊपर स्वाधिष्ठान चक्र स्थित है। 'स्व' का अर्थ स्वयं और अधिष्ठान का अर्थ जगह होता है। जब स्वाधिष्ठान में चेतना और ऊर्जा कार्य करती है तो साधक में अहम एवं स्व की चेतना जागृत होती है। स्वाधिष्ठान का मूलाधार से निकट संबंध होता है और यह जननांगों तथा उनसे संबंधित ग्रंथियों को प्रभावित करता है। स्वाद का संबंध भी स्वाधिष्ठान से माना जाता है। चूंकि स्वाद गंध पर आधारित होता है, इसलिये स्वाधिष्ठान मूलाधार पर भी आश्रित माना जाता है।

मणिपुर चक्र

नाभि के पीछे मेरूदंड में मणिपुर चक्र स्थित है। मणिपुर का संबंध भोजन के पाचन, आत्मीकरण और प्राण-ऊर्जा से है। इसे पृथ्वी और स्वर्ग का मध्य बिंदु भी माना जाता है। निम्न चक्रों में चेतना का संबंध स्थूल अनुभवों से होता है, परंतु जब वह मणिपुर से गुजरती है तो उच्च आदर्श और विचार विकसित होते हैं। मणिपुर को भौतिक शरीर तथा प्राण और अपान के मिलन-बिंदु के मध्य में स्थित माना जाता है।

अनाहत चक्र

अनाहत मेरूदंड में हृदय के पीछे चौथा महत्वपूर्ण चक्र है। अनाहत का अर्थ 'चोट नहीं करना' होता है। हमारे हृदय क्षेत्र में निरंतर अनाहत ध्वनि होती

है। यहीं पर ब्रह्माण्ड और मानव अस्तित्व की धड़कन का अनुभव किया जाता है।

विशुद्धि चक्र

कंठ के पीछे मेरूदंड में विशुद्धि चक्र स्थित है। उपसर्ग 'वि' का अर्थ विशेष होता है, जिसकी तुलना नहीं हो सकती और 'शुद्धि' का अर्थ शुद्ध करने वाला होता है। विशुद्धि चक्र विषाक्त तत्वों को शरीर में फैलने से रोकता है। इसका प्रभाव गला, टॉन्सिल, स्वर-यंत्र, चुल्लिका तथा उप-चुल्लिका ग्रंथियों पर पड़ता है।

आज्ञा चक्र

तंत्र और स्वर योग में आज्ञा चक्र का बड़ा महत्व है। आज्ञा चक्र मेरूदंड के ऊपरी छोर पर भ्रूमध्य के पीछे स्थित है। पीनियल ग्रंथि से इसका संबंध होता है। इसे गुरु चक्र अथवा आज्ञा चक्र के नाम से भी जाना जाता है, क्योंकि यहीं से मन और निम्न चक्रों को प्रेरणा प्रेषित होती है, इसीलिए इसे तीसरा नेत्र भी कहा जाता है।

आज्ञा चक्र की भूमिका पीनियल ग्रंथि की भूमिका सदृश्य होती है। पीनियल ग्रंथि का संबंध पीयूषिका से होता है जो ऐसे हारमोनों को स्त्राव करती है, जिससे समूचा ग्रंथि-संस्थान सक्रिय होता है तथा शरीर के बढ़ने और जननांगों के विकास का नियमन और नियंत्रण होता है। जब पीनियल ग्रंथि सक्रिय होती तथा कार्य करती है तो वह पीयूषिका पर ताले का काम करती है।

सहस्त्रार चक्र

बनावट और प्रभाव की दृष्टि से देखें तो सहस्त्रार अन्य चक्रों से एकदम निराला है। वहां वह एक दिव्य अप्रतिम शक्ति होती है। सिर के सबसे ऊपरी भाग में सहस्त्रार को स्थित माना जाता है। उसके कार्यों का संबंध पीयूषिका से होता है।

नाड़ियां

नाड़ियां कोई नसें नहीं यह तो एक मार्ग है, जिसके द्वारा बहाव होता है। नाड़ी का मतलब है 'बहना'। उदाहरण के लिए निगेटिव और पोजिटिव फोर्स बिजली का वक्र जटिल परिधि से बहता है। वैसे ही प्राण-शक्ति और मन-शक्ति शरीर में प्रवाहित नाड़ी द्वारा होता है। तंत्र शास्त्र में इसकी संख्या 72000 है।

कुंडलिनी और विध्युल्लिनी

शरीर में रीढ़ की हड्डी के आरंभ के निकट दो कुंडों की कल्पना की गई है। एक कुंड है विध्युल्लिनी शक्ति का और दूसरा है कुंडलिनी शक्ति का। हम व्यावहारिक जीवन में जिस शक्ति का प्रयोग करते हैं, उसे विध्युल्लिनी शक्ति कहते हैं। इसके प्रयोग हम इच्छाओं, आकांक्षाओं, महत्वाकांक्षाओं की पूर्ति के लिए करते हैं। हमारे पूरे शरीर में विध्युल्लिनी शक्ति होती है। 'इलेक्ट्रिकल पोरेंशियल्स' है। अतः उस शक्ति को 'विध्युल्लिनी' कहना ही उचित होगा।

कुंडलिनी शक्ति कुंड में लीन है। कई योगी लीन कुंडलिनी शक्ति को जागृत भी करते हैं।

स्वरों का चक्र पर प्रभाव

मध्यम सप्त का 'सा' स्वर के उच्चारण से प्रतिध्वनि-अनुनाद उत्पन्न होता है। और अनुनाद मूलाधार चक्र को उद्दीपित करता है। इस प्रकार प्रत्येक स्वर सा, रे, ग, म, प, ध, नि के उच्चारण से वह अपने-अपने चक्रों को जागृत करते हैं। जैसे, भारतीय संगीत-पश्चिम संगीत

1. मूलाधार चक्र जागृत होता है 'सा' 'ह' स्वर के उच्चारण से
2. स्वाधीस्थान चक्र जागृत होता है 'रे' 'व' स्वर के उच्चारण से
3. मणिपुर चक्र जागृत होता है 'ग' 'म' स्वर के उच्चारण से
4. अनाहत चक्र जागृत होता है 'म' 'ए' स्वर के उच्चारण से
5. विशुद्ध चक्र जागृत होता है 'प' 'ळ' स्वर के उच्चारण से

6. आज्ञा चक्र जागृत होता है 'ध' '।' स्वर के उच्चारण से
7. सहस्त्रार चक्र जागृत होता है 'नि' 'ठ' स्वर के उच्चारण से

आरोह यानी नीचे से ऊपर सा, रे, ग, म, प, ध, नि अवरोह यानी ऊपर से नीचे सा, नि, ध, प, म, ग, रे, सा यह क्रम नीचे से ऊपर स्वरों का है। यह ऊपर और नीचे की ओर ऊर्जा के बहाव को प्रदर्शित करता है। याद रहे 'सा' यह स्वर है, इसका तारत्व से संबंध नहीं है क्योंकि तारत्व का तो अंतर बदल हो सकता है।

हर चक्र के बाईं ओर ईंगला नाड़ी है। इस नाड़ी को कोमल स्वर प्रभावित करते हैं। इंगला नाड़ी भावना और अंतप्रज्ञा से संबंध रखती है।

चक्र	एनाटॉमिकल	प्राणियों का उच्चारण
1. मूलाधार	Occygeal Plexus	मोर
2. स्वाधीष्ठान	Sacral Plexus	सांड
3. मणिपुर	Solar Plexus	बकरी
4. अनाहत	Cardiac Plexus	कबूतर
5. विशुद्ध	Carxical Plexus	कोयल
6. आज्ञा	Related to Pineal gland	घोड़ा
7. सहस्त्रधार	Related to Pituitarx gland	हाथी

अंतस्त्रावी ग्रंथि प्रणाली

ग्रंथियां शरीर के विभिन्न अंगों से जुड़ी रहती हैं। इनके द्वारा रासायनिक द्रवों की उत्पत्ति होती है। उसे हार्मोन कहते हैं। कोई ग्रंथि अपना स्त्राव प्रत्यक्ष रक्त प्रवाह में छोड़ती है उन्हें एक्झोक्राईन ग्लांड कहते हैं। कोई ग्रंथि अपना स्राव उसी स्थान पर छोड़ती हैं जहां इसका संबंध रहता है। यह नलिका विहीन होने के कारण इन्हें एक्झोक्राइन ग्रंथि कहते हैं। दोनों ग्रंथियां शारीरिक और मानसिक कार्यों पर असर डालती हैं।

1. **पीयुष ग्रंथि :** शरीर का विकास रोग निरोधक शक्ति के साथ-साथ

विपत्ति का सामना करती है।

2. **पिनीयल ग्रंथि :** ठोस सबूत नहीं हैं, लेकिन योग अनुसार स्थूल और चैतन्य शरीर के बीच की कड़ी है।

3. **थायराईड ग्रंथि :** हड्डियों का विकास नाड़ी संस्थान की संवेदनशीलता और शक्ति प्रदान करता है।

4. **प्यारा थायराईड :** शरीर विकास के साथ कैल्शियम और फॉस्पफोरस को क्रियाशील करता है।

5. **एड्रिनल ग्रंथि :** एड्रीनल और एड्रेलिन रस हार्मोन उत्पन्न करता है। स्वशन बढ़ाता है। रक्तचाप बढ़ाता है। कोलेस्टेरोल द्वारा यकृत, किडनी, प्रजनन अंग पर असर डालता है।

6. **पेंक्रियाज द्वारा :** इंसुलिन रस पैदा करता है यह शरीर के रक्त प्रवाह में शक्कर कोलेस्टेरोल पैदा करता है।

7. **यौन ग्रंथि :** पुरुषों में टेस्टेस्ट्रोन और स्त्रियों में इस्ट्रोजेन रस पैदा करता है।

8. **थायमस ग्रंथि :** शारीरिक विकास होने के बाद यह ग्रंथि छोटी हो जाती है।

शरीर : स्थूल शरीर, सूक्ष्म शरीर और करण शरीर

1. स्थूल शरीर-प्रथम, जिसमें रस, रक्त, मांस, मेद, अस्थि, मज्जा, वीर्य और ओज ये आठ धातुएं हैं।
2. सूक्ष्म शरीर-द्वितीय, जिसमें पांच प्राण, पांच कर्मेन्द्रियां, पांच ज्ञानेन्द्रियां, मन, बुद्धि, चित्त और अहंकार ये उन्नीस तत्व हैं।
3. कारण शरीर-तृतीय, विभु, प्रकृति, रूप, देह जिसमें आत्मा रहती है, न्यूनानन्द और अधिकानन्द का अनुभव करता है, यह आत्मा ही है।

भौतिक मानवीय देह आंखों से देखा जा सकता है, हमारे शरीर में एक और शरीर है, जिसे सूक्ष्म मानवीय देह कहते हैं। सूक्ष्म शरीर पदार्थ और ऊर्जा से व्याप्त है। यह एक अदृश्य कंपन से बनते हैं। पदार्थ से ऊर्जा या ऊर्जा से पदार्थ ऐसे आपस में परिवर्तनशील हैं। यह सूक्ष्म शरीर, शरीर के दूसरे हिस्से से अलग नहीं है। दोनों अदृश्य धागे से बंधे हुए हैं। हम इस सूक्ष्म शरीर का सहारा लेकर भौतिक देह को कैसे रोगमुक्त कर सकते हैं? केवल औषधि, आहार व व्यायाम से नहीं हो सकते। यदि हमें पता हो कि भीतर और शरीर के बाहर चारों तरफ मौजूद शक्तियां अपने अंतराल में दिव्य शक्तियां बाहर के वातावरण में संतुलित रहें तो हम रोग का प्रतिरोध कर सकते हैं। बस अंतः प्रेरणा चाहिए।

मानव शरीर का सुधार

1. स्थूल शरीर-स्थूल शरीर ही अन्नमय कोश है। यह रस, रक्त, मांस,

मेद, अस्थि मज्जा, वीर्य या रज, ओज इन अष्ट धातुओं के समुदाय से बनता है। यदि इन अष्ट धातुओं में किसी भी प्रकार का विकार उत्पन्न हो जाए तो जीवन दुःखी रहता है। जब शरीर ज्वर से पीड़ित हो जाता है तब गुलाबजामुन और रबड़ी की मिठास भी कड़वी प्रतीत होती है। क्योंकि मुंह में स्वयं ही कड़वाहट विद्यमान रहती है। इसी शारीरिक त्रुटि से प्रकृति के जड़ स्थूल पदार्थों में त्रुटि नजर आती है। न तो प्रकृति के स्थूल पदार्थों से आनन्द मिलता है, न तो अपने शरीर से स्वयं को आनन्द मिलता है। शरीर को संगीत की साधना से ठीक करें। स्थूल शरीर के द्वारा वाणी से, चाहे वह वाणी मुंह से उच्चारित की जाय अथवा नासिका से, स्थूल शरीर का रोग दूर होता है। संगीत के नाद से स्थूल शरीर को संगीतमय बनाया जाता है तब संगीतम की दिव्य तरंगों से शरीर परिपूर्ण हो जाता है, तो सम्पूर्ण शरीर की मशीनरी क्रियाशील हो जाती है, शरीर निरोग हो जाता है। जैसे तूफान से बादल छंट जाते हैं वैसे ही नाद से शारीरिक व्याधियां नष्ट हो जाती हैं। प्रश्न यह है कि यह शरीर जिन तत्वों से बना है, उन तत्वों का यदि दुरूपयोग किया जाता है अथवा शरीर के अंग-प्रत्यंगों का दुरूपयोग किया जाता है तब शारीरिक व्याधियों से मनुष्य पीड़ित हो दुखी हो जाता है। इसलिए सब मनुष्यों को चाहिए कि प्रकृति के किसी भी पदार्थ का तथा शरीर के किसी भी अंग-प्रत्यंग का दुरूपयोग न करें। हमेशा सदुपयोग ही करें।

2. सूक्ष्म शरीर-सूक्ष्म शरीर में पांच प्राण, पांच कर्मेन्द्रियां, पांच ज्ञानेन्द्रियां, मन-बुद्धि, चित्त और अहंकार, ये उन्नीस तत्व होते हैं। यह प्राणायाम कोश, मनोमय कोश, विज्ञानमय कोश से मिलकर बनता है। प्राण से ही ज्ञानेन्द्रियों को शक्ति मिलती है। यदि पांचों प्राणों में विकार आ जाए, प्राण बहिर्मुख होकर आत्मा के काबू के बाहर हो जाए तो इंद्रियां, मन सब बहिर्मुख हो जाते हैं। चंचल हो जाते हैं। यदि इन्द्रियां और मन बहिर्मुख होकर विषयों में फंस जाते हैं तो संगीत द्वारा मन-प्राणों के सूक्ष्म हो जाने से दिव्य तरंगे जब मन और प्राणों में व्याप्त होकर पूरे सूक्ष्म शरीर को संगीतमय बना देती है। आत्मा व मन के अन्दर

भरा हुआ सूक्ष्मतर दिव्य तरंगों को स्थूल शरीर और इन्द्रियों से ग्रहण नहीं होता है। उन्हें तो मन से ही ग्रहण किया जा सकता है। परन्तु मन तब ही ग्रहण करने में सक्षम हो पाता है जब स्वयं संगीतमय बन जाता है। बिना संगीतमय बने मन आनन्दमयी तरंगों को नहीं पकड़ पाता है। सूक्ष्म शरीर एक ऐसी जगह है जहां विचार भाव प्रकृति अन्तः प्रेरणा, इच्छा और विश्वास बदले जा सकते हैं। सूक्ष्म शरीर उस अदृश्य सॉफ्टवेयर के लिए संगीत की शब्दावली है जो हमारे भौतिक शरीर को नियंत्रित करता है। सूक्ष्म शरीर मस्तिष्क के साथ-साथ कोशिकाओं का संपूर्ण ज्ञान देता है। इसलिए छोटे से छोटे विचार और भाव के प्रति त्वरित प्रतिक्रिया करती है। यह सत्त् प्रवाह और परिवर्तन उत्पन्न करती है जो हमारी प्रकृति के मूल में है।

3. कारण शरीर-कारण शरीर विभु प्रकृति से बनता है, इसमें न्यूनानंद और अधिकानंद का अनुभव अविद्या के ज्यादा और कम होने से आत्मा अनुभव करती है। इसमें सम्पूर्ण क्रियाएं आत्मा स्वयं करती है।

जब आत्मा संगीत की आनन्दमयी सूक्ष्मतम दिव्यतम तरंगों को ग्रहण करने लगती है तो आत्मा अपनी माया के साथ-साथ सब जड़ और चेतन जगत् में स्वर्गीय आनंद का अनुभव करती है। आनन्दयुक्त हो जाने से मन के विक्षेप व शरीर की व्याधियां अपने आप समाप्त हो जाती हैं। आत्मा परमात्मा का साक्षात्कार और शरीर-मन पूर्ण निरोग हो जाते हैं।

जैसे पत्ते में पानी सींचने से सिर्फ पत्ते हरे रहेंगे, वे भी अल्प समय तक। तना में पानी देने से तने और पत्ते भी कुछ समय तक, परन्तु जड़ में पानी सींचने से तना, पत्ते सब हरे-भरे रहेंगे। ऐसे ही पत्तों का रोग कम हानिकर है। तने का रोग ज्यादा हानिकर है और जड़ का रोग बहुत भयंकर है। आपने स्थूल शरीर को ही ठीक किया तो थोड़ा ही सुधार हुआ है। सूक्ष्म शरीर को ठीक किया है तो ज्यादा सुधार हुआ है क्योंकि सूक्ष्म को ठीक करने से स्थूल सूक्ष्म दोनों ठीक रहेंगे। कारण, शरीर को ठीक करने से पूरा सुधार हुआ है क्योंकि कारण शरीर में आत्मा को स्थिर कर देने से स्थूल-सूक्ष्म कारण तीनों शरीरों का एक साथ सुधार हो जाता है। यदि सम्पूर्ण रोगों को ठीक

करना है तो आत्मा को स्थिर करना पड़ेगा। अर्थात स्वयं को स्वयं ही स्थिर करना है।

शरीर, आसन स्थिरतापूर्वक दीर्घकाल तक बैठने से तथा मन प्राणायाम से आत्मा समाधि साधना से स्थिर होता है, परन्तु संगीत से तीनों शरीर शुद्ध हो जाते हैं। अतः शरीर और मन को स्थिर करने का उपाय सबको करना चाहिए।

स्थिरता के लिए जब उपाय करेंगे तो क्रमशः स्थूल शरीर प्रथम सूक्ष्म शरीर द्वितीय, कारण शरीर तृतीय को सुधारना पड़ेगा। झाड़ को बचाना है। अतः पानी झाड़ की जड़ो में देना है। मानव शरीर भी एक झाड़ है। अतः संगीत का आनंद रस रूपी पानी सब जड़ों में भर देना चाहिए।

1. मानव के आस-पास ऊर्जा क्षेत्र है

1. मानव शरीर
2. इथरिक शरीर
3. एस्ट्रोल शरीर
4. मेंटल शरीर

इसके आगे की करण शरीर रहता है। सारी तरंगे करण शरीर से मेंटल शरीर में प्रवेश करती है। मेंटल से वह एस्ट्रोल शरीर में और बाद में इथरिक शरीर से मानवीय शरीर में प्रवेश करती। यह ऊर्जा क्षेत्र अलग-अलग कंपन संख्या से बना है इसलिये आपस में सहयोग होता है।

2. उदाहरण के लिए : हारमोनियम का प्रथम सप्तक-मानवीय शरीर है। द्वितिय सप्तक-इथरीक शरीर है तृतीय सप्तक एस्ट्रोल मानक है और अति तार सप्तक मेंटल शरीर है।

1. शारीरिक सप्तक
2. इथरीक सप्तक
3. कस्ट्रल सप्तक
4. मेंटल सप्तक

प्रभा मंडल दिव्यता का परिचायक है। जैसे कर्णेद्रियों को जागृत करके नादयोग सुना जाता है वैसे ही अर्न्तदृष्टि से अर्न्तमुखी होकर ध्यान या संगीत के द्वारा सूक्ष्म शरीर को जागृत किया जा सकता है।

3. मानव शरीर और इथरीक शरीर में फर्क केवल कंपन तरंगों का है। इस इथरीक शरीर में कोशिकाओं को उत्पन्न करने का नक्शा रहता है। गर्भ में पलते भ्रूण को इथरीक शरीर ही जान देता है। इथरीक शरीर और उसके पास के शरीर अतिसूक्ष्म तरंगों से सुसज्जित हैं पर हम आंखों से नहीं देख सकते। वैज्ञानिक डॉ. किर्लीन ने इसके फोटो लिए और प्रदर्शित किए हैं। इथरीक शरीर में पहले पता लग सकता है कि शरीर में क्या रोग पैदा हो सकते हैं।
4. एस्ट्रोल शरीर के अनुभव केवल उच्च कोटि का योगी ही जान सकता है, एस्ट्रोल क्षेत्र से ऊर्जा इथरीक को मिलती है और इथरीक मानवीय शरीर को देता है। यह एस्ट्रोल शरीर मानव की भावना को प्रभावित करता है इच्छा, मूड, भावना, खाने की इच्छा और डर यह सब एस्ट्रोल शरीर की तरंगें कन्ट्रोल करती हैं। शरीर के बाहर एस्ट्रोल शरीर निकल आता है जिसे आउट ऑफ बॉडी एक्सपिरिअन्स बोलते हैं।
5. मेंटल शरीर यह बुद्धि का केन्द्र है। कल्पना, शोध, वैज्ञानिकता का अनुभव इन तरंगों द्वारा होती है।
6. कॅजल शरीर-दिव्य दर्शन (Clairvoyance) दिव्य अनुभव, (Psychometry), प्रभावप्रेषण (Telepathy) संकल्प प्रयोग (Suggestion) यह सारे प्रयोग आत्मशक्ति विकसित होने पर आसानी से किये जा सकते हैं। इसमें (Abstract Ideas-Concept) निरपेक्ष निराकार कल्पना के तरंग हैं। सत्य क्या है, यह जानने की अभिलाषा इन तरंगों में रहती है। सारांशः यदि कॅजल शरीर में सत्य की परिभाषा ज्ञात हो जाए तो कोई भी शरीर मानवीय, इथरिक एस्ट्रोल और मेंटल में असंतुलन नहीं हो सकता। अपने ऋषि-मुनियों ने सदियों से कहा है 'मैं को जानो'।

कुछ घटनाएं जीवन में ऐसी घटती हैं जो शरीर में घर कर बैठती है उसके साथ ही चक्र में भी ब्लॉकेज हो जाता है। इस वजह से चक्र द्वारा जो प्राण ऊर्जा सभी भागों में संतुलन में बहती है उसमें कमी आ जाती है।

तनाव जो शरीर में जकड़े हुए है, वह केवल दो रास्ते से जा सकती

है। एक ध्यान, दूसरा मंत्र/संगीत, बार-बार मंत्र/संगीत पठन सुनने से मस्तिष्क पर असर होता है। चेतना जागृत होती है। चक्र ऊर्जा में जो ब्लॉकेज होता है वह खुल जाता है। चक्र पूर्वव्रत काम करने लगते हैं।

चक्र एक बिजली के ट्रांसफार्मर जैसा है। अतिसूक्ष्म ऊर्जा को शरीर में 'हारमोनल' रासायनिक द्रव्य-रस द्वारा हर कोशिकाओं को क्रियाशील करता है। विशुद्ध, अजना और सहस्रार चक्र आत्मिक-मानसिक अद्वितीय, अंर्तदृष्टि को प्रभावित करती है।

7. शरीर एक बहुत आयामों से घिरा है। सब आयाम आपस में एक दूसरे से जुड़े हैं लेकिन हर एक आयामों को अलग अलग दिखाया नहीं जा सकता। शरीर से लगा हुआ आयाम है, जिसे इथरिक बॉडी कहते हैं। दूसरा आयाम इमोशनल बॉडी कहलाता है। तीसरा मेन्टल और चौथा आयाम स्पीरीचुअल कहलाता है। बाहर से आई हुई अतिसूक्ष्म उर्जा शरीर तक पहुंचती है। इससे यह भी निदान होता है कि यदि किसी भी आयाम में संतुलित ऊर्जा का फर्क पड़ता है तो इसका परिणाम शरीर पर पड़ता है।

संगीत की आवश्यकता

संगीत की व्याख्या या उपचार का ज्ञान प्राप्त करने के पहले हमें यह पता लगाना जरूरी है कि जीवन में संगीत की आवश्यकता है या नहीं।

मनुष्य शरीर पर होने वाले सांगीतिक प्रभावों को हम भलीभांति बड़ी आसानी से जान सकते हैं। शरीर, संगीत में पूर्णतया लीन नहीं भी हो और वह व्यक्ति कम्प्यूटर पर काम कर रहा हो तो भी वह बैठे-बैठे पैरों को थपथपाता है। इसका अर्थ है कि संगीत में इतनी शक्ति है कि वह मनुष्य को अपनी ओर खींचता है।

शायद हम नहीं जान पाते कि संगीत हमारे दिमाग को कैसे प्रभावित कर रहा है। हम तो केवल यह जान पाते हैं कि इन गाने-बजाने से हमें मजा आ रहा है और इस पल का आनंद ले रहे हैं।

संगीत के ताल और शब्द को समझना एक सरल प्रक्रिया है। ऐसा दिखता है पर वैसा नहीं है। वास्तव में यह एक जटिल संज्ञानात्मक तथ्य है।

संगीत की अनुभूति सर्वप्रथम मनुष्य के कानों को होती है फिर वह कानों से नसों के द्वारा मस्तिष्क तक पहुंचता है।

मस्तिष्क में केवल एक संगीत केंद्र ही नहीं बल्कि संगीत कुछ गतिविधियों में से एक है। कहने का तात्पर्य यह है कि मस्तिष्क के बहुत सारे भाग संगीत समझने में स्नायुविक प्रक्रियाओं का बड़ा गुच्छा उपयोग में लाया जाता है।

श्रवण प्रांत संस्था

संगीत की ध्वनि प्रसंस्करण टेम्पोरे लोब का एक महत्वपूर्ण हिस्सा है।

मन और संगीत

जब हम संगीत सुनते हैं तो हमारे मस्तिष्क के अलग–अलग क्षेत्र कार्य करते हैं। MRI द्वारा संगीत के लिए कौनसा क्षेत्र उपयोगी है यहाँ नीचे दिखाया गया है –

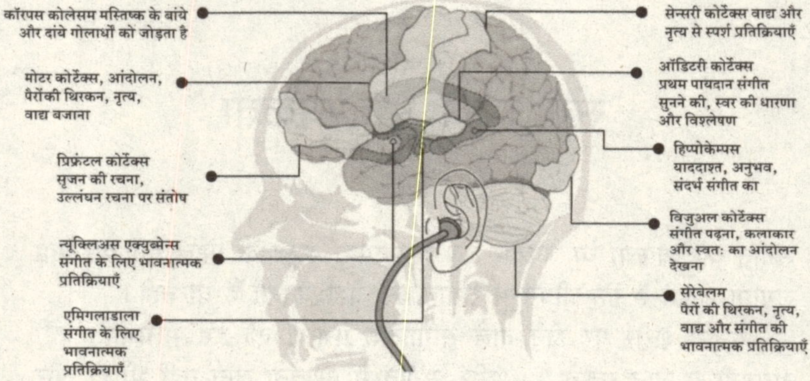

श्रवण प्रांत-संस्था कान से जानकारी लेता है और ध्वनि की पिच और लय का आकलन करता है। संगीत के विभिन्न पहलुओं का मस्तिष्क का भाग आकलन करते हैं। जैसे ताल का रवण प्रसंस्करण द्वारा अपेक्षाकृत मामूली तरह से जुड़ा है। बाकी ताल का मुख्य रूप से आकलन करने के लिए ललाट प्रांत-संस्था (Left frontal lobe) पार्श्विक प्रांत-संस्था (Left pariental lobe) और पश्चमस्तिष्क (Cerebellum) का उपयोग होता है।

साधारण ऊर्जा शरीर को स्वस्थ्य नहीं रख सकती तो इस समय आपको कोई बाहर की जैविक ऊर्जा की जरूरत है। इस ऊर्जा से आपकी कोशिकाओं को एक टॉनिक मिलता है। वहां नई कोशिकाएं आती हैं और पुरानी समाप्त हो जाती हैं। जवान लोगों में कैसा उमंग और उत्साह होता है वैसे ही इन कोशिकाओं में उत्साह होता है। शरीर आहार-विहार से स्वस्थ रहता है और मन-संगीत द्वारा।

मनुष्य का मस्तिष्क दो अर्ध गोलों में विभाजित है। दाएं अर्ध गोले को संगीत की गद्दी समझा जाता है। संगीत अध्ययन में लोगों ने यह पता लगाया है कि संगीत मस्तिष्क के दोनों अर्ध गोलों से निकलता है। कुछ मस्तिष्क

संगीत को विशिष्ट स्थान देते हैं। इन परिपत्रों के भाग अन्य प्रकार की ध्वनियों में भाग लेते हैं। मस्तिष्क का क्षेत्र जो पूर्ण रूप से उच्च और नीचे के स्वर को समर्पित है, बोलने की कल्पना के अंतर्गत आता है।

संगीत या अन्य ध्वनियां जो कान में प्रवेश करती हैं, इन्हें कान की ऑडिटरी कोर्टेक्स के ऊपरी भाग तक पहुंचना पड़ता है। कोर्टेक्स का दायां हिस्सा मधुर संगीत के कुछ कल्पना के उच्च-निच भागों के एकात्मक ध्वनि और लय तक जाना होता है। कोर्टेक्स बाएं भाग का मस्तिष्क आवृत्ति और तीव्रता परिवर्तन दोनों से भिन्न होता है। ऐसा तीव्र परिवर्तन उस समय होता है, जब कोई सितार या धनुष की प्रत्यंचा तोड़ता है। मस्तिष्क का बायां और दायां दोनों भाग लय की पूर्ण कल्पना के लिए आवश्यक है। मस्तिष्क के सामने का वह भाग, जहां कार्यरत स्मृति इकट्ठी होती है, वह लय और मधुर साधना में भूमिका अदा करते हैं।

गाना सुनते समय हाथ-पैरों को झटकने के बारे में शोधकर्ताओं ने यह

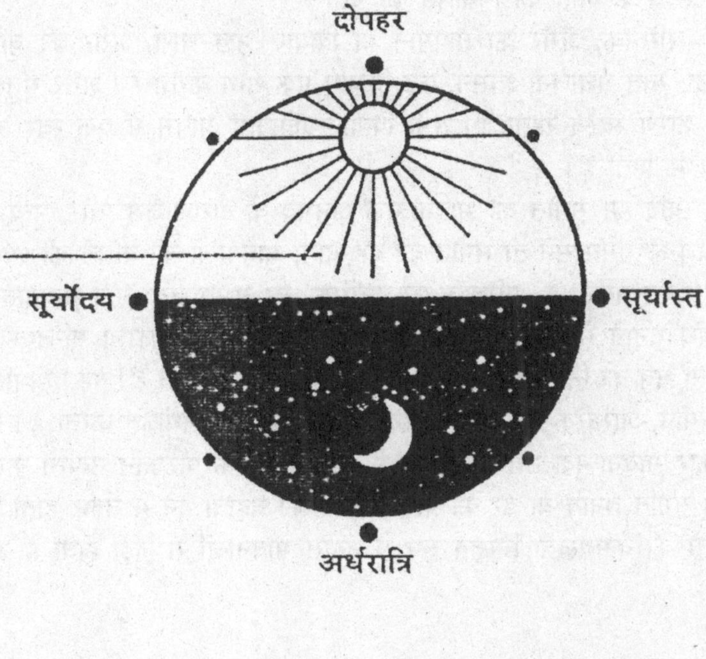

पाया कि मस्तिष्क, संगीत सुनते समय गति को नियंत्रित करता है। संगीत में वह शक्ति है कि उसकी दिव्य लहरें मस्तिष्क के मोर्टार सिस्टम पर असर डालती हैं। हममें से अधिकांश संगीत सुनते समय गुनगुनाते हैं। व्यक्ति जब सभागृह में संगीत सुनता है तो उस सभागृह के स्टेज, प्रकाश व्यवस्था, मंच, संगीत गाने वाले या वाद्य बजाने वाले की व्यक्त भावनाओं का असर भी मस्तिष्क पर पड़ता है।

लय-ऑडिटरी कोर्टेक्स के विभिन्न भाग भी लय उत्पादन के अंतर्गत आते हैं। खास तौर पर यह क्षेत्र वेल्ट और पैरावेल्ट क्षेत्र के अर्ध गोलाकार भाग के होते हैं। जब लोग नियमित अंतराल की लय को टेप करने की तैयारी करते हैं तो बायां कोर्टेक्स वाय पेटीटल कोर्टेक्स और दायां वोसइटल कोर्टेक्स उल्लेखित हो जाते हैं। फिर भी स्वरीय समझ में व्याप्त संरचना और भाषण कहीं ज्यादा जाने-पहचाने होते हैं। संगीत लय को कुछ बायोरिद्म से मिलाने के काफी प्रयास किए गए हैं लेकिन इसमें सफलता नहीं मिली, यह जानना बड़ा रुचिकर होगा कि ऑडिटरी कोर्टेक्स का मेदुला से कोई संबंध नहीं है। जो हृदय की गति को नियंत्रित कर देता है।

मस्तिष्क, शरीर का तापमान या क्रियाएं भूख-प्यास, शरीर की वृद्धि, निद्रा, रक्त संचालन, श्वसन, कई क्रियाएं एक साथ करता है। शरीर संतुलन के कारण स्वस्थ रहता है। सभी क्रियाएं-प्रक्रियाएं आपस में एक स्वर और रूप में रहती हैं।

यदि हम संगीत को भावनात्मक अनुभव के दौरान जैसे प्यार, मृत्यु या संबंध के समय सुनें तो संगीत का वह भाग, भावनाओं को बांधने की शक्ति प्राप्त कर सकता है। मस्तिष्क का प्रारंभिक क्षेत्र अभीगडाला भाग भावनात्मक संबंध बनाने में काफी लाभदायक सिद्ध होता है। अभीगडाला मस्तिष्क के अन्य क्षेत्र को नियमित करता है, जिसे हाइपोथैलेमस कहते हैं। यह एड्रीनलिन हारमोन, शारीरिक कार्य, सांस, हृदय गति आदि को नियंत्रित करता है। इस प्रकार भावनात्मक उत्तेजना शरीर में कई क्रियात्मक परिवर्तन उत्पन्न करती है। संगीत तनाव या डर की प्रतिक्रियाओं को बढ़ावा देने में तत्पर होता है। स्वरों की क्रमबद्धता विस्तृत रूप से उदास भावनाओं से जुड़ी होती है और

कुछ प्रसन्न भावनाओं से। लय, संगीत का दूसरा अवयव है, जिसे भावनात्मक प्रभाव में प्रयोग किया जा सकता है।

यह तो रही टेक्नीकल बात लेकिन संगीत व्यक्तिगत रूप से कैसे जादू करता है –

संगीत ठोस नहीं है, आप इसे खा या पी नहीं सकते, इसके साथ दोस्ती नहीं कर सकते, हवा या ठंड के खिलाफ यह रक्षा नहीं कर सकता। यह टूटी हुई हड्डी को ठीक नहीं कर सकता और फिर भी मनुष्य संगीत से प्यार करता है यह उसके लिए वेशकीमती से परे है।

आपको मालूम है कि यदि कोई आपका मनपसंद गाना गाता है या उस गीत की प्रशंसा करता है तो वह व्यक्ति आपको प्रिय लगता है। आपके संबंध भी घनिष्ठ हो जाते हैं। याद कीजिए आपके कॉलेज की जमाने की या कभी आप अपने मित्रों के साथ पिकनिक मनाने गए हों तब किसी महिला या पुरुष ने आपका मनपसंद गीत गाया होगा तो आपकी भावनाएं जागृत हो गई होगी। यही गाना जब रेडियो या टी.वी. पर आता है तो आपको बीती बात याद आती होगी। संगीत एक ऐसा उपकरण है जो भावनाओं को जागृत करता है। संगीत की वास्तविकता अपने विचार को बाहर लाना है अपने विचारों को दबाना नहीं है। यह गाना सुनकर हमने अपनी भावनाओं और मूड को महसूस किया। शायद पहले हमें इसका पता नहीं था संगीत का यह एक प्राथमिक कार्य है कि लोगों को एक साथ लाना, संगीत कार्यक्रम एक ऐसा मौका है जब इस भागदौड़ ज़िंदगी में हम सब एकत्रित होते हैं।

हर व्यक्ति का विश्वास है कि सामाजिक संबंध सुधरे और आपस में मेल-जोल का वातावरण बढ़े। संगीत एक ऐसा माध्यम है कि वह आपस में खुशी का वातावरण बढ़ाने में अनमोल भूमिका निभाता है।

संगीत और संगीत चिकित्सा की परिभाषा

संगीत और चिकित्सा दोनों को परिभाषित करना कठिन हो जाता है क्योंकि दोनों एक ही अनुशासन में आपस में जुड़े हुए हैं। दार्शनिक, मनोवैज्ञानिक और संगीतज्ञों ने संगीत की परिभाषा के लिए सदियों से संघर्ष किया है।

संगीत और चिकित्सा के संबंधित अनुशासन

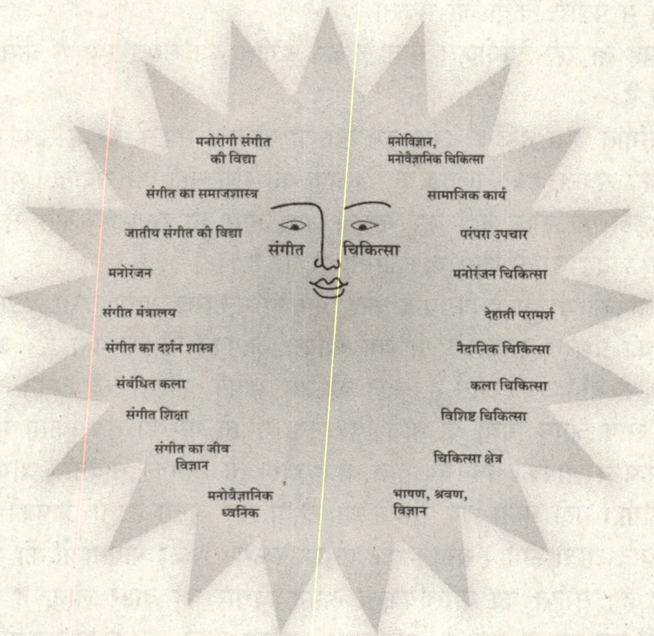

संगीत चिकित्सा तथा संगीत द्वारा चिकित्सा (रोगोपचार), इन तीनों में प्रथम दोनों की अलग-अलग व्याख्या करना कठिन कार्य तो है ही किंतु दोनों की एकत्रित और व्याख्या करना तो अधिक ही कठिन कार्य साबित होगा।

चिकित्सा के परिप्रेक्ष्य में संगीत की व्याख्या करना अथवा चिकित्सा की व्याख्या संगीत के संदर्भ में या परिप्रेक्ष्य में करना, दोनों में कई तरह की समस्याएं हैं।

संगीत चिकित्सा की व्याख्या करने में प्रथम आह्वान या समस्या यह होगी की दोनों के तंत्रों में जो भेद है उन्हें एक दूसरे के पूरक स्वभाव से सिद्ध कर दिखाना, क्योंकि संगीत चिकित्सा का कोई मिलाजुला इकलौता स्वतंत्र तंत्रशास्त्र अस्तित्व में नहीं है, जिसकी सीमाएं साफ, सुस्पष्ट व निश्चित हो। सच्चाई

तो यह है कि संगीत और चिकित्सा इन दोनों प्रमुख विषयों के इर्दगिर्द स्थित कई अन्य तंत्रों को एकत्रित बांधकर उनके साथ मिलेजुले गतिशील स्वरूप में उसे प्रस्तुत करना होगा जो एक पूर्ण वैज्ञानिक व्याख्या होनी चाहिए।

कई बार ऐसा होता है कि संगीत-कला अन्य कलाओं पर हावी हो जाती है, उन्हें ढक देती है। उसी तरह चिकित्सा शास्त्र कई बार अन्य मानवनिर्मित व्यवसायों पर हावी हो जाता है, उन्हें आच्छादित करता है, जिससे कई तरह के अस्पष्ट नए क्षेत्र निर्मित हो जाते हैं, जिनकी सीमाएं धूमिल हो। उदाहरण के लिए, संगीत कब एक कला का रूप धारण करता है और कब और कहां एक उपचार-चिकित्सा का रूप लेता है या दोनों रूपों में एकसाथ कार्य करता है और जब वह चिकित्सा शास्त्र का रूप लेता है तब उसका नामाभिधान क्या होगा, यानी वह किस प्रकार की चिकित्सा होगी? संगीत वैद्यक-तंत्र, संगीत-नृत्य द्वारा उपचार-विधि, या संगीत शिक्षण में वह शिक्षा जब चिकित्सोपचार बन जाती हो तब उसका संबोधन क्या होगा? इत्यादि सभी पहलुओं को सम्मिलित कर उसका विश्लेषण कर देने वाली परिपूर्ण व्याख्या, जो सभी प्रश्नों के उत्तर दें, तैयार करनी होगी।

मस्तिष्क शारीरिक तापमान, चयापचय क्रियाएं भूख-प्यास, शरीर की वृद्धि, निद्रा, रक्त संचालन, श्वसन और कई क्रियाएं एक साथ नियमित करता है। मस्तिष्क का एक छोटा भाग है उसे हायपोथलेमस कहते हैं। शरीर की अनगिनत क्रिया को संचालित करता है। शरीर संतुलन के कारण स्वस्थ रहता है।

भौतिक मायवीय देह आंखों से देखा जा सकता है, हमारे शरीर में एक और शरीर है जो सूक्ष्म मानवीय देह कहते हैं। सूक्ष्म शरीर पदार्थ या ऊर्जा से व्याप्त है। यह एक अदृश्य कंपनों से बनते हैं। पदार्थ से ऊर्जा या उर्जा से पदार्थ ऐसे आपस में परिवर्तनशील हैं। यह सूक्ष्म शरीर कोई शरीर के दूसरे हिस्से से अलग नहीं है। दोनों में एक धागे से अदृश्य धागे बंधे हुए हैं। हम इस सूक्ष्म शरीर का सहारा लेकर भौतिक देह को कैसे रोगमुक्त कर सकते हैं, जो केवल औषधि, आहार व व्यायाम से नहीं हो सकते। यदि हमें पता हो कि भीतर और शरीर के बाहर चारों तरफ मौजूद शक्तियों को

किस तरह संतुलित कर सकते हैं। अपने अंतराल में दिव्य शक्तियां बाहर के वातावरण में संतुलित रहे तो हम रोग का प्रतिरोध कर सकते हैं, बस अंतःप्रेरणा चाहिए।

भय, क्रोध, शंका अनेक नकारात्मक भाव-रासायनिक विषाक्त पदार्थ हमारे शरीर में उत्पन्न करते हैं और क्षति पहुंचाते हैं। इन विषाक्त पदार्थ को तनाव-हार्मोन कहा जाता है।

अगर विशेष ध्वनि से प्रकट वह संगीत जो कि संगीत विशिष्ट जो उस बीमार व्यक्ति के लिए सौम्य है, वह सुनना चाहिए। यह संगीत लहरें विचार से भी अधिक सूक्ष्मतर स्वर खोजने लगता है। यह दिव्य सूक्ष्म संगीत लहरें प्रवेश करती हैं तो पुराना जकड़ा हुआ विचार आता है परंतु यह विचार भय-शंका का नहीं है, यह विचार सुख और ताजगी का है क्योंकि यह आपने गहन स्तर से प्राप्त किया है।

अगर किसी कारणवश उपचारक ध्वनियां जो समुद्रों की लहरों में, झरनों में रहती हैं, आप सुन ना पाएं तो आप संगीत द्वारा वह दिव्य तरंगें प्राप्त कर सकते हैं। यह ध्वनि जो आद्य ध्वनि है, इसका उच्चारण भी कर सकते हैं और इसे गाया भी जा सकता है। यह तत्व और भी अधिक सशक्त हो जाता है जब यह मानसिक ध्वनि की तरह आंतरिक रूप से प्रयुक्त होता है। आद्य ध्वनि वास्तविक है यह ध्वनि अपने मूल देह से संबंधित है तो रोग होने का अर्थ है कि हमारे शरीर की ध्वनियां कहीं-न-कहीं बेसुरी हो गई हैं।

बौद्धिक दृष्टि से आप तरंगों के कंपनों को नहीं समझ सकते तो अपने जीवन को प्रभावित करते हैं। आभामंडल में ग्रहों की गति, हृदय कि धड़कन और अपने कोशिकाओं से अणुओं की हलचल यह हर एक आपके जीवन को सूक्ष्म परंतु गहन रूप से प्रभावित करते हैं।

शरीर के अंदर के कंपन गड़बड़ा जाना ही रोगों को आमंत्रण है। कोशिकाओं के अणु अपनी अकड़ के द्वारा रासायनिक संदेश जो मस्तिष्क द्वारा भेजा गया है, उसे ग्रहण नहीं करती। उपचारक संगीत ध्वनियां डायरेक्ट मस्तिष्क के आवेग को सही करती हैं, यही उपचारक ध्वनि का लक्ष्य है।

विविध संगीत चिकित्सा

एलोपैथिक के सिद्धांत के मुताबिक रोग तब उत्पन्न होता है, जब उसे पैदा करने वाले कीटाणु शरीर में प्रवेश करते हैं।

वैद्य समझते हैं कि शरीर में कफ, पित्त और वात तीन तत्व हैं और ये तत्व जब समतोल में लगे रहते हैं तो मनुष्यों में रोग का प्रतिकार करने की शक्ति रहती है। इसी वजह से यह रोग की प्रतिकार शक्ति बढ़ाने का प्रयत्न करते हैं। होम्योपैथी समझते हैं कि एक विशेष तत्व को लेने से जो लक्षण पैदा होते हैं, यदि उस तत्त्व को बहुत सूक्ष्म भाग में लिया जाए तो शरीर में उन लक्षणों का विरोध करने की शक्ति प्रेरित होती है। बॉयोकैमिक पद्धति में समझते हैं कि शरीर में बारीक क्षार रहता है और जब ये अधिक समतोल रहते हैं, तब मनुष्य में रोगों का प्रतिकार करने की शक्ति रहती है। उसके असमान होने से लक्षण पैदा होते हैं। शरीर में उस क्षार की कमी को पूरा करने से रोग निरोधक शक्ति फिर पैदा होगी। प्राकृतिक चिकित्सा में मनुष्य का जोर स्वस्थ जीवन पद्धति पर है। यहां खुराक, संतुलित श्रम, नींद और विश्राम पर बल रहता है। स्वस्थ जीवन प्राप्त करने के ये प्रयास हैं। एक्यूप्रेशर अर्थात् सुई और पंक्चर अर्थात छेद करना। एक्यूपंक्चर का अर्थ है सुई द्वारा शरीर के किसी भी बिंदु पर छेद कर रोग दूर करना। योग चिकित्सा-योग विद्या द्वारा, यौगिक क्रियाओं द्वारा व्याधियों पर नियंत्रण करना, योग द्वारा चेतना का विकास ही स्वास्थ्य का मूल मंत्र है।

अन्य चिकित्सा में कलर थैरेपी, रत्न चिकित्सा, आरोमा थैरेपी, यूनानी चिकित्सा, संगीत चिकित्सा का भी समावेश है। आज इस जगत में 100 से

125 चिकित्सा पद्धतियां हैं। सबके सिद्धांत अलग हैं और सबसे बीमारी दब जाती है। सोचने की बात यह है कि विभिन्न चिकित्सा पद्धतियों में विभिन्न सिद्धांत होने के बाद भी मरीज को किस प्रकार का लाभ हुआ।

शेक्सपियर की नजर में

शेक्सपियर केवल एक दार्शनिक ही नहीं थे वरन एक आला दर्जे के नाटककार भी थे, पर इससे भी जुदा उनका एक रूप था, वह था एक उच्च कोटि के संगीत प्रचारक, विचारक और प्रेमी का लेकिन उनका यह शौक उनके दर्शन और नाटक में छुप गया, जबकि संगीत के प्रति उनकी धारणा क्या थी? इसका अंदाज इस बात से लगाया जा सकता है कि अपने एक नाटक में उन्होंने संगीत को आत्मा का भोजन बताया था और कहा था कि सही खुराक मिलती रहे तो संगीत सदा रहे और अपने स्वर प्रवाह से मानव चित्त को पावन करता रहे। शायद ही कोई हो जो संगीत के माधुर्य को नहीं चाहता या पहचानता हो। उसकी मधुर स्वर लहरियों ने न केवल भावनाओं को उद्वेलित किया है, बल्कि जीवन को किसी न किसी रूप में मधुर संगीत से प्रभावित किया है। वाद्य संगीत और गायन की मीठी धुनें हमारे दिल और दिमाग को शांति देती हैं, सुकून देती हैं, यही नहीं संगीत की विशेष धुनों की तरंगें मानसिक रोगों को सुधारने और उद्दीपन को शांत करने में भी सहायक होती हैं। संगीत में छुपे हुए शब्दों की शक्ति को सामवेद ने प्रारंभ में ही पहचान लिया था। इसे ओम उच्चारण के माध्यम से ठोस रूप में जाना जा सकता है। संगीत जहां सीधे हमारी भावनाओं से जुड़ जाता है, वहीं म्यूजिक थैरेपी या संगीत चिकित्सा में संगीत हमारी दबी हुई भावनाओं को उभारने का कार्य करती है। शुरुआती दौर में संगीत चिकित्सा को कपोल-कल्पना मानने वालों ने भी बाद में इसके अस्तित्व को स्वीकारा है। यह चिकित्सा हर प्रकार के मानसिक रोगों के इलाज में प्रभावी सिद्ध हुई है, चाहे वह अवसाद हो, एंजाइटी न्यूरोसिस, कोलिका साइकोसिस या साइको-सोमेटिक की मानसिक स्थिति, पागलपन की बीमारियां हों सभी में यह चिकित्सा कारगर रही है। जीवन में सकारात्मक परिवर्तन लाते हुए संगीत जीवन में खुशियां भरता है।

यह व्यक्ति के सामाजिक, भावनात्मक, शैक्षणिक और व्यावहारिक विकास के लिए अत्यावश्यक है। यहां बताना प्रासंगिक होगा कि महान दार्शनिक पाइथागोरस, अरस्तू और प्लेटो ने भी मानसिक घावों को भरने में संगीत की महत्ता को न केवल पहचाना था, बल्कि मान्यता भी दी थी। संगीत चिकित्सा पद्धति का विकास और विस्तार बीसवीं सदी के प्रारंभ में हुआ, जब युद्ध की विभीषिका झेल रहे लोगों की सहायतार्थ संगीतकारों द्वारा अस्पतालों में जाकर उन्हें अपनी सेवाएं दी गईं।

संगीत का जिंदगी पर प्रभाव

अब इस बात को मान लिया गया है कि संगीत व्यक्ति की भौतिक, मानसिक, व्यक्तिगत और सामाजिक जिंदगी पर अपना गहरा प्रभाव छोड़ता है। जिन्होंने कभी इसका मखौल उड़ाया, वह भी आज मानने लगे हैं कि संगीत सिर्फ शारीरिक रूप से स्वस्थ और सबल व्यक्तियों का ही जीवन नहीं सुधारता है, बल्कि अपंगों और बीमार व्यक्तियों की जिंदगी में भी इसने टॉनिक का काम किया है। संगीत सुनना, सुनाना या संगीत की रचना करना सभी संतुष्टिदायक होते हैं।

संगीत चिकित्सा के प्रकार और उत्पत्ति (सुख-शांति पाने की कारगर विधि) संगीत चिकित्सा के प्रकार और उत्पत्ति को समझने में सरलता की दृष्टि से चार भागों में विभाजित किया गया है, यह हैं :

संगीत चिकित्सा के प्रकार और उत्पति

1. भावनात्मक प्रकार – किसी संगीत को चाहे वह पूर्व रिकार्डेड हो अथवा समक्ष में प्रस्तुत किया जा रहा हो सुनने और उस पर अपनी प्रतिक्रिया देने आनंद आता है, उसमें समाज में स्वीकृत व्यवहारों द्वारा अपने आपको व्यक्त करने तथा व्यक्तिगत समस्याओं को सुलझाने में बहुत मदद मिलती है।

2. सुधारात्मक प्रकार – तत्कालिक रूप से अपनी आवाज, सुरों, वाद्ययंत्रों अथवा शारीरिक हावभाव, आवाजों के द्वारा संगीत की रचना करना, इस विधा में आता है। इससे-नकारात्मक भावनाएं सकारात्मक भावनाओं में परिवर्तित

होती जाती हैं। भक्ति अपने अंतरमन से जुडता जाता है, उसका विकास कर पाती है और अपनी ऊर्जा का सही सदुपयोग कर पाता है।

3. आन्दोन्मुख उत्पति – धुनों को गाना, गुनगुनाना या बजाने से व्यक्ति के आत्मविश्वास में वृद्धि होती है तथा कुशलता प्राप्त होती है।

4. निर्माण विधा – व्यक्ति के द्वारा स्वयं के प्रयासों से गीत-संगीत की मौलिक रचना करना तथा अपने आपको व्यक्त करना इसी में आता है। आंतरिक भावों के वशीभूत होकर अथवा विधिवत ज्ञान प्राप्त कर संगीत की रचना होती है।

संगीत के लाभ

1. तंत्रिका उद्धीपन-संगीत तंत्रिकाओं में उद्धीपन का कार्य करता है। उदाहरणार्थ शास्त्रीय संगीत से प्राप्त होने वाली मानसिक शांति।
2. संगीत से दर्द निवारण।
3. संगीत मानसिक अवस्था में सकारात्मक बदलाव लाता है। अंतरमन की छुपी हुई भावनाओं को बदलते हुए सकारात्मक भावनाओं को उभारता है।
4. स्वास्थ्य सुधार में वृद्धि- संगीत बीमारी में ली जा रही दवाईयों के गुणात्मक प्रभाव में आशातीत वृद्धि करता है। शरीर के विभिन्न संस्थान संगीत की स्वर लहरियों से प्रभावित होते हैं और स्वस्थ होते जाते हैं।
5. कक्षा में पढ़ाई के दौरान संगीत की मधुर धुनें पढ़ाई की एकाग्रता में वृद्धि करती है। पठन-पाठन शक्ति में संवर्धन करती है।
6. बिगड़े मूड को सुधारने में संगीत अहम भूमिका निभाता है। तनाव उत्पन्न करने वाले हारमोन्स "कार्टिसोल" का रक्त नियंत्रण करता है।
7. संगीत तनावमुक्त आरामदायक वातावरण बना देते हैं जिसमें हृदय गति, रक्तचाप और तनाव नियंत्रित होते हैं।
8. हृदय रोगियों, नन्हें बालकों, कॉलेज छात्रों और आत्महत्या के प्रकरणों में पाया गया है कि संगीत चिकित्सा से उनके तनाव काफी कम हो गये।

9. आल्जीमर्स डिमेन्शिया के रोगियों में संगीत चिकित्सा से आशाजनक सुधार हुए। तनाव मुक्ति के साथ गुस्सा होने की प्रवृति से भी छुटकारा मिला।
10. संगीत चिकित्सा अवसाद में कमी लाती है और नकारात्मक विचारों को कम करती है।
11. किसी दुर्घटना/हादसों में पीड़ित बच्चों पर सामूहिक संगीत चिकित्सा बहुत कारगर सिद्ध हुई है। सुनामी प्रभावित बच्चों पर निमहैन्स संस्था द्वारा सामूहिक संगीत चिकित्सा का प्रभावी उपयोग किया गया था।
12. समय पूर्व जन्म लिए बच्चों को संगीत चिकित्सा देने पर पाया गया कि वे ज्यादा मां का दूध ग्रहण करने लगे ।
13. संगीत चिकित्सा से उल्टी, दर्द आदि शिकायतों में कमी आती है।
14. मनोविदलता (शाइनोफ्रिनीया) के प्रकरणों में संगीत से आपसी संबधों में सुधार आते देखा गया है।
15. अनिद्रा के रोगियों के लिये संगीत चिकित्सा वरदान सिद्ध हुई है।
16. तनाव घटाने में भी संगीत लाजवाब रहता है।

अंत में प्रसिद्ध मनोवैज्ञानिक "'कारलिटो'' के निम्न शब्द कि "ईश्वर भी मधुर संगीत के पीछे जाता है'' तो जिस संगीत के साथ ईश्वर हो, वहां कोई बीमारी या कोई मनोरोग कैसे रह सकता है।

क्या है संगीत चिकित्सा

संगीत चिकित्सा ऐसी गुप्त क्रिया है, जिसमें उपचार करने वाला संगीत और संगीतज्ञ रोग के समस्त पहलुओं - भावनाएं, मस्तिष्क, सामाजिक निश्चेतक और आध्यात्मिकता की मदद से अपने मरीजों की मदद करते हैं। कुछ परिस्थितियों में मरीजों की आवश्यकताओं का संबंध सिर्फ संगीत से ही होता है, जबकि दूसरी तरफ इसका संबंध (चिकित्सा) डॉक्टर और मरीज के बीच में बने संबंधों पर आधारित होता है।

इस आधार पर सही मायने में निष्कर्ष निकाला जाए तो संगीत चिकित्सा एक औषधात्मक इलाज का विकल्प है। यह मरीज के स्वास्थ्य को पुनः प्राप्त होने के लिए निर्मित और एक रचनात्मक ढंग है, जिसमें संगीत की मदद ली जाती है। इसमें व्यक्ति की कुशलता भी मिश्रित होती है। किसी भी उम्र या योग्यता का व्यक्ति इस चिकित्सा से लाभान्वित हो सकता है। संगीत उपचार में शारीरिक, मानसिक, भावनात्मक और सामाजिक पहलुओं पर ध्यान केंद्रित होता है। यह संगीत मनोरंजन, संगीतात्मक जानकारी आदि पहलुओं पर मरीज का ध्यान केंद्रित करता है।

इसे दो तरीकों से प्रस्तुत किया जा सकता है - एक संगीत का निष्क्रिय तरीका है जो श्रवण को महत्व देता है, जबकि दूसरा तरीका संगीत के सक्रिय श्रवण को बढ़ाता है, जो संबंधन या हिस्सा लेने के लिए आवश्यक है। संगीत की निष्क्रिय अवस्था सभी प्रकार की बीमारियों के इलाज के लिए लाभप्रद है। संगीत की सक्रिय अवस्था मूल संबंधी विकारों जैसे बच्चे का मूकपन, देर से बोलना तथा न बोलना आदि में सहायक है तथा यह बच्चों को वाचाल

कर बोल पाने की क्षमता प्रदान करता है। संगीत की निष्क्रिय अवस्था बच्चों की याददाश्त बढ़ाना, तनाव मुक्त करना, दिल संबंधी समस्या तथा रक्तचाप को नियमित कर रोगियों को स्वस्थ रखती है।

संगीत एक औषधात्मक का उचित तरीका और नुस्खा है, जिसे औषधि विशेषज्ञ स्मरण शक्ति को बढ़ाने में सिफारिश करते हैं। यह सामाजिक भावनाओं और शारीरिक कार्यकलापों तथा सभी उम्र के विकलांग लोगों के लिए भी एक इलाज है। सभ्यता के सूर्योदय के साथ भारतीय संगीत चिकित्सा पूरे विश्व में मौजूद थी, क्योंकि हमारा संगीत सर्वव्यापी है और शोधित क्षेत्र में इसकी असलियत है। इसे हम शांति प्रदान की अवस्था भी कह सकते हैं, जो हम सभी इसके अंतर्गत आते हैं। यह दुखद है कि हमारे पूर्वज इस बहुमूल्य शोध का कोई लेखा-जोखा नहीं रख पाए, जो आज समाज-कल्याण में लाभकारी सिद्ध होता।

क्या होता है जब सुनते हैं संगीत

वैज्ञानिक तौर पर जब हम संगीत सुनते हैं तो हमारे शरीर में कई चीजें घटित होती हैं। जब हम संगीत में शिरकत करते हैं, अपने शरीर को गतिशील करते हैं तो जो संगीत हम सुनते हैं या उसमें भाग लेते हैं, वह हमारे मस्तिष्क के कई हिस्सों को आनंद देने में मदद करती है। यदि हम संगीत में दक्ष हैं, तो मस्तिष्क जिन चीजों का निर्धारण करने की क्षमता रखता है तो उसका परिणाम भी बता देता है। यदि हम संगीत को बिना किसी रुकावट के जारी रखें तो यह मरीजों के उपचार-निदान का कारण बन जाता है। अब हमें सिर्फ धैर्यपूर्वक उन प्रमाणों का इंतजार करना होगा, जो मस्तिष्क से संबंधित शोध और दावों पर आधारित है।

संगीत उपचार में प्रतिवादी क्या करती है : जो चीज संगीत उपचार को अन्य चिकित्सा से भिन्न बनाती है, वह है संगीत में इसकी धारण-शक्ति। इसलिए हर सत्र में प्रतिवादी का हिस्सा जरूरी है। कुछ खास है कल्पना, पुनः क्रियान्वयन, रचना और संगीत का सुनना, वे क्षण, जो कल्पना के अंतर्गत आते हैं, प्रतिवादी अपने संगीत को बिना कल्पना के बनाता है। जो भी

गाना या बजाना उस समय उसके दिमाग में आता है। प्रतिवादी स्वतंत्र सोच सकता है या उन ध्वनियों को निरंतर वरीयता दे, जो वाद्य यंत्र से निकलती हैं या फिर उपचार के द्वारा दी गई संगीत विधियों का पालन करें। अकसर प्रतिवादी को बताया जाता है कि वह भावनाओं के आवाजें-चित्रण घटनाओं पर ध्यान दें।

उन सत्रों में जो संगीत के पुनर्वादन के अंतर्गत आते हैं, ऐसे में प्रतिवादी पहले से रचित गीत गाता या बजाता है। इसके अंतर्गत वाद्य यंत्रों या गले के स्वरों से निकाले स्वर, अनुसारित संगीत कहावतें या याद किए गीत, जिन्हें संगीत प्रस्तुति से गाया जाए या फिर उसमें हिस्सा लेना, अभ्यास संगीत पाठों में जाना या यादगार से कार्यान्वित करना या संगीत के प्रस्तुतिकरण पर काम करना या फिर संगीत, ड्रामा या शो में भाग लेना।

वे क्षण, जो रचित भाग के अंतर्गत आते हैं, संगीत चिकित्सक प्रतिवादी को गीत लिखने में वाद्य अंश या किसी प्रकार का संगीत उत्पाद जैसे कि संगीत वीडियो-ऑडियो टेप से कार्यक्रम आदि अकसर निदान प्रतिवादी के लिए सरल विधि देता है, जिसमें वह प्रतिवादी को संगीत रसास्वादन, लेखन आदि आते हैं या प्रतिवादी कई तकनीकी पहलुओं की जिम्मेदारी लेता है।

सब श्रवण के अंतर्गत आते हैं, उसमें प्रतिवादी को सजीव या रिकॉर्डेड संगीत पर काम करना होता है। श्रवण अनुभव शारीरिक, भावनात्मक, बौद्धिक, निश्चेतक और संगीत के आध्यात्मिक पहलुओं पर बल देता है तथा प्रतिवादी को आराम, मनन, संरचनात्मक स्वतंत्र गति सोचनीय कार्य स्वतंत्र संयोग, कहानी कथन, कल्पना, चित्रण, पुनःस्मरण आदि पर ध्यान देना चाहिए। ऐसी अभिव्यक्तियों के लिए प्रयुक्त संगीत सजीव, रिकॉर्डेड, सोचा हुआ या रचित होना चाहिए या फिर व्यावसायिक संगीत का कई ढंगों में प्रतिवादी या निदानक द्वारा इस्तेमाल करना चाहिए।

संगीत उपचारक इन संगीत अभ्यास के प्रकारों के साथ प्रतिवादी को मौखिक वार्तालाप पर लगाए प्रतिवादी संगीत और इस पर संगीत के प्रभाव की बात करें या फिर अनुभव के दौरान उठे विचार, भावनाओं को सोचे प्रतिवादी अन्य कलाओं द्वारा जैसे चित्र, रंगाई, नृत्य, ड्रामा, कविता को व्यक्त

करे, बच्चों के संगीत निदान में खेल और अन्य क्रियाकलाप, जो संगीत पैदा करें, आते हैं।

क्या संगीत में इलाज क्षमता का प्रभाव है : इलाज क्षमता व्यक्तियों में संगीत के रूप में जाना-माना तथ्य है। यह शताब्दियों पहले ही था। लोक संगीत की गुणवत्ता तथा इसके प्रदर्शन ने अनेक पहलुओं में अहम् भूमिका निभाई है। यंत्रों का संगीत क्या है? जब भी शास्त्रीय संगीत किसी तार वाले वाद्य यंत्र से बजाया जाता है तो उसका असर पूर्ण रूप से पड़ता है। विशिष्ट स्वर को शास्त्रीय स्वरूप से प्रस्तुत किया जाता है और यह व्यक्तियों पर अच्छा प्रभाव डालता है। ...तो वाद्य यंत्र द्वारा निष्कासित आकृति लोगों तथा वातावरण पर अपना प्रभाव डालती है।

संगीत चिकित्सा के प्रकार

यह दो तरह के हैं : एक, संगीत उपचार का प्रथम सक्रिय तरीका तथा दो, संगीत उपचार का निष्क्रिय तरीका। संगीत उपचार औषधि उद्योग बीमारी और स्वास्थ्य दोनों में लाभदायक है। दोनों अवस्थाओं में संगीत चिकित्सा अच्छा स्वास्थ्य रखने और बनाने दोनों में लाभप्रद है, सक्रिय तरीका संगीत उपचार में मरीजों की पेशगी की पहल करता है, जबकि निष्क्रिय उपचार सिर्फ मरीजों की उपस्थिति का ही आभास कराता है। संगीत का निष्क्रिय भाग मरीजों के स्वास्थ्य में लाभप्रद होता है। सक्रिय उपचार का सक्रिय तरीका बच्चों के लिए विशेष करके मंदबुद्धि बच्चों के लिए मूल समस्या में लाभप्रद है। पीडियाट्रिक क्षेत्रों में सक्रिय तरीका बच्चों के अविक्रिया ब्लॉक को नियमित करता है और निर्धारित समय में बच्चे की एकाग्रता बढ़ाता है।

मूल विकार आदि रोगों या संख्यात्मक आकलन तथा बच्चों में विचार बढ़ाता है। सक्रिय संगीत में मस्तिष्क के पटलों को खोलकर मरीजों को उनकी पूनरित अवस्थापूर्व में लाता है। निष्क्रिय संगीत की पद्धति औषधि के क्षेत्र में एक विकल्प और औषधिक विकल्प है। यह खुशी की बात है कि पाश्चात्य देशों ने वह संगीत चिकित्सा सहर्ष स्वीकार कर ली है, लेकिन दुःखद यह है

कि हमारे देश के लोग अभी जागृत नहीं हैं। इसी वजह से इसको स्वीकार करने में संकोच करते हैं। इस दिशा में इस कार्य में जुटे लोगों को जागरूक होना होगा और लोगों को इस पद्धति का महत्व बताना होगा।

संगीत एक सार्वभौमिक भाषा है : यह मनुष्य के समस्त स्वरों को प्रभावित करता है। यह आदान-प्रदान का एक ऐसा माध्यम है जो आनन्द तथा अनुभव दोनों प्रदान करता है।

आधुनिक विज्ञान और औषधि दोनों संगीत की पुनः प्राप्त शक्ति की दोबारा खोज कर रही है। संगीत पद्धति उपचार लोगों की मानसिक और शारीरिक परिस्थितियों में विशिष्ट प्रयोग द्वारा उनका पुनर्स्थापना का काम करता है जो आज मजबूत पकड़ बना रहा है।

संगीत आयुर्वेद का एक युग युगान्तर हिस्सा है, काफी समय पहले से ही संगीत भारतीय संस्कृति का एक हिस्सा रहा है। वेदों में भी संगीत का एक विशिष्ट स्थान है। सामवेद संगीत से परिपूर्ण है। शास्त्रीय संगीत के महान रचयिताओं ने युगों-युगों से संगीत पद्धति को अपनाने का प्रयत्न किया है।

ऐसा माना जाता है कि संगीत श्लेष्मिक सिराओं को शक्ति प्रदान करता है, जिसका निस्सरण (स्त्राव) श्वसन तंत्र और रक्त स्त्राव (बहाव) दोनों को प्रभावित करता है। ऐसा माना जाता है कि संगीत निदान के लिये शरीर की कोशिकाओं का स्पंदन आवश्यक है और इन स्पंदनों (कम्पनों) द्वारा बीमार व्यक्ति को निश्चेतक (बेहोशी) से स्वस्थ अवस्था में लाया जा सकता है। एक सही प्रकार का संगीत व्यक्ति को आराम तथा ताजगी दोनों ही प्रदान करता है, यहां तक कि काम करते समय भी संगीत क्षमता बढ़ाता है। संगीत सुनने से हमारे व्यक्तिव के नकारात्मक पहलू जैसे चिन्ता, नफरत, ईर्ष्या तथा नाराज़गी आदि पर नियंत्रण हो जाता है। संगीत निदान भावनाओं, रक्तचाप तथा यकृत क्रियान्वयन को नियंत्रित रखने का एक सबसे सरल तरीका है, ऐसा भी माना जाता है कि भारतीय राग नींद न आना, निम्न व उच्च रक्तचाप से लेकर (सीजोफरानिया, बेहोशी), मिरगी रोग की परिस्थितियों में पूर्ण लाभकारी सिद्ध होता है।

भारतीय सभ्यता पहले से ध्वनियों और कंपनों की औषधात्मक पात्र और

उनसे संबंधित चीजों में पहले भी सरल थी, जब संगीत पूर्ण रूप से अपनी मनोरंजनात्मक कीमत के लिए विख्यात था। भारतीय संस्कृति (सभ्यता) को संगीत को रचनात्मक पहलू प्रदान करने में थोड़ी ही दूरी तय करनी पड़ी।

नाद योग की प्राचीन पद्धति जिसने कुछ समय पूर्व संगीत के (मस्तिष्क) और शरीर पर पड़ने वाले प्रभाव को पहचाना और व्यक्ति की जागरुकता को कम्पन द्वारा निकलने वाली आवाज के आधार पर अभ्यस्त किया। यह भारतीय प्रतिभा ही थी जिसने राग को सिर्फ मनोरंजन का साधन ही नहीं माना अपितु कम्पनों के स्पंदन के द्वारा किसी भी मानसिकता और स्वास्थ्य की भी जानकारी ली। रागों ने किसी भी व्यक्ति के मन को उत्तेजित कर तथा मस्तिष्क के तरंग नमूने को नियमित कर एक पूरक औषधि का काम किया।

राग चिकित्सा

भारत में राग पद्धति

सजीव तंत्र कुछ निष्कासित ऊर्जाओं की सुग्रहिता प्रदर्शित करता है, चाहे वह ध्वनि विज्ञान, चुम्बकीय या वैद्युत चुम्बकीय क्यों न हो। क्योंकि संगीत का प्रभाव भावनाओं तथा मस्तिष्क पर आसानी से मापा जा सकता है। इसका प्रयोग मरीजों की शारीरिक मनोवैज्ञानिक और सामाजिक क्रियाओं (क्रियाकलापों) के इलाज में होता है। भारतीय शास्त्रीय संगीत को दो भागों में वर्गीकृत किया जा सकता है। कतिपय संगीत जिसे पहले से ही कतिपय, अभ्यस्त और प्रदान किया जा सकता है और मनोधर्म संगीत जिसे बिना सोचे समझे किया जा सकता है। मनोधर्म संगीत की तुलना सुहागरात की पहली रात से कर सकते हैं, क्योंकि इसमें अनिरंतरता और अप्रस्तुति दोनों होते हैं। प्राचीन भारतीय मूल पाठ के अनुसार, स्वर शास्त्र, 72 मेलाकर्रा राग (जनक राग) शरीर में 72 शिराओं को नियंत्रित करते हैं। ऐसा माना जाता है कि यदि कोई भी पूरी लगन से राग लक्षण और श्रुति सुधी के साथ गाता है तो राग शरीर में एक विशिष्ट शिरा को पाक्षिक ढंग से प्रभावित करता है।

यदि रोग के उबरते हुए स्वरों को ध्यान दें तो वे भावनाओं का आंतरिक चक्रण करते हैं जबकि चढ़ते हुए स्वर ऊपरी गतिशीलता को प्रकट करते हैं। सिपाहियों या नृत्यंगों के लिये बजाया गया संगीत सजीव और आरोहण राग से युक्त होना चाहिए। इसी प्रकार शोक गीत को मायूसी या अवरोहन के समय बजाना चाहिए। यद्यपि यह कोई नियत नहीं है, अधिकांश पाश्चात्य धुनें जो

प्रसन्न स्वरों पर आधारित हैं और निम्न ढंग से रचित की गई हैं सिर्फ शोक और गंभीरता को लाने की कोशिश करती हैं। कुछ राग श्रोताओं को मानसिक एवं भावनात्मक दोनों तरह से गतिशील करने की प्रवृत्ति रखते हैं।

यह एक बढ़ती हुई जागरुकता है कि रोग कई औषधियों के लिये सुरक्षित विकल्प हो सकता है। साधारणतया दोहराई जाने वाली निम्न स्वर की लय जैसे कि भजन-कीर्तन आदि मूल्यांकित शांतिप्रदायक हैं, जिन्हें कृत्रिम दर्द में स्थानांतरित किया जा सकता है और इनसे कई दुष्प्रभाव हैं, ये आराम को बढ़ावा देते हैं जैसा कि मस्तिष्क तरंगों के एल्फा स्वरों से आकलित किया गया है। वे शरीर में हारमोन परिवर्तन को भी बढ़ावा दे सकते हैं। इसलिए ऐसा महसूस किया गया कि वैज्ञानिक मापदण्डों पर आधारित जांच बहुत ही जरूरी है जो काफी हद तक भारतीय संगीत के वर्तमान स्वर की स्वर्णखान का पर्दाफाश कर देगी। इस उद्देश्य के लिये यह आवश्यक है कि भारतीय रागों का एक कुशल समूह औषधि विशेषज्ञों से मिले और राग पद्धति की वैज्ञानिक तरीके से कुछ खास बीमारियों जैसे तनाव या तनाव संबंधित रोगों का इलाज ढूंढ़े।

संगीत पद्धति (निदान) क्या है?

संगीत निदान ऐसी गुप्त क्रिया है, जिसमें निदानक संगीत और उसके समस्त पहलुओं जैसे भावनाएं, मस्तिष्क निश्चेतक और आध्यात्मिकता की मदद से अपने मरीजों की मदद करते हैं उनके स्वास्थ्य में सुधार लाता है, कुछ परिस्थितियों में मरीजों की आवश्यकताओं का संबंध सिर्फ संगीत से ही होता है जबकि दूसरी तरफ इसका संबंध (निदान) डॉक्टर और मरीज़ के बीच में बने संबंधों पर आधारित होता है।

संगीत निदान क्या है?

संगीत निदान एक औषधात्मक इलाज का विकल्प है। यह मरीज के स्वास्थ्य को पुनः प्राप्त होने के लिये एक निर्मित और रचनात्मक ढंग है, जिसमें संगीत की मदद ली जाती है। इसमें व्यक्ति की कुशलता भी मिश्रित होती है। किसी

भी उम्र या योग्यता का व्यक्ति इस संगीत निदान से लाभान्वित हो सकता है, यदि वह संगीत और संगीतात्मक बुद्धिमत्ता से परे क्यों नहीं हो। संगीत निदान में शारीरिक, मानसिक, भावनात्मक, और सामाजिक पहलुओं पर ध्यान केन्द्रित होता है। यह संगीत मनोरंजन, निदान, संगीतात्मक जानकारी आदि पहलुओं पर ध्यान केन्द्रित करता है।

संगीत निदान का प्रकार

संगीत निदान एक प्रकार का जरिया है जो बच्चों तथा बड़ों की मदद करता है। यह इन लोगों के लिये जो मानसिक एवं भावनात्मक सामाजिक पहलुओं से दूर समस्याग्रस्त व्यवहार तथा समाज के प्रति अपने को संयोजित नहीं कर पाते हैं। उपर्युक्त सुविधाओं से वंचित लोग राग और संगीत की कुछ विशिष्ट कृतियों द्वारा विचारवान और खुशहाल बनाए जा सकते हैं।

संगीत प्रस्तुति

संगीत निदान को दो तरीकों से प्रस्तुत किया जा सकता है। एक संगीत का निष्क्रिय तरीका है जो श्रवण को महत्व देता है, जबकि दूसरा तरीका संगीत के सक्रिय श्रवण बढ़ाता है जो संबंधन या हिस्सा लेने के लिये आवश्यक है। संगीत की निष्क्रिय अवस्था सभी प्रकार की बीमारियों के इलाज के लिये लाभप्रद है। संगीत की सक्रिय अवस्था मूल संबंधी विकारों जैसे बच्चों का मूकपन, देर से बोलना, या न बोलना आदि में सहायक है तथा याददाश्त बढ़ाना, तनावमुक्त करना, दिल संबंधी समस्या तथा रक्तचाप को नियमित कर रोगियों को स्वस्थ रखती है।

अन्दर आनन्द प्राप्त होना / आतंरिक आनन्द

संगीतात्मक निदान द्वारा प्रस्तुत संगीत मरीजों में अंतर प्रकट करता है। शास्त्रीय संगीत विचारों में व्यक्त करने के लिये एक सीधा अनुभव है। बजाय कि यह भावनाओं और विचारों में परिवर्तित हो। यह कम्पन की तरह काम करता है जो मरीजों को आश्चर्य प्रकट कराता है। परिणाम वैज्ञानिक तौर

पर सिद्ध हो चुके हैं। संगीत निदान औषधि की एक समकालीन प्रणाली है। कुछ अवस्थाओं में यह औषधि विकल्प का कार्य करती है।

एक औषधिरहित निदान

संगीत निदान संगीत का एक औषधात्मक और उचित तरीका व नुस्खा है जिसे औषधि विशेषज्ञ स्मरण शक्ति को बढ़ाने की सिफारिश करते हैं यह सामाजिक भावनाओं और शारीरिक कार्यकलापों तथा सभी उम्र के विकलांग लोगों के लिये एक इलाज है।

क्या संगीत निदान भारत में ही पाया जाता है?

हां! सभ्यता के सूर्योदय के साथ संगीत निदान पूरे विश्व में मौजूद था, क्योंकि हमारा संगीत सर्वव्यापी है और शोधित क्षेत्रों में इसकी असलियत है, इसे हम शांति प्रदान की अवस्था भी कह सकते हैं, जो हम सभी इसके अंतर्गत आते हैं। सिर्फ हमारे पूर्वज उसका कोई लेखा-जोखा नहीं रख पाये जो आगे समाज कल्याण में लाभकारी सिद्ध होता।

जब हम संगीत सुनते हैं तो क्या होता है?

वैज्ञानिक तौर पर जब हम संगीत सुनते हैं तो हमारे शरीर में कई चीज़ें घटित होती हैं। जब हम मूर्त संगीत में भाग लेते हैं और अपने शरीर को गतिशील करते हैं तो जो संगीत हम सुनते हैं या उसमें भाग लेते हैं तो हमारे मस्तिष्क के कई हिस्से संगीत का आनन्द लेने में हमारी मदद करते हैं। यदि हम संगीत में दक्ष हैं तो मस्तिष्क चीज़ों का निर्धारण करने की क्षमता रखता है और उसका परिणाम भी बता देता है। यदि हम संगीत को बिना किसी रुकावट के जारी रखें तो यह मरीजों के निदान का आश्चर्य बन जाता है। सिर्फ ऐसी सूचनाएं विकृत लोगों के लिये लाभप्रद हैं। हमें धैर्यपूर्वक किसी सही प्रमाण का इंतजार करना होगा जो मस्तिष्क से संबंधित शोध और दावों पर आधारित है।

संगीत निदान में प्रतिवादी क्या करता है?

जो चीज़ संगीत निदान को अन्य निदानों से भिन्न बनाती है, वह है संगीत में इसकी धारण शक्ति। इसलिये हर सत्र में प्रतिवादी का हिस्सा जरूरी है। कुछ खास है कल्पना, पुनःक्रियान्वयन, रचना और संगीत को सुनना। वे क्षण जो कल्पना के अंतर्गत आते हैं, प्रतिवादी अपने संगीत को बिना कल्पना के बनाता है, जो भी गाना या बजाना उस समय उसके दिमाग में आता है। प्रतिवादी स्वतंत्र सोच सकता है तथा उन ध्वनियों को निरंतर वरीयता दे जो वाद्ययंत्र से निकलती है या फिर निदानक द्वारा दी गई संगीत विधियों का पालन करें। अक्सर प्रतिवादी को बताया जाता है कि वह भावनाओं के बजाए चित्रण घटनाओं पर ध्यान दे जो निदान के अंतर्गत आती हैं। प्रतिवादी निदानक के साथ सोच सकता है या अन्य प्रतिवादियों में अकेले या निदानक उद्देश्यों पर निर्भर करता है।

गीत गाना-बजाना

उन सत्रों में जो संगीत के पुनर्वादन के अंतर्गत आते हैं, ऐसे में प्रतिवादी पहले से रचित गीत गाता या बजाता है। इसके अंतर्गत वाद्य यंत्रों या गले के स्वरों से निकाले स्वर अनुसारित संगीत कहावतें या याद किए गीत, जिन्हें संगीत प्रस्तुति से गाया जाये या फिर उसमें हिस्सा लेना अभ्यास संगीत पाठों में जाना या यादगार से कार्यान्वित करना या संगीत के प्रस्तुतिकरण पर काम करना या फिर संगीत ड्रामा या शो में भाग लेना।

वीडियो या ऑडियो टेप

वे क्षण जो रचित भाग के अंतर्गत आते हैं, निदानक प्रतिवादी को गीत लिखने में वाद्यअंश या किसी प्रकार का संगीत उत्पाद जैसे कि संगीत वीडियो, ऑडियो टेप कार्यक्रम आदि अक्सर निदान प्रतिवादी के लिये सरल विधि देते हैं, जिसमें वह प्रतिवादी को संगीत रसस्वादन, लेखन आदि आते हैं या प्रतिवादी कई तकनीकी पहलुओं की जिम्मेदारी लेता है।

संगीत निदानक इन संगीत अभ्यास के प्रकारों के साथ प्रतिवादी को मौखिक वार्तालाप पर लगाये। प्रतिवादी संगीत और इस विषय पर संगीत के प्रभाव की बात करें या फिर अनुभव के दौरान उठे विचार, भावनाओं को प्रतिवादी अन्य कलाओं द्वारा जैसे चित्र, रंगाई, ड्रामा, कविता को व्यक्त करें। बच्चों के संगीत निदान में खेल और अन्य क्रियाकलाप जो संगीत पैदा करें, आते हैं।

संगीतज्ञ और गुण

संगीत निदानक को कैसे गुण रखने चाहिए?

जो भी व्यक्ति संगीत निदान के अंतर्गत आते हैं वे दुष्कृत संगीतकार होते हैं, जो संगीत के प्रति जागरूक इच्छा के धारक अपने ज्ञान को दूसरों की मदद में लगाते हैं, उनकी मानसिक विज्ञान और औषधि में बराबर रुचि होती है। संगीतात्मक होना एक आवश्यक गुण है, संगीतज्ञ होने के लिये संगीत की शक्ति को जानने की आंतरिक गहराई आवश्यक है तथा संगीत और गायन के माध्यम से दूसरों तक पहुंचने की योग्यता संगीत निदान वाले विद्यार्थी चाहे उनकी कार्यप्रणाली कुछ भी हो, उन्हें पियानो, गिटार की आवाज़ पर केन्द्रित होना चाहिए, क्योंकि यह उपचार प्रणाली में लाभदायक है। संगीत निदान वाले लोगों को संगीत की योग्यता और उसका ज्ञान होना चाहिए, क्योंकि उन्हें स्वतंत्र रूप से शास्त्रीय संगीत कार्यान्वयन या उसके तौर-तरीके का प्रदान करना पड़ सकता है। एक सफल संगीत निदानक स्वस्थ मस्तिष्क के तौर पर विचारवान, शक्तिवान, परिपक्व हो तथा कार्यक्षेत्र में अतिरिक्त प्रतिभा रखे। यह बिना कहे रहा नहीं जा सकता कि एक निदानक सग्राही और फिक्रमंद होना चाहिए जो दूसरे के अंतर को स्वीकार कर सके। उतना ही महत्वपूर्ण है कि एक संगीत निदानक स्वयं जागरूकता भावनात्मक स्थिरता रखे ताकि वह आम लोगों की समस्या का निराकरण कर सके। अच्छे संगीत निदानक वही हैं जो स्वयं का निदान कर सके। यही कारण है कि संगीत निदान को निदानक का एक आवश्यक अनुभव माना जाता है। दोनों ही

क्षेत्रों में उनके प्रशिक्षण और निदान पहलुओं में संगीत निदानक खुद का निदान प्राप्त करें।

क्या संगीत में इलाज क्षमता का प्रभाव है?

इलाज क्षमता व्यक्तियों में संगीत के रूप में जाना-माना तथ्य है। यह शताब्दियों पहले से ही था, लोक संगीत की गुणवत्ता तथा इसके प्रदर्शन ने अनेक पहलुओं में अहम भूमिका निभाई है। यंत्रों का संगीत क्या है? जब भी शास्त्रीय संगीत किसी तार वाले वाद्ययंत्र से बजाया जाता है तो उसका असर पूर्ण रूप से पड़ता है। विशिष्ट स्वर को शास्त्रोत्र ढंग से प्रस्तुत किया जाता है और यह व्यक्तियों पर अच्छा प्रभाव ड़ालता है। यह मस्तिष्क में उपस्थित न्यूरो संग्रहक द्वारा अमुक व्यक्ति को प्रभावित करता है।

लाभदायक संगीत

संगीत निदान औषधि उद्योग, बीमारी और स्वास्थ्य दोनों में लाभदायक है। दोनों अवस्थाओं में संगीत निदान अच्छा स्वास्थ्य रखने और बनाने में लाभप्रद सक्रिय तरीका, संगीत निदान में मरीजों की पेशगी की पहल करता है। जबकि निष्क्रिय निदान केवल मरीजों की उपस्थिति का ही आभास कराता है। संगीत का निष्क्रिय भाग मरीजों के स्वास्थ्य लाभ में लाभप्रद होता है। सक्रिय निदान का सक्रिय तरीका पेडियाट्रिक क्षेत्रों तथा मूल समस्याओं में लाभप्रद है। पेडियाट्रिक क्षेत्रों में सक्रिय तरीका बच्चों की अविक्रिया-कलाप को नियमित करता है और निर्धारित समय में बच्चे की एकाग्रता बढ़ाता है तथा बच्चों की मूकता को दूरकर बोलने की क्षमता जुटाता है। संगीत प्रशिक्षण बच्चों की यादगार में सुधार करता है। संगीत निदान द्वारा बच्चों को देर से होने वाले विकास को दूर करता है। यह बच्चों में व्यवहार व्यक्तित्व, कल्पित शक्ति और उनमें हिस्सा लेने की शक्ति जुटाता है और यह सिर्फ सक्रिय तरीके में ही आवश्यक है।

मूल विकार आदि रोगों का संख्यात्मक आकलन तथा बच्चों में विचार बढ़ाता है। सक्रिय संगीत में मस्तिष्क के पटलों को खोलकर मरीजों को

उनकी पूर्व अवस्था में लाता है। निष्क्रिय संगीत की पद्धति औषधि के क्षेत्र में एक विकल्प और औषधिक विकल्प है।

बेसुरे यानी क्या?

बेसुर-ध्वनि संगीत गाना या वाद्य साधारण व्यक्ति को पहचान में आते हैं। वह उसे गड़बड़ा देता है और शरीर में एक अजीब सी हलचल पैदा कर देता है। वैसे देखा जाये तो वह भी सुर ही है लेकिन बेसुर, सूक्ष्म संगीत लहरें जो बेसुर हैं, वह निसर्गता उसे दूर कर पास नहीं आने देतीं और वह ऐसा सोचता है कि मुझे यह सुर सुनने नहीं आता। हर स्वर एक नहीं रहता बहुत से सुर बने रहते हैं।

संगीत का ज्ञान रखने वाले को लगता है कि वह एक ही सुर सुन रहा है लेकिन तानसेन हो तो पता लगता है कि दूसरे स्वर एवं सुर भी इसी में घुले-मिले हैं। इस इलेक्ट्रॉनिक युगतंत्र द्वारा बहुत सारे अनचाहे स्वर छाने जा सकते हैं और एक स्वर पा सकते हैं। कहने का मतलब है कि अनचाहे स्वर भी रहते हैं।

यह अनचाहे स्वर ओवर टोनस कहलाते हैं। यह गणित शास्त्र के पहलू से आपस में एक अनुपात में रहते हैं जैसे 1, 2, 3, 4, 5 : 6 आदि। यह अनुपात जैसा हो उसी के अनुसार एक अंतराल यानी एक टोन से दूसरी टोन और संख्या रहती है। फ्रिक्वेंसी या उच्च-नीचता का पायथोगोरेस ने ई.पू. 571 में सर्वप्रथम शोध किया था कि संगीत हानिकारक है। यह बेसुरे संगीत शरीर को अस्वस्थ करता है। हो सकता है अगले 10-15 वर्षों में जितने भी कर्कश कठोर और तेज आवाज़ वाले संगीत की सीडी है उसपर यह संदेश दिया जाये कि यह संगीत स्वास्थ्य के लिये हानिकारक है, जैसा कि सिगरेट के पैकेट पर लिखा होता है।

संगीत पद्धति क्या है?

संगीत पद्धति अन्तःव्यक्तिगत विधि है, जिसमे थैरेपिस्ट संगीत और उसके सभी भौतिक, भावनात्मक, मानसिक, सामाजिक और आध्यात्मिक बिन्दुओं

का प्रयोग करता है जो उसके क्लाइंट्स का स्वास्थ्य सुधारने में सहायक होते हैं। कुछ परिस्थितियों में क्लाइंट्स को सीधे संगीत से ही संबोधित किया जाता है तथा दूसरी परिस्थितियों में यह संबोधन क्लाइंट्स और थैरेपिस्ट के बीच उत्पन्न संबंधों द्वारा किया जाता है।

किसके साथ संगीत थैरेपी का प्रयोग किया जाता है?

संगीत थैरपी का प्रयोग सभी उम्र के व्यक्तियों के साथ कई शर्तों जैसे साइकेट्रिक डिसऑर्डर, मेडिकल समस्याएं, शारीरिक तौर पर विकलांगता, गूंगापन अयोग्यता, विकास, सबस्टेंस एव्यूज आदान-प्रदान समस्या, अन्तःव्यक्तिगत समस्याएं और बढ़ती हुई उम्र के साथ किया जाता है। इसका प्रयोग याददाश्त वृद्धि, आत्मनिर्माण, तनावमुक्ति, शारीरिक व्यायाम की सहायता तथा शरीर से संबंधित अन्य क्रियाओं में भी किया जाता है।

संगीत थैरेपिस्ट कहां काम करें?

संगीत थैरेपिस्ट को सामान्य अस्पतालों, साइकेट्रिक सुविधा केंद्रों, स्कूलों, सामुदायिक केन्द्रों, प्रशिक्षण संस्थानों, व्यक्तिगत अभ्यासों और विश्वविद्यालयों में सेवाएं प्रदान करनी चाहिए।

संगीत क्लाइंट्स का संगीत थैरेपी में क्या काम होता है?

संगीत थैरेपी को अन्य थैरेपी से अलग पाए जाने का कारण इसकी संगीत पर पूर्ण निर्भरता पर आधारित होता है। अतः हर समय क्लाइंट को संगीत से संबंधित कुछ तरीकों से जुड़े रहना चाहिए। इसमें कुछ खास हैं जैसे सुधार, मनोरंजन, कम्पोजिंग तथा संगीत सुनना आदि।

1. इन क्षणों में जिसके अंतर्गत तत्कालिक व्याख्यान देने के लिए क्लाइंट, तत्कालिक भाषण, गायकी या गीत के आधार पर स्वयं तैयार करता है। क्लाइंट इसे स्वतंत्रतापूर्वक तैयार कर सकता है, यदि वह निकलने वाली आवाजों को लगातार रिस्पांस देता है या क्लाइंट थैरेपिस्ट द्वारा दिये गये निर्देशों के हिसाब से भी तैयार कर सकता है। अकसर क्लाइंट

को बताया जाता है कि वह भावनाओं के लय को कार्यक्रम, व्यक्ति या थैरेपी में प्रयुक्त खोजों को सुधारे। क्लाइंट थैरेपिस्ट के साथ इंप्रोवाइज़ अकेले या अन्य क्लाइंट्स के साथ कर सकता है, जो कि थैरेप्यूटिक उद्देश्य पर निर्भर करता है।

2. उन क्षणों में जिनमें संगीत मनोरंजन के दौरान क्लाइंट या तो गाता है या बजाता है, जो पहले से ही बनाया गया होता है। इस प्रकार के संगीत अनुभव में स्वर या इंस्ट्रूमेंट द्वारा उत्पन्न संगीत, गीतों का अनुकरण, कण्ठस्थ करना या संगीत प्रस्तुतिकरण गीतों में भाग लेना या अभ्यास करना, संगीत पाठों की कक्षाओं में जाना याददाश्त द्वारा तैयार करना, संगीत व्याख्यानों को कम्पोज करना या संगीत ड्रामा या शोज़ आदि में भाग लेना आदि आता है।

3. इन क्षणों में जिनके अंतर्गत कम्पोजिंग आती है, इसमें थैरेपिस्ट क्लाइंट को गीत, लिरिक, इंस्ट्रूमेंटल पीसेज या वीडियो, ऑडियो आदि संगीत उत्पादों को उत्पन्न करने में मदद करता है। थैरेपिस्ट क्लाइंट को विभिन्न पहलुओं जैसे मधुर संगीत उत्पन्न करना या गीत या संगीत लिखने में मदद करता है।

4. वे सेशन जिनमें लिसनिंग आती है, क्लाइंट को रिकॉर्डेड संगीत पर निर्भर रहना पड़ता है। श्रवण अनुभव, संगीत के भौतिक, भावनात्मक, बौद्धिक, आस्थेटिक पहलुओं की ओर लगाता है और क्लाइंट विभिन्न क्रियाओं की तरफ जैसे रिलेक्सेशन, मनन, संरचना, फ्री-मूवमेंट, स्वतंत्र संगति, कहानी वर्णन, कल्पना, अवशेषों आदि में ध्यान आकर्षित कराता है। ऐसे अनुभवों के लिये प्रयुक्त संगीत चाहे तो क्लाइंट या थैरेपिस्ट द्वारा प्रदान किया जाना चाहिए।

5. इस तरह के संगीत अनुभवों के साथ-साथ, संगीत थैरेपिस्ट अकसर क्लाइंट को बातचीत में लगाता है। क्लाइंट को संगीत या उससे संबंधित चीजों पर बात करनी चाहिए या संगीत के दौरान विचार, कल्पनाएं, भावनाएं आदि का अनुभव जागृत करना चाहिए।

क्लाइंट अपने को कला, ड्राइंग, पेंटिंग, डांस, ड्रामा, कविता आदि से

भी प्रोत्साहित कर सकता है। बच्चों के लिये संगीत सेशन में कई गेम्स क्रिया-कलाप जिनका संगीत से संबंध हो, आते हैं।

क्या क्लाइंट को संगीतकार होना चाहिए?

संगीत थैरेपी में भाग लेने वाले व्यक्ति का संगीतकार होना आवश्यक नहीं है। वास्तव में अधिकांश संगीत क्लाइंट्स के पास पहले से कोई भी संगीत का प्रशिक्षण नहीं होता, इसलिये संगीत थैरेपी का यह प्रयास होता है कि समस्त स्तर के लोगों को संगीत थैरेपी का लाभ मिल सके।

1. संगीत थैरपिस्टों का मत है कि समस्त व्यक्ति चाहे वे किसी भी उम्र के हों, लेकिन जिनकी संगीत पृष्ठभूमि पहले से रही हो उनमें संगीत को व्यक्त करने और प्रशंसा करने की क्षमता होती है। यह क्षमता एक निपुण संगीतकार की तरह किसी बुद्धि या प्रशिक्षण की मोहताज नहीं होती बल्कि यह मनुष्य में सामान्य प्रशिक्षण और सामान्य विकास के दौरान उत्पन्न हो जाती है। दूसरी ओर मनुष्य विकास की प्रक्रिया हर व्यक्ति को संगीत निर्माण और संगीतप्रेमी बनाती है न कि व्यावसायिक स्तर पर। यह मूल या सामान्य क्षमता संगीत के लिये गीत गाना, सुनना, वाद्ययंत्र बजाना, संगीत संबंधी चीजों और क्रियाकलापों को सोचना, स्मरण करना या संगीत अनुभव लेना आदि से भी मिलती है।
2. वास्तव में संगीत थैरेपिस्टों को मरीजों के इलाज के दौरान गूंगे-बहरे, आदि मरीजों का इलाज संगीत के आधार पर ही करना होता है। इस दौरान यह पता लगाया जाता है कि व्यक्ति में कौन सी संगीत क्षमता की कमी है। उदाहरण के लिये बहरा या गूंगा न तो कोई गीत गा सकता है, संगीतोच्चारण मधुर ध्वनि या लय में अक्षम वह अपनी बीमारी की तीव्रता के हिसाब से संगीत ध्वनि का चयन कर सकता है।
3. इलाज के लिये संगीत हमेशा अपनाया गया है तथा किसी तरह के कष्ट निवारण में भी इसका प्रयोग होता रहा है। थैरेपिस्टों ने उन मरीजों का भी इलाज किया है, जिनकी संगीत के प्रति उल्टी प्रतिक्रिया थी। दूसरा प्रभावी घटक है कि मरीज की संगीत के विभिन्न पहलुओं के प्रति वरीयता।

संगीत के प्रयोग का निर्धारण कैसे होता है?

संगीत थैरेपी सत्र मस्तिष्क में कई तथ्य लेकर बनाये जाते हैं। सबसे पहले थैरेपिस्ट द्वारा मरीज के लिये कैसे संगीत अनुभव जगाये जाएं, जिनका मरीज पर सकारात्मक प्रभाव पड़े। संगीत सुनना व बनाना दोनों ही क्रियात्मक हैं। एक तत्कालिक है जबकि दूसरा नहीं है। व्यक्त करने वाला अपने तरीके से व्यक्त करता है जबकि बनाने वाला परफॉर्म करने वाले पर निर्भर करता है। रचनात्मक व्यक्ति का संगीत मनोरंजनात्मक से बिलकुल भिन्न होता है जो कि किसी व्यक्ति ने कम्पोज किया है। अन्ततोगत्वा श्रवण अन्य संगीत अनुभवों से बिलकुल भिन्न है। इसके अंतर्गत मुक्त श्रवण और ग्रहण आते हैं। इसलिये श्रोता तत्काल संगीत बनाने और सुनने वाले से बिलकुल अलग है।

1. इन प्रयोगों के थैरपिटिक सैकड़ों प्रयोग हैं। उदाहरण के तौर पर तत्कालिक तैयारी मरीजों के लिये सबसे अधिक प्रशंसनीय है जो मरीज कलात्मक स्वायतत्ता, बोलने की अभिव्यक्ति, आदान-प्रदान विकसित करना चाहते हैं, ये उनके लिये खास जरूरते हैं। कई भिन्न क्लाइंट्स जो इन आवश्यकताओं की जरूरत समझते हैं जो बच्चे बचपन से ही परेशान या बड़ों में साइकेट्रिक डिसऑर्डर की कमी हो, ऐसी विधियों का लाभ उठा सकते हैं। तत्कालिक व्याख्यान ऐसे बच्चों में सुधार उत्पन्न करता है।
2. जो मरीज भाव शून्यता में सुधार चाहते हैं उनके लिये मनोरंजन क्रियाएं लाभकारी होती हैं। उदाहरण के लिये व्यक्तिगत गीतों का गायन गूंगे व्यक्तियों में आकृति सुधार कर सकता है। इसके विपरीत इकट्ठे समूह गायन बड़े व्यक्तियों में हलचल पैदा कर मानसिक तौर पर लाभांवित हो सकते हैं।
3. संगीत वादन अपंग लोगों की मदद कर उनके अंगों को गतिशील बनाने की कोशिश करता है। वाद्य यंत्र अपंग बच्चों के इलाज में बहुत सहायक है जो लोग मानसिक रोगों से पीड़ित हैं, वाद्य यंत्र उन्हे अच्छा करने में सहायक होते हैं।
4. संगीत निर्माण क्रियाकलाप उन लोगों के लिये फायदेमंद होता है जो लोग

आदान-प्रदान, आर्थिक कार्य या सीमित दायरे में काम करना चाहते हैं। गायन लेखन इसका सबसे अच्छा उदाहरण है। जो बच्चे अस्पताल में भर्ती होते हैं गीत लेखन का अर्थ उनके डर को जानना तथा इसे पेपर पर ही छोड़ना होता है। गीत लेखन कैंसर से मरते हुये रोगों के विचार व्यक्तिकरण या प्रेमियों के विरह उपचार में भी लाभदायक होता है। शराब पीने वाले लोगों के लिये संगीत एक मनोरंजन का साधन है, जो विचारों द्वारा व्यक्त होता है।

5. संगीत श्रवण का प्रयोग शारीरिक शांति, भावनात्मक नियंत्रण, (बौद्धिक कमी) वाले मरीजों के लिये किया जाता है। उदाहरणतया हॉस्पिटल में भर्ती मरीजों के लिये संगीत आरामदायक होता है, जो दर्द शरीर की नियमित वर्किंग तथा दिल की धड़कन में फायदा करता है। यह ऊर्जा व स्फूर्ति प्रदान करता है। साइकेट्रिक मरीजों को संगीत श्रवण उनमें विचार करने की क्षमता बढ़ाता है।
6. जो स्मरण शक्ति में कमजोर हैं, संगीत उन्हें नये आयाम देता है तथा बुद्धि विकास करता है। संगीत श्रवण बच्चों को रंगों का स्मरण संख्या ज्ञान शब्दकोश तथा अन्य शैक्षणिक पहलुओं को नियमित करता है।
7. संगीत की सबसे बड़ी भूमिका है मरीज की जरूरतों का वर्णक्रम जानना। उदाहरण के लिये तत्कालिक व्याख्यान किस तरह अनुभव खोज तथा मरीजों की स्वतंत्रता का पता लगाता है, मनोरंजन आत्मज्ञान की वृद्धि करता है।

संगीत थैरेपिस्ट वास्तव में क्या करते हैं?

संगीत थैरेपिस्ट के तौर पर काम करने वाले व्यक्ति तैयारी, संचालन, मूल्यांकन का कार्य क्लाइंट के लिये करते हैं। क्लाइंट के साथ कार्य प्रथम सत्र में ही शुरू हो जाता है। सर्वप्रथम क्लाइंट के किसी लिखित रिकॉर्ड का अध्ययन करना होता है और फिर उसकी थैरेपिटिक आवश्यकताओं की जानकारी लेनी होती है। थैरेपिस्ट को क्लाइंट और अन्य टीम सदस्यों के साथ संपर्क और बातचीत का तालमेल बैठाना होता है। ध्यान रहे कि कार्यप्रणाली नये सेट के

अनुसार चल रही है या नहीं। उद्देश्य सेट हो जाने के बाद थैरेपिस्ट क्लाइंट को दवाई देना शुरू कर देता है। जब थैरेपी को प्राप्त करने का समय आता है तो थैरेपिस्ट क्लाइंट के माध्यम से विधियों की जानकारी लेता है।

इलाज के इन तरीकों के अलावा थैरेपिस्ट की अन्य भी कई जिम्मेदारियां होती हैं जो क्लाइंट की कल्पना और थैरपिस्ट की जांच आवश्यकताओं पर निर्भर करती है।

संगीत थैरेपिस्ट में क्या-क्या गुण होने चाहिए?

जो व्यक्ति संगीत के थैरेपी के अंतर्गत आते हैं उनको चाहिए कि वे अन्य लोगों को संगीत के प्रति जागरूक करने की प्रवृत्ति बनाए। अकसर दवाइयों और संगीत इलाज का खर्च तकरीबन बराबर होता है। संगीतज्ञता एक आवश्यक गुण है। थैरेपिस्ट बनने के लिए संगीत की गहराई को जानना अतिआवश्यक है। संगीत थैरपी के विद्यार्थी बहुत सारे उपकरण जैसे पियानो, गिटार आदि की ध्वनियों का इलाज के लिये उपयोग कर सकते हैं। संगीत थैरेपिस्ट को संगीत योग्यता और श्वसन का ज्ञान होना चाहिए।

एक सफल संगीत थैरेपिस्ट शारीरिक तौर पर स्वस्थ, स्फूर्ति वाला तथा मरीजों के साथ काम करने की क्षमता व योग्यता रखे। उदाहरणतया थैरेपिस्ट बड़ा ही सुग्राही व्यक्ति होना चाहिए जो दूसरों के अंतर को स्वीकार करे, यहां तक कि थैरेपिस्ट जागरूक तथा अन्य लोगों के साथ स्वस्थ संबंध बनाने का गुण रखे। सबसे अच्छा थैरपिस्ट वही है जो खुद का इलाज कर सके। यही कारण है थैरेपी को थैरेपिस्ट के लिये एक आवश्यक अनुभव माना जाता है। जो प्रशिक्षण या इलाज दोनों के अंतर्गत आता है। संगीत थैरेपिस्ट को थैरेपी ख़ुद प्राप्त करनी चाहिए।

संगीत थैरेपिस्ट के बारे में पूछे गये प्रश्नोत्तर

1. स्वास्थ्य इलाज व्यवसाय के अंतर्गत संगीत थैरेपी का क्या इतिहास है?

अरस्तू और प्लेटो के संगीत का विचार, संगीत स्वास्थ्य सुधार का अचूक

माध्यम है। 20 वीं सदी में प्रथम विश्व युद्ध के बाद जब द्वितीय विश्व युद्ध हुआ तो नौसीखिया और तजुर्बेकार संगीतज्ञों का समूह वेटरन अस्पताल में सैन्य मरीजों का कष्ट दूर करने गया। मरीजों ने संगीत को अविस्मरणीय रिस्पांस दिया। तबसे संगीत द्वारा इलाज पाठ्यक्रमों में भी जुड गया। स्टेट विश्वविद्यालय ने प्रथम संगीत स्थापना प्रोग्राम 1944 में मनाया। अमेरिका की संगीत थैरेपी 1993 में राष्ट्रीय संगीत संघ के नाम से खोली गई।

2. संगीत थैरेपिस्ट क्या करता है?

संगीत थैरेपिस्ट संगीत के माध्यम से मरीजों का इलाज कर उनकी आवश्यकताओं की जानकारी लेता है जैसे मरीजों से वार्तालाप आदि द्वारा।

3. संगीत थैरेपी से किसे लाभ मिलता है?

इससे बच्चे, बड़े, मानसिक रोगी, अपंग, मस्तिष्क विकार तथा पेटदर्द आदि का भी इलाज होता है।

4. संगीत थैरेपी के बारे में क्या गलत धारणाएं हैं?

क्लाइंट और थैरेपिस्ट को कुछ विशिष्ट संगीत योग्यता होनी चाहिए वह नहीं होती। दूसरा, संगीत एक लेकिन थैरेपिस्ट अनेक।

5. संगीत थैरेपी का प्रयोग स्वास्थ्य संबंधी मरीज करते हैं?

स्वस्थ व्यक्ति संगीत श्रवण को तनावमुक्ति आदि में उपयोग करते हैं। संगीत शारीरिक व्यायाम में एक लाभदायक औषधि है। यह गर्भावस्था के दौरान भी लाभदायक है।

संगीत चिकित्सा

अगर आप पेटदर्द अथवा सिरदर्द से तड़पते हुए अस्पताल पहुंचे और वहां पहुंचने पर डॉक्टर दवा देने के बजाय आपको संगीत सुनाने लगे तो चौंके नहीं। आपको विश्वास हो या नहीं, आने वाले समय में संगीत बीमारियों के इलाज के एक कारगर नुस्खे के तौर पर इस्तेमाल में लाया जाने वाला है। स्वास्थ्य पर संगीत के असर को लेकर भारत के अलावा अनेक देशों में हुए

वैज्ञानिक अध्ययनों से पता चलता है कि मनपसंद और अनुकूल संगीत सुनने से रक्तचाप में कमी आती है, दिल की धड़कन नियमित होती है, डिप्रेशन दूर होता है, बेचैनी में कमी आती है

ध्यान केन्द्रित करने की क्षमता तथा अथवा उसके पश्चात दर्दनिवारक दवाइयों की जरूरत कम होती है, कीमीथैरेपी के बाद उल्टी की शिकायत कम होती है, दर्द से राहत मिलती है और पार्किन्सन्स बीमारी में शारीरिक अंगों में स्थिरता आती है। संगीत चिकित्सा का इस्तेमाल प्रसव पीड़ा को कम करने के अलावा सिरदर्द और सर्दी-जुकाम जैसी रोजमर्रा की समस्याओं को दूर करने में भी हो सकता है। पश्चिमी देशों में संगीत का इस्तेमाल ऑटिज्म, पार्किन्सन्स, अल्जाइमर और हटिंगमन बीमारी के अलावा संवेदना में गड़बड़ी के इलाज में हो रहा है।

सर्जरी के दौरान कर्णप्रिय एवं मधुर संगीत सुनने से सर्जरी के बाद मरीज के जल्द ठीक होने में मदद मिलती है।

संगीत से पढ़ सकते हैं दिमाग

संगीत बता सकता है कि किस तरह से आदमी का दिमाग काम करता है। वैज्ञानिकों का कहना है कि जाज के संगीतकार इसे आसानी से पकड़ सकते हैं।

जाज़ के प्रशंसकों के लिए यह भले ही रुचि का विषय हो सकता है, लेकिन तंत्रिका विज्ञान की दिशा में यह एक साहसी प्रयोग है। हम कैसे संगीत सुनना प्रारंभ करते हैं और कैसे सुनते हैं, यहां तक तो ठीक है, परंतु संवेदनाओं के प्रति सतर्कता आपकी स्मरण शक्ति में होती है और इसकी वजह से दिमागी अस्वस्थता का उपचार किया जा सकता है, इसीलिए रचनात्मकता या सृजनात्मकता मायने रखती है।

दिमाग किस तरह से काम कर रहा है, यह पकड़ सकता है

सैक्साफोनिस्ट से श्रवण विशेषज्ञ बने डॉ चार्ल्स लिंब का कहना है कि जाज

में किए गए सुधार से यह एकदम स्पष्ट हो गया है कि संगीत यह पकड़ सकता है कि दिमाग किस तरह से काम कर रहा है।

वैज्ञानिकों का कहना है कि दिमाग और जाज को एमआरआई स्कैनर के जरिए देखा जा सकता है। इस शोध का एक लाभ यह हो सकता है कि संगीत का उपयोग पार्किन्सन्स के मरीजों के लिए किया जा सकता है।

संगीत चिकित्सा-प्रद्धति को संतुलित करने के लिए राग

बचपन में ही आपने यह अनुभव कर लिया होगा कि संगीत का आपके शरीर और मस्तिष्क पर कितना अधिक प्रभाव पड़ता है। सोते समय आपकी मां जो लोरियां गाती थीं उससे आपको सोने में सहायता मिलती थी। स्कूल में गाये जाने वाले गीत उन परंपराओं से जुड़े हैं जो पीढ़ियों से चली आ रही थी।

आयुर्वेद देह और मस्तिष्क को संतुलित करने हेतु संगीत को थैरेपी के रूप में मान्यता देता है। हमारे केन्द्र पर रोगी हर दिन ऐसे राग सुनते हैं जो उनके दोषों को संतुलित करते हैं। संगीत-चिकित्सा शरीर को बदलने का एक परिष्कृत तरीका उपलब्ध कराती है। संगीत 'शांतिदायक' या 'उत्तेजक' से अधिक है। पहला प्रश्न तो यही है कि हम इसे सुनते ही क्यों हैं? आनंद के लिये, पर हर आनंद शरीर को किसी न किसी तरह से बदलता है। सामान्य रूप से यदि आप अपने रक्तचाप को कम करना चाहते हैं तो हल्के, मंद शास्त्रीय संगीत को सुनना अधिक अच्छी चिकित्सा समझी जाती है।

संगीत सिर्फ मनोरंजन का साधन नहीं है। इसकी मदद से आप अपनी अनेक बीमारियों का इलाज कर सकते हैं। यह जानकर आपको शायद थोड़ी हैरानी होगी। जी हां, यह सच है और चिकित्सा की इस पद्धति को नाम दिया गया है म्यूजिक थैरेपी।

क्या है म्यूजिक थैरेपी : द वर्ल्ड फैडरेशन ऑफ म्यूजिक थैरेपी ने इसे यूं परिभाषित किया है। संगीत या इसके तत्वों का प्रयोग संवाद, सम्बन्ध, सीखने, जोश पैदा करने, भावों की अभिव्यक्ति करने या संगठित करने आदि को विकसित करने या उत्पन्न करने के लिए प्रयोग करना म्यूजिक थैरेपी कहलाता है।

चिकित्सा के रूप में संगीत : संगीत का प्रयोग थैरेपी के रूप में किया जा सकता है। डॉक्टरों की एक बैठक में मैं मिला जिसका विषय था संगीत के चिकित्सकीय उपयोग।

हमारे सामने कुछ मिनट तक कई वैदिक रागों को गाया गया जो विशेष रूप से वात को संतुलित करते थे। गाने के बाद उस डॉक्टर ने हमसे कहा कि हम अपने पास बैठे व्यक्ति की नब्ज देखें। जब हमने ऐसा किया तो हर व्यक्ति के नब्ज की दर में महत्वपूर्ण कमी देखी, जो आम तौर पर एक मिनट में सत्तर से अस्सी धड़कन होती है। अब उसने एक भिन्न राग पर आधारित एक तेज गाना सुनाया। एक बार फिर हमने कुछ मिनट तक इसे सुना और फिर अपने पास बैठे व्यक्ति की नब्ज देखी। हर एक की नब्ज की गति सामान्य से अधिक बढ़ गयी थी। इसका निष्कर्ष यह निकला कि हमारे शरीर पर ध्वनियों का वही प्रभाव हो रहा था। यह मूलभूत तकनीक, जिसमें शरीर के भिन्न भागों की दर्जनों भिन्न कुंजियां हैं, संगीत चिकित्सा पद्धति का चिकित्सकीय ज्ञान है। इस अवधारणा के पीछे संतुलित ध्वनि और कंपनों की अवधारणा है, जो दोषों को संतुलित करते हैं।

स्वादों, रंगों और गंधों की ही तरह कोई दोष निश्चित स्वरों से भी संतुलित किया जा सकता है और निश्चित स्वरों से असंतुलित। संगीत तेज है या धीमा, वाद्य को तीक्ष्ण रखा जा रहा है या सामान्य और जटिल लय संरचनायें, श्रोता की प्रतिक्रिया को परिवर्तित करने की तकनीके हैं। वैदिक संगीत पाठों में विशिष्ट रूप से यह निर्देश दिये गये है कि कौन से राग सुबह, दोपहर, शाम के लिये उपयुक्त हैं और कौन से दूसरे समयों के लिये। जब दोपहर को चार बजे काम की व्यस्तता के बाद वात अपने शिखर पर पहुंच जाता है तब अधिक शांत संगीत शरीर की थकावट को दूर कर सकता है और मस्तिष्क के तनाव को भी कम कर सकता है। यदि उचित रूप से इन्हें बजाया जाये तो कई रागों के शाश्वत परिणाम प्राप्त होते हैं। हमारे शरीर उन परिवर्तनों के प्रति प्रतिक्रिया कर रहे हैं जो प्रकृति की भिन्न लयों को प्रतिबिंबित करते हैं।

ऐसा नहीं है कि केवल आपकी नब्ज ही शाम को शांत हो जाती हो, हर

पौधे और जानवर का अपना सायंकालीन चक्र होता है। वैदिक संगीत चिकित्सा उन मूलभूत कंपनों को मूर्त रूप देती है, हर पल प्रकृति में धड़कते हैं।

जिस प्रकार मौसमों के परिवर्तित होने से आपके दोष असंतुलन के प्रति अतिसंवेदनशील हो जाते हैं, इसी प्रकार आपका शरीर भी दिन के विभिन्न कालों के प्रति संवेदनशील होता है। कुछ घंटे शरीर की क्रियाओं के शिखर के होते हैं और कुछ घंटे गर्त के। संगीत चिकित्सा इनके बीच के अत्यधिक उतार-चढ़ाव को समाप्त करके इन्हें एक सत्त् धारा में संतुलित करती है। यदि आप सोने की कोशिश करते हैं, परंतु आपका मस्तिष्क अभी भी दिन भर के अपूर्ण कार्यों पर चिंतन कर रहा हो, तो आप संगीत चिकित्सा द्वारा इसे सुधार सकते हैं।

आप दस मिनट की संगीत चिकित्सा से लाभान्वित हो सकते हैं : प्रातःकाल में शांति से जगने वाले के रूप में, भोजन के बाद पाचन को सक्रिय करने के लिये, सोने में सहायता पहुंचाने के लिये, जब आप बीमार हो तब, स्वास्थ्य लाभ के दौरान सुनने के लिये सर्वश्रेष्ठ उपाय अपनी आंखें बंद करके शांत बैठना है।

कैसे लाभ पहुंचाती है म्यूजिक थैरेपी? : अकसर संदेह जताया जाता है कि संगीत सिर्फ आराम पहुंचा सकता है पर इलाज कैसे कर सकता है। सामान्यतया यह बात भले ही अजीब लगे, पर यह सच है कि रक्त, हार्मोन, ग्रन्थियों, स्नायु, कोशिकाओं, मांसपेशियों, अंगों, हड्डियों, मस्तिष्क एवं जीवन ऊर्जा तन्त्र पर वातावरण में व्याप्त ध्वनि तरंगों का स्पष्ट प्रभाव पड़ता है।

एक ताजा शोध के मुताबिक म्यूजिक हर तरह के ब्लॉकेज मधुमेह, आर्थराइथटिस, मेंसदुअल क्रैम्प व प्रदाह आदि से राहत दिलाने में सक्षम है। यह शरीर के तरल द्रवों का स्तर बनाए रखने में भी मददगार है। मानसिक या शारीरिक रूप से कमजोर बच्चों में कम्युनिकेशन एवं मोटरस्किल को विकसित करना बहुत हद तक सहायक होता है। संगीत हीलिंग नामक हारमोन्स उत्सर्जित करता है।

संगीत सिर्फ बीमारियों के लिए ही नहीं : म्यूजिक थैरेपी सिर्फ बीमारों के लिए ही नहीं, बल्कि स्वस्थ लोगों के लिए भी काफी लाभदायक है। अपने

दैनिक जीवन में तनाव और चिन्ताओं को दूर करने के लिए इसका सहारा लेना काफी फायदेमन्द साबित होता है। इससे व्यक्ति की काम की ऊर्जा भी बढ़ती है।

गंधर्व चिकित्सा

स्वास्थ्य और बीमारी पूर्ण रूप से भौतिक घटना नहीं है, जैसा कि चरक संहिता प्राचीन आयुर्वेद ग्रंथ कहता है। त्रिपदा जिसके अंतर्गत शरीर मस्तिष्क और आत्मा आते हैं, हर चीज का एक आधार है। बीमारी जब जन्म लेती है, यदि इनमें से किसी भी एक का जीवन से एकरूप तालमेल नहीं है। मानव जातियां और ब्रह्माण्ड का प्रत्येक तत्त्व इन्हीं तत्वों से मिलकर बना है, यह तत्व हैं –

1. ट्रिगुना - साल्वा, राजा और टामस
2. पांच महाभोरटा - आकाश, वायु, आग, पानी और पृथ्वी
3. त्रिदोसाज - वात, पित्त और कफ
4. धातु - सात ऊतक, प्लाज्मा रक्त, मांसपेशियां, वसा, हड्डी और उत्पादक ऊतक।
5. जल उत्पाद - दस्त, पेशाब (मूत्र) और अन्य जल उत्पाद।

जब तक ये सारे तत्व साम्यावस्था में हैं, तो ब्रह्माण्ड और मनुष्य का कार्य उचित ढंग से चलता है। यदि इस सत्य का पता चल जाए तो उसका इलाज बहुत ही आसान है। यदि आप आरामदायक वातावरण में हैं तो आपका शरीर इसकी पुष्टि करता है। आत्मा भी इसकी पुष्टि करती है। वास्तविक फायदा अंतर भाग में होता है, लेकिन आज का व्यस्त शेड्यूल मनुष्य को प्रकृति के साथ तालमेल बनाने के लिए रोकता है।

भारत को मस्तिष्क शक्ति के लिए शताब्दियों से जाना जाता रहा है और भारत को गंधर्ववेद के लिए भी शताब्दियों से जाना जाता है, जो मस्तिष्क पर एक शक्तिशाली प्रभाव डालता है। गंधर्ववेद क्या है, यह सामवेद का एक उपवेद है, साम क्या है, साम का अर्थ है रुचा। अम का अर्थ है साथ (गेय) की उचित तस्वीर।

गंधर्व की मूल जड़ है वंशी (वीनू)। सामवेद ने ऋग्वेद से रुचा गाना शुरू किया। साम गायक पठन के लिए तीन पैमानों का प्रयोग किया-

1. उदाट्टा - उच्च पिच
2. अनुदत्ता - निम्न पिच
3. स्वरीय - दोनों पिचें

लय और ताल के लिए छंद तीन प्रकार के छंद गायत्री, आमश्भा, त्रिस्तुभा। इस तरह की उद्गम की मुख्य तस्वीर ध्रुपद में मिलती है। आजकल इसे इस प्रकार के अलंकारों से परिवर्तित किया गया है –

उदाहरण- सा रे गा मा...

2. अग्नि मिकये पुरोहित देवामृतिविजम : गंधर्व का अर्थ है संगीत, गंधर्व आपको पूजन-मनन का अनुभव देता है। यह आपको आराम देता है। आपके रक्तचाप को कम करता है, आपके शरीर द्वारा आवश्यक ऑक्सीजन की मात्रा को कम करता है। आपके मस्तिष्क की तरंगों को बदलता है। आप अधिक से अधिक आत्मविश्वास प्राप्त या याददाश्त प्राप्त कर सकते हैं। दूसरा तरीका हमें धूम्रपान देता है या फिर हम परीक्षा में देते हैं या कुछ बीमारियों से तेजी से लड़ते हैं। यह सब तब संभव है जब उचित संगीत को सजीव या रिकॉर्ड रूप में बिना प्रयत्न के सुना जाए।

भारतीय संगीत पद्धति में दिन के लिए भिन्न-भिन्न राग होते हैं, हमारे संगीतकारों ने यह जान लिया है कि मनुष्य के मस्तिष्क या शरीर में एक निश्चित प्रकार की तकनीक (साइकिल) है, इसलिए हमारे संगीतकारों ने शरीर, मन को आनंद लेने के लिए विभिन्न राग बनाए, सिर्फ सारे संसार में हमारी ही संगीत पद्धति ऐसी है।

हमारी सभ्यता को संसार में सबसे गतिशील माना जाता है। भारतीय प्रतिभाओं का पूरा प्रयास भगवान की खोज में लगा है। समस्त स्वर और संगीत हमारे शरीर और मस्तिष्क को किस तरह प्रभावित करता है। कोई भी ध्वनि संगीत और स्वर हमारे शरीर और मस्तिष्क दोनों पर प्रभाव डालते हैं।

जब आप गंधर्ववेद सुनते हैं, आपका शरीर बताता है कि इसका संगीत अच्छा है, यदि संगीत अच्छा है, आपको अच्छा लगेगा, आप संगीत पसंद

करते हैं, इसलिए वह संगीत लगातार सुनें, जो आपको अच्छा लगता है। गीत इन परिवर्तनों को संतुलित करने के लिए गाए जाते हैं संगीत मस्तिष्क को आनंद से संतुलित करता है, इससे स्वास्थ्य अच्छा रहता है, गंधर्व गान मनुष्य शरीर और मस्तिष्क, दोनों को लाभ देता है। यह आपके रखरखाव का ध्यान रखते हैं, लेकिन जैसा कि विशेषज्ञ सुझाव देते हैं, इन्हें उचित ढंग से सुनना चाहिए। गंधर्व आयुर्वेद आज के युग की एक आश्चर्यजनक पद्धति है। हम भारतीय संगीत की एक दौड़ बन गए हैं। जहां भारत के लिए संगीत एक उपलब्धि है। दिन का मौसम प्रत्येक घंटा अपना खुद का एक मधुर गीत है। महत्वपूर्ण चीज है कि मरीज को संगीत से अवश्य जुड़ना चाहिए। अच्छे परिणाम के लिए आप किसी बाह्य संगत को सुन सकते हैं या खुद गा सकते हैं। यह परिणाम आप उचित संगीत सुनकर भी कर सकते हैं। आयुर्वेद एक विज्ञान है, जो स्वास्थ्य निर्माण करता है और उठने वाली बीमारी का इलाज करता है। पीठाडोसा इलाज देते समय गीता वधित्र को मरीज के इलाज के लिए माना गया है। आयुर्वेद के मुख्य सिद्धांतों के अनुसार हमारे शरीर का वातावरण के साथ असामान्य तालमेल बीमारी को जन्म देता है। ऐसे इलाज के लिए गंधर्व का साम योग उचित इलाज है। हम सभी जीव वैज्ञानिक घड़ी से प्रभावित हैं। यह वातावरण, मानसिक और शारीरिक परिवर्तन कहलाता है।

1. कफ दोष सुबह में बढ़ता है
2. पित्त दोष दोपहर में बढ़ता है।
3. वात रोग शाम में बढ़ता है।

इन संतुलनों को बरकरार रखने के लिए उचित राग गाए जाने उचित हैं।

दर्द के आराम के लिए संगीत पद्धति

गंधर्व वेद संगीत प्रकृति से संबद्ध है। भारतीय संगीत शांति और भावनाओं की विचारशीलता को महत्व देता है। भारतीय संगीत हमें एकाग्रचिता प्रदान करता है। मनोविज्ञान यह मानता है कि जब मन एकाग्र होता है तो शरीर में रक्त संचार संतुलित रहता है। संगीत शरीर को दर्दमुक्त रखने में मदद

करता है, संगीत पद्धति भावना नियंत्रण, यकृत कार्यान्वयन और रक्तचाप को नियंत्रित करने का एक अच्छा उपाय है। गंधर्व वेद ध्वनि का विज्ञान है। इसके अंतर्गत गले का स्वर, वाद्य यंत्र ध्वनि की आकृतियां आती हैं। यह लोगों के चरित्रानुसार उनकी भावनाओं पर प्रभाव डालता है। संगीत शरीर और मस्तिष्क की औषधि है, राग और उसकी आवाज और आकृतियां मनोवैज्ञानिक रूप से धारण करने में लाभप्रद हैं और बीमारी के असंतुलन में लाभ पहुंचाते हैं। यह राग असंतुलन मिटाने का एक अच्छा साधन है।

यह इलाज शारीरिक और मानसिक दर्द को कम करता है। सात स्वर (सा रे गा मा पा धा नी) की अपनी खुद की बनावट होती है और व्यक्तिगत गुण रखते हैं। यह गुण मानक मनोविज्ञान पर आधारित है :

1. उच्च और खुरदरी आकृति कार्य का ऊर्जागति
2. गंभीर, स्थायी और स्थिर आकृति पाचन ऊर्जा मेटाबॉलिज्म
3. कोमल और मधुर आकृति ससंजन ऊर्जा।

सातों स्वर शरीर के भिन्न-भिन्न भागों से आते हैं और यह स्वर राग में महत्वपूर्ण भूमिका निभाते हैं।

भारतीय संगीत में राग सिद्धांतों पर आधारित है जो मनुष्य की भिन्न-भिन्न अवस्था जैसे भावना, खुशी या दुःख को अनुभव देते हैं। ऐसे विशिष्ट राग, दर्द और गुस्से की ताकत को कम करते हैं।

दर्द राग

1. सभी दर्दों के लिए राग केदार (कन्हारे), राग यमन (मोरी गगरिया)
2. सिरदर्द मिर्गी राग शिवंजनी (जाने कहां गए- मुकेश), राग दरबारी कनाडा (तू प्यार का सागर)
3. पेट दर्द राग पुरिया कल्याण, राग जयजयवंती (मन मोहन वादे झूठे
4. कोलिक दर्द राग जौनपुरी
5. मांसपेशी और जोड़ों का दर्द राग भूपाली (पंछी बनूं उड़त फिरूं) हड्डी का दर्द, गठिया, बदहजमी राग हिन्डोल (रमइया ही स्वर्ग हूं) राग अविरभख (जयशंकर गंधाय)

6. परिश्रम दर्द (अत्यधिक) महिला राग कलावती (दे मार्ग चन्दाइका) गर्भ सुरक्षा बिना तनाव राग सामवेद रियावाद्य यंत्र संगीत। आप सितार, पियानो, मिरार वायलिन, सारंगी और बांसुरी बजा सकते हैं।

गंधर्व वेद की विधि और सुझाव

1. क्रोनिक दर्द- व्यक्ति राग को स्वतंत्र सुने।
2. संगीत के कुछ मिनट बाद चुप बैठे।
3. अच्छे परिणाम के लिए आनंददायक वातावरण की आवश्यकता,
4. व्यक्ति को संगीत निदान शांत वातावरण में चुपचाप लेना चाहिए।
5. राग कैसेट शांत, मधुर, उचित आवाज और निम्न स्वर वाली हो, वाद्य यंत्रों का प्रयोग या शास्त्रीय या हलके संगीत भजन, सिनेमा, संगीत व्यक्ति के जीवन को प्रसन्न रखता है। संगीत, दर्द कम करने की क्षमता रखता है।

ध्वनि से प्रकट संगीत

संगीत से रोगोपचार में विशेष ध्वनि से प्रकट संगीत में विशिष्ट राग जो उस बीमार व्यक्ति के लिए सौम्य है, वह सुनना चाहिए। संगीत लहरें विचार से भी अधिक सूक्ष्मतम स्वर खोजने लगती हैं। यह दिव्य सूक्ष्म संगीत लहरें जब मन में प्रवेश करती हैं, तो पुराने जकड़े हुए विचार पीछे छूट जाते हैं।

अगर किसी कारणवश उपचारक ध्वनियां, जो समुद्र की लहरों में, झरनों में रहती हैं, आप सुन न पाएं, तो आप संगीत द्वारा वह दिव्य तरंगें प्राप्त कर सकते हैं। यह ध्वनि आद्य ध्वनि है, इसका उच्चारण भी कर सकते हैं और गाया भी जा सकता है। यह तत्व और भी अधिक सशक्त हो जाता है, यह मानसिक ध्वनि की तरह आंतरिक रूप से प्रयुक्त होती है। बौद्धिक दृष्टि से आप दिव्य तरंगों के कंपनों को समझ नहीं सकते, जो अपने जीवन को प्रभावित करते हैं। शरीर के अंदर के कंपन का गड़बड़ा जाना ही रोगों का आमंत्रण है। कोशिकाओं के अणु अपनी अकड़ के कारण रसायनिक संदेश जो मस्तिष्क के द्वारा भेजा गया है, उसे ग्रहण नहीं करते। उपचारक

संगीत ध्वनियां सीधे मस्तिष्क के आवेगों को सही करती हैं। यह उपचारक ध्वनि का लक्ष्य है।

महान दार्शनिक और नाटककार शेक्सपियर ने अपने एक नाटक में कहा था- यदि संगीत आत्मा का भोजन है, तो वह मिलता रहे, चलता रहे, सदा रहे। संगीत के माधुर्य को कौन नहीं चाहता, पहचानता। संगीत की मधुर स्वर-लहरियां किसकी भावनाओं को उद्वेलित नहीं करतीं। हकीकत में हम सभी जीवन में किसी न किसी रूप में मधुर संगीत से प्रभावित होते हैं। यही नहीं, संगीत की विशेष धुनों की तरंगें मानसिक रोगों को सुधारने और उद्दीपन को शांत करने में भी सहायक होती हैं।

संगीत की शब्द शक्ति को ओम उच्चारण के साथ ही पहचान लिया गया था। इसके बाद ही यह सिद्ध हो पाया कि म्यूजिक थैरेपी या संगीत चिकित्सा में संगीत हमारी दबी हुई भावनाओं को उभारने का कार्य करता है। संगीत चिकित्सा हर प्रकार के मानसिक रोगों के इलाज में प्रभावी सिद्ध हुई है।

नाद, ध्वनि तरंगें : श्रुति का स्वरूप है प्रथमाघात से अनुरणन हुए बिना (बिना प्रतिध्वनि हुए) ह्रस्व टंकार नाद। जो नाद कर्ण द्वारा स्पष्ट विभक्त स्वरूप में सुना जा सकता है, उसकी ऊंचाई, मंदता, तीव्रता केवल सुनने से ही नापी जा सकती है। उसे श्रुति कहते हैं। श्रूयते इति श्रुतिः, श्रवणात् श्रुतयो मतः, श्रवणेंद्रिय ग्राह्यात्वात् ध्वनिरेव श्रुतिः भवेत् आदि प्रमाण वचनद्ध ग्रंथों में मिलते हैं।

संगीत की श्रुति स्पष्ट होकर मंद, तीव्र, ऊंची-नीची और स्थिर होती है तथा विकृत या अविकृत अवस्था दिखाने में समर्थ होती है। वह उद्दीपन रस का भी आविष्कार कर सकती है। योगशास्त्र के आधार पर शरीर विचार करके भारतीय संगीतकारों ने एक सप्तक में बाईस श्रुतियां मानी हैं, इसीलिए यह नाद प्रकृति के समस्त पदार्थों को प्रभावित करता है। मानव शरीर भी पंचतत्व निर्मित रचना होने के कारण ही नादाधीन है। आत्मा के स्वभाव का इसी नाद में ध्यानावस्थित होना समाधि कहा गया है।

नादशास्त्र के अनुसार प्रत्येक प्राणी प्रकृति द्वारा निर्मित एक विशिष्ट स्वर रचना है, जिसका ठीक बजना स्वास्थ्य एवं इसके विपरीत व्याधि कहलाता

है। शरीर में अवस्थित आंतरिक सप्त स्वर चक्रों के आपसी सुसंवाद पर ही मानव का स्वास्थ्य निर्भर है।

नाद चिकित्सक द्वारा किया गया उक्त अध्ययन आधुनिक संगीतोपचार पद्धति से नितांत भिन्न है, जिसमें मात्र राग के रस से रोगी को मानसिक त्राण दिलाने का प्रयास किया जाता है एवं उक्त उपचार भी वे चिकित्सक कर रहे हैं, जो नाद रसायन से नितांत अनभिज्ञ हैं।

शोध के अंतर्गत यह नवीन तथ्य भी प्रकट हुआ है कि स्वरों के वर्ण वही हैं जो शरीर में अवस्थित स्वर चक्रों के हैं। उक्त जानकारी संगीतौषध की एक शाखा स्वर वर्णोपचार से संबंधित है।

शरीर में अवस्थित सप्त चक्रों के आपसी सुसंवाद पर ही मानव स्वास्थ्य निर्भर है। नाद तन्मात्राओं को पहचान कर व्याधिकारक स्थूल विकृत स्वर चक्रों के आंतरिक आपसी सुसंवाद स्थापित करके सूक्ष्म नादोपचार प्रक्रिया द्वारा शीघ्र ही व्याधि रहित हुआ जा सकता है।

नारदीय संहिता आदि प्राचीन संगीत शास्त्रों में स्वरों के संबंध में दी गई जानकारी उनके पूजन में तो सहायक हैं, किंतु किसी भी संगीत शास्त्र में स्वरों का ऐसा रसायनिक विवरण उपलब्ध नहीं है, जिससे उपचार के क्षेत्र में स्वरों का वांछित रूप में प्रयोग करके शरीर को वांछित लाभ पहुंचाया जा सके। जब तक हम नाद रसायन के क्षेत्र में मूलभूत जानकारियां प्राप्त न कर लें, तब तक इनका स्वरोपचार क्षेत्र में वांछित प्रयोग असंभव है। मात्र राग-रागिनी के रस प्रभाव से ही विशिष्ट स्वरोपचार नहीं किया जा सकता और इस क्षेत्र में यह जानकारी संगीत के आध्यात्मिक स्तर को जानने के पश्चात ही पाई जा सकती है। अतः कलाकार इस क्षेत्र में गति नहीं ला पाते।

स्वर संबंधी रसायनिक ज्ञान के अभाव में किया जा रहा आधुनिक संगीतोपचार तो यथार्थ में संगीत से उपचार की श्रेणी में ही नहीं होता, क्योंकि मात्र स्वरावलि अथवा रागादिक से किया गया उपचार, प्रयास, उस स्वरावलि अथवा रागादिक का मात्र रस प्रभाव ही उत्पन्न कर पाता है, जो कि उपचार की वांछना से भिन्न है, क्योंकि यह प्रक्रिया तो सामान्य मानसिकता होने पर सभी श्रोताओं पर सामान्य रस प्रभाव ही उत्पन्न करेगी, न कि उपचार।

यथार्थ में स्वरोपचार प्रणाली को उपचार हेतु प्रयोग करने से पूर्व स्वरों का रासायनिक ज्ञान यथा-स्वरों के लिंग, तत्व, प्रकृति, स्वभाव, स्वरों का व्याधि एवं शरीर के स्थलों से संबंध, स्वरों का मूल एवं शरीर के संबंधित स्थलों पर प्रभाव एवं वांछित प्रभाव हेतु स्वर वैशिष्ट्य, स्वर का श्रुतिनुरूप प्रभाव, स्वर राशि, आंतरिक स्वर चक्र, नाद असंवाद, स्वर व्याधि आदि का होना भी आवश्यक है, जो दुर्भाग्य से आज कहीं भी पूर्ण रूप से उपलब्ध नहीं है।

शरीर में अवस्थित सप्त चक्रों के आपसी सुसंवाद पर ही मानव स्वास्थ्य निर्भर है। नाद रसायन की चर्चा से पूर्व यह बताना भी तर्कसंगत होगा कि जो स्वर हम सुनते हैं, वो विकृत एवं स्थूल रूप हैं, ठीक उसी प्रकार, जिस प्रकार सूक्ष्म गंध तन्मात्रा का स्थूल विकृत स्वरूप यह पृथ्वी या स्पर्श तन्मात्रा का स्थूल विकृत स्वरूप वायु अथवा आत्मा का स्थूल विकृत स्वरूप यह शरीर है। ठीक इसी प्रकार जो स्वर हम सुनते हैं, उनके प्रत्येक का मूल स्वरूप उनकी स्थिर नाद तन्मात्रा होती है, जो अपने स्वयंभू नाद की सहायता से स्थूल परिवर्तित स्वर बनकर सुनाई देती है। यथा-षड्ज स्वर की नाद तन्मात्रा पंचम एवं स्वयंभू स्वर गंधार आदि। उक्त नाद तन्मात्राओं को पहचान कर व्याधिकारक स्थूल विकृत स्वर चक्रों के आंतरिक आपसी सुसंवाद स्थापित करके सूक्ष्म नादोपचार प्रक्रिया द्वारा शीघ्र ही व्याधि रहित हुआ जा सकता है। उक्त अध्ययन के क्रम में नाद रसायन के अंतर्गत षड्ज स्वर के संबंध में विशिष्ट एवं नवीन रसायनिक जानकारी इस शोध में प्रस्तुत की जा रही है, जिसका ज्ञान, स्वरोपचार प्रणाली के उपयोग हेतु नितांत आवश्यक है। षडज स्वर के संबंध में संगीत शास्त्रों में उपलब्ध जानकारी के अतिरिक्त इस स्वर की राशि कुंभ है। यह स्वर आधार चक्र से संबंधित है, जो इसके उपयुक्त उच्चारण से जाना जा सकता है। इस स्वर का ग्रह सूर्य एवं तत्त्व पृथ्वी है। षड्ज अर्थात् षड्अज अर्थात् छह स्वरों को उत्पन्न करने वाला होने के कारण इस स्वर का लिंग स्त्री है।

षडज स्वर भी निराकार पृथ्वी तत्व है, अतः रसायनिक दृष्टि से षड्ज स्वर के गुण-धर्म भी घनत्व, स्थिरता, गुरुत्व, कठोरता, रुक्षता, सर्वभौग्यता, आच्छादन, विदारण, कृशत्व, सर्वभूता-भावधरता, क्षमा, तटति, स्फुटति,

युक्तायुक्त सिद्धता आदि हैं, जो इसी स्वर द्वारा उत्पन्न किए गए ध्वनि से अनुभूत किए जा सकते हैं।

ध्वनि तरंगें

जब शिशु जन्म लेता है तब वह टंहा-टंहा करके रोता है। इसीलिये जन्म लेते ही उसी क्षण श्वास लेता और अच्छवास छोड़ता है, वह भी लय स्वर में। जन्म से ही शिशु और लय एक रूप है, कारण हमारी देह सृष्टि का एक छोटा रूप है। सब कुछ ठीक लय में चलता रहता है। जैसा लयबद्ध नियमबद्ध जीवन इनसान को भाता है, वैसा ही मानव का जीवन सुरीला, सुसंगत और सुखमय होने के लिये हर व्यक्ति प्रयत्नशील रहता है।

हमारे शरीर में अनेकों प्रकार की 'जीवन प्रक्रियाएं' चलती रहती हैं। यदि वह सब सुरीली, सुरभित रहती हैं तो वह व्यक्ति सुखी है, ऐसा कहा जाता है। उस जीवन प्रक्रिया की गति में परिवर्तन आए तो उस व्यक्ति को हम बीमार कहेंगे। पूरा विश्व ठीक सीधा चलता है तब तक, सब व्यापार व्यवहार सीधे चलता है।

सृष्टि का वैविध्य पांच ज्ञानेन्द्रियों के सहयोग से हम देखते हैं अनुभव करते हैं। यहीं देखिए, आकाश के शब्द से और वायु की गति से पूरा विश्व भरा हुआ है। बगैर उसके, एक अणु भी रहे इतनी रिक्त जगह नहीं मिलेगी। नाद और लय इसके बगैर कोई भी हलचल पूरी पृथ्वी पर नहीं होती।

निसर्ग की हलचल में अनेक प्रकार के ताल छिपे हुए हैं। हाथी की चाल, घोड़े की टकाक्-टकाक्, मुर्गे की विशिष्ट प्रकार की आवाज़, ऐसे अनेक प्रकार के लय समूह, हमें निसर्ग में मिलते हैं। वैसे ही मानव के वृत्ति में उसके मन के अंदर के विचारों के प्रवाह से ,उसकी गति ध्यान में आती है। यह लय जैसे विविध ढंग की रहती है, वैसे ही स्वर सप्तरंगी, सब प्रकार के ध्वनियों में श्रुतिमय स्वर मिलते हैं, यह स्वर क्या हाल बता सकते हैं? नहीं। हर एक को उसका अपना स्वयं का अनुभव लेना पड़ता है। इन प्रत्येक ध्वनि में विशिष्ट स्वर समूह हैं, जिसे व्यावहारिक भाषा में हम उसे अलग 'नाद' कहते हैं। यह विशिष्ट स्वर समूह मन के ऊपर, शरीर पर तत्काल परिणाम

करता है। उदाहरण के लिए बिजली की कड़कड़ाहट, बादलों की गड़गड़ाहट, सागर की लहरों की आवाज़, तेज़ तूफान की डरावनी आवाज़, ऐसी आवाज़ें हमारे शरीर व मन पर जैसा प्रभाव ड़ालती हैं, वैसी ही उनकी रूद्र भीषणता का चित्र भी हमारे दृष्टि के सामने आता है। ध्वनि की भी अलग प्रत्ययकारी शक्ति का अनुभव हम लेते ही हैं।

कुछ स्वर समूह शरीर का तापमान बढ़ाते हैं, शरीर की गति बढ़ाते हैं और कुछ वाद्यों को सुनने से दक्षता आती है और कुछ को सुनने के बाद स्निग्धता बढ़ती है।

संगीत का अर्थ 'जो आदमी को प्रसन्न करता है, रिझाता है,' ऐसा होता है संगीत। उसके स्वर सुरीले होने चाहिए। हृदय को छूने वाले होकर भी सुयोग्य, नियमबद्ध होने चाहिए। गाने वाला गायक हो या बजाने वाला वादक, उसका संगीत मन को लुभाने वाला होना चाहिए। ऐसा संगीत जिससे मन और शरीर में उत्साह भर जाये, वह निरोगी हो जाये, वही संगीत है।

इन दिनों गीतों के बहुत प्रकार हैं, वे सभी संगीत हैं यह आवश्यक नहीं। जो शास्त्रशुद्ध आधार पर और नियमबद्ध हों उसे ही संगीत कहा जायेगा।

सिंगिंग थैरेपी

जर्मन शोधकर्ताओं ने हाल में गायन के शौकीन लोगों के शरीर में एंटीबॉडीज और स्ट्रेट हारमोन का लेबल दो बार मापा। एक बार गीत गाते और दूसरी बार सुनते हुए। नतीजा यह निकला कि गीत सुनते वक्त उनके शरीर में स्ट्रेट हारमोन का स्तर बढ़ा था, तो गाते वक्त एंटीबॉडीज का स्तर। कहने का मतलब गाते वक्त इम्युन सिस्टम का फंक्शन एकदम परफेक्ट था।

ढलती उम्र, बढ़िया सेहत- क्रिएटिविटी एंड एजिंग नामक सर्वे में जाज वाशिंगटन यूनिवर्सिटी के शोधकताओं ने कोलंबिया, सैन फ्रांसिस्को और बूक लाइन में किए गए सर्वेक्षण में पाया कि यहां रहने वाला बुजुर्ग गायकों का स्वास्थ्य, गाना न गाने वाले बुजुर्गों के बनिस्बत बढ़िया था।

राग क्या है?

जैसा कि हम जानते हैं राग स्वरों का एक क्रमबद्ध तरीका है जो मन और भावनाओं का एक चुनित संयोग है। यदि प्रकृति के आधार पर देखा जाये तो राग खुशी, दुःख, हिंसा या जाति को पैदा करता है, जो संगीत के प्रयोग में मददगार साबित होता है। इस प्रकार भावनाओं की सम्पूर्ण अभिव्यक्ति को कुछ चुनिन्दा लय और मधुर ध्वनियों तक पहुंचाया और प्रतिबंधित किया जा सकता है।

राग किस बीमारी में फायदेमन्द है, नीचे प्रदर्शित है :

1. डिप्रेशन–और मानसिक रोग-ललित केदार
2. सिजोफेनिया–भैरवी राग
3. स्मृति वृद्धि–शिवरंजनी राग
4. रक्तचाप–राग टोड़ी, भूपति, पूरिया
5. कैंसर–राग श्री, सामदेव कालकी कहार
6. एसिडिटी–दीपक, कलावती
7. साइकिक डिस्ऑर्डर अल्सर–मधुवंती, दीपक
8. अस्थमा–पूरिया, मल्कोस यमन
9. निशा–अंधेर भैरवी

षड्ज

षड्ज का रंग गुलाबी कमल सा होने के कारण इसका स्वभाव ठंडा और प्रकृति चित्त को प्रसन्न करने वाला है, इसीलिये यह पित्त के रोगों को दूर करता है।

षड्ज का स्वभाव ठण्डा होने से यह अपने विपरीत गर्म स्वभाव यानि पित्त, जिसकी प्रकृति गर्म तेज है, को शांत करता है।

रिषभ

रिषभ के स्वभाव आदि के बारे में व्याख्या करते हुए डॉ. जैक्सन पॉल ने लिखा है-रिषभ का रंग हरा और पीला मिला हुआ है। इसका स्वभाव ठंडा और खुश्क है। प्रसन्न करने वाला है। रिषभ पित्त और कफ प्रधान रोगों को दूर करता है।

रिषभ का स्वभाव ठंडा और खुश्क बताया गया है जो कि अपने विपरीत गुण वाले अर्थात गर्म एवं नम गुण वाले पित्त और कफ प्रधान रोगों को दूर करने में उपयोगी बताया गया है।

गंधार

गंधार का रंग स्वर्ण व नारंगी के समान है। इसकी प्रकृति करूणाजनक है अर्थात् जिगरसोज है। स्वभाव ठंडा है, पित्त के रोगों को दूर करता है।

गंधार की प्रकृति करूणाजनक होने एवं स्वभाव ठंडा होने से यह अपने विपरीत गुणों (गर्म, तेज, उत्तेजित) से मुक्त पित्त प्रधान रोगों का नाशक बताया गया है।

मध्यम

मध्यम स्वर के रंग स्वभाव एवं प्रकृति का वर्णन करते हुए लिखा गया है कि-इसका रंग पीला और गुलाबी मिला हुआ है। प्रकृति चंचल और स्वभाव गर्म खुश्क है। वात, कफ प्रधान रोगों को दूर करता है।

मध्यम स्वर के विषय में दिया गया उपरोक्त मत भी सही ही प्रतीत होता है चूंकि इसकी प्रकृति चंचल होने एवं स्वभाव गर्म खुश्क होने से यह अपने विपरीत गुणों (सर्द तथा तर) से युक्त रोगों अर्थात् वात, कफ प्रधान रोगों का नाश करता है।

पंचम

रंग लाल, प्रकृति जोशीली स्वभाव शुष्क है। कफ प्रधान रोगों को दूर करता है। अर्थात् पंचम स्वर रंग लाल जो कि उत्तेजना का सूचक है। प्रकृति जोशीली अर्थात उत्तेजक तथा स्वभाव खुश्क है, इसीलिये यह अपने विपरीत गुणों

युक्त कफ प्रधान रोगों जिसका कि स्वभाव तर एवं प्रकृति आलस्य स्थूलता है, का शमन करता है।

निषाद

निषाद का स्वभाव एवं प्रकृति का वर्णन करते हुए लिखा गया है कि इसका रंग लाल है, जो पंचम की लाली से भिन्न है। प्रकृति जोशीली और चित्त को प्रसन्न करने वाली है। स्वभाव ठंडा और खुश्क है।

उपरोक्त स्वर किस दोष प्रधान रोग को दूर करता होगा इसका वर्णन लेखक ने नहीं किया है, लेकिन लेखक ने अपने उपचार में इस स्वर का उपयोग वात प्रधान रोगों को दूर करने में किया है, जो कि सही एवं तर्कसंगत प्रतीत नहीं होता, चूंकि इस स्वर की संगति जोशीली एवं चित्त को प्रसन्न करने वाली है इस अनुसार यह अपने से विपरीत गुण आलस्य, शिथिलता तथा उदासीनता युक्त कफ प्रधान रोगों का शमन करेगी। इसके अलावा इसका स्वभाव ठंडा एवं खुश्क बताया है। जिसके कारण यह अपने विपरीत गुण गर्म (पित्त) और तर (कफ) प्रधान दोषों के विकृति से उत्पन्न रोगों का शमन करेगी। अर्थात यह कफ तथा पित्त प्रधान रोगों को दूर करेगी।

तालिका नं. 1

स्वर प्रकृति, स्वभाव रंग, किस दोष प्रधान रोग को दूर करता है। षड्ज चित्त को प्रसन्न करने वाली ठंडा गुलाबी कमल पित्त के रोगों को दूर करता है। रिषभ प्रसन्न करने वाली ठंडा और खुश्क हरा और पीला पित्त और कफ प्रधान रोगों को दूर करती है।

गंधार करुणाजनक ठंडा स्वर्ण व नारंगी के समान पित्त के रोगों को दूर करती है।

मध्यम चंचल गर्म खुश्क पीला और गुलाबी मिला हुआ वात कफ प्रधान रोगों को दूर करती है।

पंचम जोशीली खुश्क लाल कफ प्रधान रोगों को दूर करती है।

धैवत योग वाली अर्थात चित्त को प्रसन्न करने वाली और उदासीन दोनों

गर्म और ठंडा पीला कफ प्रधान रोगों को दूर करती है।

निषाद जोशीली ठंडा और खुश्क लाल

उपरोक्त तालिका का विश्लेषण करने पर हम इस निष्कर्ष पर पहुंचते हैं कि स्वरों की प्रकृति एवं दोषनाशक प्रभाव का जो वर्णन किया गया है, वह इन स्वरों के वादी होने वाले रागों से उत्पन्न "रस" को ध्यान में रखकर किया गया है जो कि उचित ही प्रतीत होता है, जैसे उदाहरण के तौर पर हम देखें कि कोमल "धैवत" वादी स्वर वाले राग भैरव को वीर रस प्रधान तथा कफ नाशक माना गया है।

जैसा कि शास्त्रों में विदित ही है कि धैवत स्वर को वीर रस प्रधान माना गया है अतः इसके वादित्व वाले राग अपने प्रभाव से शरीर स्थित कफ दोष के गुणों खासकर आलस्य, शिथिलता आदि को दूर करके उसका नाश करते हैं। अतः भैरव राग को कफ नाशक मानना उचित ही है।

सप्त स्वरों का वातादि दोषों से संबंध प्राचीन काल से ही वर्णित किया गया है, अतः इसकी मान्यता अति प्राचीन काल से ही चली आ रही है। इसका वर्णन सर्वप्रथम नारद के समकालीन संगीतज्ञ तुंबर ने "सारामृत" में एक श्लोक के अन्तर्गत किया है जिसमें उन्होंने वातादि दोष और ध्वनि में संबंध बताया है।

इसी प्रकार कटनी निवासी संगीतकार घनश्यामदासजी ने अपनी पुस्तक "भारतीय संगीत विज्ञान" में भी संगीत के प्रभाव से संबंधित जानकारी दी है जिसका वर्णन निम्न तालिका में है।

तालिका नं. 2

स्वर	प्रकृति	गुण	रस	निर्मित
(सा)	षडज	पित्त	सत्व	वीर, अद्भुत
(रे)	रिषभ	वात-पित्त	सत्व	अद्भुत, करुण
(ग)	गंधार	पित्त-कफ	तम	वीर
(म)	मध्यम	पित्त-वात-कफ	रज	हास्य, शृंगार
(प)	पंचम	कफ	सत्व	मधुर, शांत

(ध)	धैवत	वात-कफ	रज	रौद्र, करुण
(नि)	निषाद	वात	तम	वीर, भयानक

स्वरों की प्रकृति गुण तथा रसादि के वर्णन के अतिरिक्त रागों की प्रकृति के निर्धारण के बारे में भी जानकारी दी है। यानि किन-किन स्वरों के वादी होने पर राग की प्रकृति कौन-सी होगी, यथा –

तालिका नं. 3

वादी-कोमल रे, ध अचल प होने से राग की प्रकृति कफ प्रकृति प्रधान वादी रे, ध नी, होने से राग की प्रकृति वात प्रधान अचल सा शुद्ध ग तथा तीव्र म वादी हो तो पित्त प्रधान शुद्ध म, कोमल नी वादी हो तो प्रकृति कफ-वात प्रधान

प्रकृति निदान कोष्टक

स्वर	प. घनश्यामदास जी का मत	डॉ. जै. पॉल का मत
सा	(षड्ज) पित्त प्रकृति	पित्त के रोगों को दूर करता है।
रे	(रिषभ) वात प्रकृति	पित्त एवं कफ प्रधान रोगों को दूर करता है।
रे	(कोमल रिषभ)	कफ प्रकृति
ग	(गंधार) पित्त प्रकृति	पित्त के रोगों को दूर करता है।
ग	(कोमल गंधार)	कफ प्रकृति
म	(मध्यम) वात प्रकृति	वात कफ प्रधान रोगों को दूर करता है।
मे	(तीव्र मध्यम)	पित्त प्रधान
प	(पंचम) कफ प्रधान	कफ प्रधान रोगों को दूर करता है।
ध	(धैवत) वात प्रधान	रोगों के अनुसार बदलता है।
ध	(कोमल धैवत)	कफ प्रधान
नि	(निषाद्) वात प्रधान	वात प्रकृति प्रधान रोगों को दूर करता है।
नि	(कोमल निषाद्)	वात, कफ प्रधान

उपरोक्त दोनों तालिकाओं (डॉ. जैक्सन पॉल एवं पं. घनश्याम द्वारा दर्शायी गयीं) का अध्ययन करने पर हम समस्त शुद्ध व कोमल स्वरों की प्रकृतियां इस प्रकार पाते हैं।

उपरोक्त दोनों विद्वानों के मतों में जो मुख्य अंतर हमें मिलता है वह है स्वरों की प्रकृति का। प. घनश्यामदास जी ने स्वरों की जो प्रकृतियां बतायी हैं, डॉ. जैक्सन पॉल ने उन्हीं स्वरों को उन्हीं प्रकृति प्रधान रोगों को दूर करने वाला बताया है। जैसे तालिका नं. 2 में षड्ज की प्रकृति पित्त प्रकृति बतायी है तो तालिका नं. 1 में षड्ज को पित्त प्रधान रोगों का शमन करने वाला बतलाया है। इसी प्रकार अन्य स्वरों के विषय में भी है।

इन्हीं दोनों मतों का अध्ययन करने पर हमें डॉ. जैक्सन पॉल द्वारा वर्णित स्वरों का प्रभाव ही उचित मालूम पड़ता है। जिसके मुख्य प्रमाण निम्नानुसार है –

1. दोनों ही मतों की प्रकृति वर्णन कर हम गौर करें तो पाते हैं कि पहले मतानुसार केवल सात स्वरों की ही प्रकृति तथा उनके दोषानाशक प्रभाव का वर्णन किया गया है। (तालिका नं. 1)। जबकि दूसरे मतानुसार शुद्ध एवं तीव्र, कोमल स्वरों की प्रकृति का भी वर्णन किया गया है (तालिका नं. 2)।

   इनसे से पहला मत ही अधिक उपयुक्त प्रतीत होता है चूंकि (1) स्वरों का शरीर स्थित त्रिदोष से संबंध बहुत प्राचीन काल से ही मान्य है तथा स्वरों का कोमल तथा तीव्र आदि का वर्गीकरण आधुनिक काल की ही देन है। इसका उदाहरण हमें दक्षिण भारत में प्रसिद्ध हमारी दक्षिण भारतीय संगीत पद्धति के रूप में मिलता है जिसमें स्वरों का यह कोमल या तीव्र रूप मान्य नहीं है एवं वे हर राग में स्वरों की स्थिति अलग-अलग श्रृति में मानते हैं। अतः स्वरों की कोई निश्चित श्रृति पर स्थिति नहीं मानी गयी है। इसके अलावा आज भी वर्तमान संगीतज्ञ इसी दक्षिण भारतीय संगीत पद्धति को भारत के प्राचीन संगीत का करीबी मानते हैं।

   अतः हम यह कह सकते हैं कि यह शुद्ध व कोमल स्वरों की प्रकृति का अलग-अलग वर्णन प्राचीनतम वर्णन नहीं माना जा सकता।

(1) दोनों ही विद्वानों ने स्वरों की प्रकृति का वातादि दोषों में संबंध, स्वरों के रस को ही आधार मानकर किया है। जैसा कि हमने पहले भी विश्लेषित किया है। शास्त्रों में स्वरों का एक ही रूप माना गया है जो कि अलग-अलग रागों में अलग-अलग श्रुतियों में होने से अपनी जगह बदलता है। इसी प्रकार संगीत के प्राचीनतम ग्रंथ महर्षि भरत कृत नाट्य शास्त्र, पं. शारंगदेव द्वारा रचित संगीत रत्नाकर, महर्षि नारद कृत संगीत मकरन्द आदि में प्रत्येक स्वर के रस का वर्णन उस स्वर के एक रूप को मानकर ही किया है।

अतः एक ही स्वर के कोमल तथा तीव्र रूपानुसार प्रकृति का वर्णन न्यायोचित प्रतीत नहीं होता चूंकि जब किसी स्वर का रस एक ही वर्णित हो तो फिर उसके दोनों रूपों का अलग-अलग प्रकृति से संबंध होना अस्वाभाविक ही लगता है।

(2) दोनों ही मतों में स्वरों का त्रिदोषों का संबंध स्वरों के रस को ही आधार मानकर किया गया है। स्वरों के रस का चिकित्सकीय योगदान के बारे में डॉ. जैक्सन पॉल ने अपनी पुस्तक "संगीत चिकित्सा" में लिखा है, प्रत्येक स्वर अलग-अलग रंग, प्रभाव व स्वभाव रखता है और यही कारण है कि भिन्न-भिन्न रागों में भिन्न-भिन्न रस हैं जिनका वर्णन करना आवश्यक है। क्योंकि संगीत चिकित्सा का आधार यही है।

संगीत चिकित्सा नामक पुस्तक में लेखक ने संगीत चिकित्सा में उपयोगी स्वरों के रसों का वर्णन पं. नारद द्वारा रचित ग्रंथ "संगीत मकरन्द" को आधार मानकर किया है।

इसके अतिरिक्त दूसरे मतानुसार जो रसों की निर्मिति स्वरों से बतायी गई है, वह किसी प्राचीन ग्रंथ को आधार मानकर नहीं की गयी है। इसके अलावा व्यावहारिक तौर पर भी सही प्रतीत नहीं होती, जैसे उदाहरण के लिये तालिका नं. 2 में वर्णित स्वर गंधार को वीर रस प्रधान माना है, जो कि प्राचीन समय से चले आ रहें शास्त्रोक्त मान्यताओं के भी विरुद्ध है एवं व्यावहारिक तौर पर भी सही प्रतीत नहीं होती, चूंकि गंधार स्वर को सभी संगीतज्ञों व विद्वानों ने करुण तथा शांत रस का निर्माता बताया है, हम यदि गंधारवादी वाले रागों को देखें तो भी यह वर्गीकरण सही ही प्रतीत होता है।

संगीत का मस्तिष्क एवं तंत्रिका तंत्र पर उपचारीय प्रभाव

शरीर का सबसे महत्वपूर्ण अंग मस्तिष्क तथा तंत्रिका तंत्र भी संगीत के प्रभाव से अछूते नहीं हैं। इसके कई उदाहरण हमें हमारी रोजमर्रा की जिंदगी में बड़ी आसानी से देखने को मिलते हैं। चूंकि शरीर में होने वाली समस्त ऐच्छिक तथा अनैच्छिक क्रियाओं का संचालन व नियंत्रण इसी तंत्र के द्वारा होता है, अतः इस तंत्र पर होने वाले प्रभाव का परिणाम काफी महत्वपूर्ण तथा समस्त शारीरिक अवयवों व क्रियाओं पर दृष्टिगोचर होता है।

संगीत का या अन्य किसी घटना आदि का मनुष्य मस्तिष्क पर जो प्रभाव होता है एवं उसके परिणाम स्वरूप खुशी, प्यार, भय, क्रोध आदि भाव भी उत्पन्न होते हैं उन्हें भी संवेग कहा गया है। या हम इसे यूं भी कह सकते हैं कि मस्तिष्क की प्रथम प्रतिक्रिया संवेग (Emotion) ही है। संवेग को एक प्रकार की ऊर्जा बताते हुए श्री एच.पी. कृष्णाराव ने अपनी पुस्तक -"द साइकोलॉजी ऑफ म्युजिक" में लिखा है-

Emotions, like heat or electricity is a form of energy.

अर्थात-भाव तथा संवेग गर्मी अथवा विद्युत की तरह ही एक ऊर्जा का रूप हैं। चिकित्सा विज्ञानियों ने संवेग की उत्पत्ति तथा उसके परिणामस्वरूप शारीरिक परिवर्तनों के समय मस्तिष्क में होने वाले परिवर्तन तथा मस्तिष्क के किस भाग का कितना योगदान है, इसका अध्ययन किया है। इसे विश्लेषित करते हुए श्री ईरा एम. अल्टशूलर ने अपने लेख द साइकाइट्रिस्ट एक्सपीरीयंस विद म्युजिक एज ए थेरेप्यूटिक एजेन्ट, में लिखा है :

विभिन्न मस्तिष्कीय केन्द्र जैसे सेरेबेलम़ हेमिस्फियर के अतिरिक्त हाइपोथेलेमस, थेलेमस, सेरेबलम, मास्टर ब्रेन न केवल संगीत की धुन व लय परिवर्तनों में अपितु उसे एक भावात्मक तथा मानसिक रूप देने में भी हिस्सा लेते हैं।

जैसा कि हम जानते ही हैं, हायपोथेलेमस विभिन्न तंत्रिकाओं द्वारा थेलेमस से तथा अन्य मस्तिष्क केन्द्रों से जुड़ा रहता है व चयापचय, नींद आदि क्रियाओं को नियंत्रित करता है। आधुनिक अनुसंधानों से ज्ञात हुआ है कि मस्तिष्क का थेलेमस भाग ही सभी प्रकार की अनुभूतियों, संवेगों, भाव

आदि के लिये उत्तरदायी होता है। इसका संबंध मास्टर ब्रेन से होता है तथा यह प्रक्रियाएं इन दोनों के द्वारा ही पूर्ण की जाती है यथा-

अर्थात यह भावों, संवेदनाओं तथा अनुभूतियों का मुख्य प्रसारण केन्द्र है यह विश्वास किया जाता है कि यहां तक कि अस्थित अनुभूतियां भी थेलेमस के द्वारा ही मास्टर ब्रेन को प्रसारित की जाती हैं। थेलेमस तंत्रिकाओं के द्वारा मास्टर ब्रेन से जुड़ा रहता है तथा थेलेमस की उत्तेजनाएं समांतर रूप से मास्टर ब्रेन को प्रेरित करती हैं। जैसे ही मास्टर ब्रेन प्रेरित होता है, वह तरंगे वास थैलेमस को भेजता है तथा एक गुंजनपूर्ण चक्रगति में आता है।

इसका तात्पर्य यह हुआ कि भाव उत्पत्ति आदि मानसिक उत्तेजनाएं मस्तिष्क के तीनों भाग थेलेमस, हायपोथेलेमस तथा मास्टर ब्रेन के द्वारा ही उत्पन्न होती हैं तथा हमने पूर्वोत्तर अध्ययनांतर्गत पाया कि संगीत भी अपना प्रभाव इन्हीं मस्तिष्कीय भागों के द्वारा ही उत्पन्न करता है।

जैसा कि हमने पूर्व में विश्लेषित किया है कि अनैच्छिक स्नायुमण्डल का केन्द्र मस्तिष्क का एक लघु अंश हाइपोथेलेमस होता है। यही हाइपोथेलेमस नारी व पुरुष ग्रंथियों को भी नियंत्रित करता है। साथ ही "मोनोएमीन आक्सीडेज" नाम किण्वज "एन्जाइम" भी सम्पूर्ण शरीर में सर्वव्याप्त होते हुए भी केन्द्रीय स्नायविक प्रणाली में विशेष रूप से जमा रहता है। हाइपोथेलेमस द्वारा पिट्यूटरी ग्रंथि भी उत्तेजित होती है और उससे विभिन्न हार्मोन्स निकलते हैं, जो भावनाओं का परिणाम भी होते हैं और नई भावनाओं का कारण भी।

चूंकि संगीत शरीर पर अपना प्रभाव इन्हीं मस्तिष्कीय केन्द्रों के द्वारा उत्पन्न करता है एवं हमारी समस्त अनैच्छिक क्रियाएं भी इन्हीं मस्तिष्कीय केन्द्रों के द्वारा संचालित होती हैं, जिस वजह से हम पाते हैं कि भावोत्पत्ति कई बार अनैच्छिक रूप से उत्पन्न हो जाती है, इसीलिए संगीत द्वारा भावोत्पत्ति शरीरगत अपने लक्षण उत्पन्न कर देती है।

कहने का तात्पर्य यह है कि यदि मनुष्य अपने आप को संगीत की गतिविधियों में शामिल नहीं भी करता है, लेकिन किसी भी तरह से संगीत की स्वर लहरियां यदि उसके कानों में पड़ती रहें, भले ही वह उस पर ध्यान

दे अथवा नहीं, तो भी संगीत अपना प्रभाव दिखाता है। अतः जहां पर भाषा या शब्द अपना प्रभाव उत्पन्न नहीं करते, वहां संगीत अपना प्रभाव बखूबी दिखाता है। इसी संदर्भ में डॉ. इरा. एम. अल्टशूलर ने लिखा है-

There are nervous and mental patient who can not be reached through the spoken word (that is, through the master brain) because these patient are either enactive, distractible, confused, depressed, hallucinated or in a state of anxiety which makes verbal contact next to impossible. It is precisely here that music makes itself useful.

अर्थात वे निराश मानसिक रोगी जिन तक कि बोले गये शब्दों के द्वारा नहीं पहुंचा जा सकता (जैसा कि मास्टर ब्रेन के द्वारा) चूंकि ये रोगी या तो असावधान, विरक्त, व्याकुल, उदास, चित्त पर मिथ्या प्रभाव डालने वाले या चिंतित अवस्था में होते हैं, जो कि शाब्दिक संबंध को असंभव बनाता है, यह निश्चित तौर पर सुना है कि संगीत स्वयं को उपयोगी बनाता है।

संगीत के इस प्रभाव को विश्लेषित करते हुए लेखक ने लिखा है कि संगीत सीधे मानव मस्तिष्क में थेलेमस को प्रभावित करता है, उसे अपना यह प्रभाव उत्पन्न करने के लिए मास्टर ब्रेन की सहायता की जरूरत नहीं होती यथा-

Music which does not depend upon the master brain to gain its entry into the organism, can still arouse by way of the thalamus, the relay station of all emotions, sensation and feelings.

अर्थात संगीत जीवधारी में प्रविष्ट होने के लिये मास्टर ब्रेन पर निर्भर नहीं करता। चुपचाप समस्त भावों, संवेदनाओं तथा अनुभूतियों के प्रसारण केन्द्र थेलेमस के रास्ते प्रेषित हो जाता है।

उपरोक्त अनुसंधानात्मक विवेचन से यह ज्ञात होता है कि किस तरह संगीत मनुष्य पर अपना प्रभाव उत्पन्न करता है। विशेषकर मानसिक रूप से पीड़ित रोगियों के लिए यह बहुत ही लाभकारी है, जहां हमारी भाषा आदि का कोई प्रभाव नहीं होता।

संगीत के इसी महत्वपूर्ण प्रभाव की वजह से इस प्राचीन समय से मानसिक शांति तथा ध्यान आदि के लिए उपयोग के लाया जाता रहा है। आज के आधुनिक चिकित्सक भी इस मानसिक रूप से रोगी मनुष्यों के लिए बहुत ही महत्वपूर्ण मानने लगे हैं।

अमेरिका के ही प्रख्यात मनोचिकित्सक डॉ. जार्ज स्टीवेन्सन एवं डॉ. नार्मन विन्सेन्ट पील ने संगीत को स्नायविक-मानसिक तनाव के निराकरण की अचूक औषधि कहा है। संगीत के अभ्यास और श्रवणकाल दोनों से मन को विश्रान्ति ही नहीं, आनंद भी प्राप्त होता है।

चिंता, उदासी, सिजोफ्रेनिया, मानसिक अविकसिती, अलेजिगल, विभिन्न प्रकार के मानसिक अनियमित्तताएं, अनिद्रा, व्यवहार अनियमित्तता, शांतिभंगता के डर से संबंधी, सहवास संबंधी, अतिभ्रम दवाओं का अनुचित व्यवहार तथा समानता के लिये संगीत के साथ पूरक चिकित्सा पद्धति ही उत्तरदायी है।

मानसिक रोगियों पर प्रभाव को देखने के लिए डॉ. अल्टशूलर ने ईलॉईज निशीगन के एक स्टेट हॉस्पिटल में प्रयोंगो की एक शृंखला आयोजित की जिससे प्राप्त निष्कर्षों के अनुसार संगीत में मानसिक विकारों से ग्रस्त रोगियों पर निम्नलिखित प्रभाव उत्पन्न करने की क्षमता है।

(1) चयाचय क्रिया, श्वसन, रक्तचाप, नाड़ी तथा अन्तःस्त्रावी तथा मांस पेशियों की ऊर्जा में परिवर्तन करने की क्षमता है।

(2) ध्यान को नियंत्रित करने तथा उसकी अवधि बढ़ाने का गुण है।

(3) विनोद तथा स्थानपन्नता की शक्ति है (जैसे विकृत अवस्था से विचलित करना तथा पूर्णरूप से अनुभूतियां तथा उपायों से भर देना।)

(4) चित्त को सुधारने की क्षमता है।

(5) चित्त रूप से तथा बुद्धिमानी से उत्तेजित करने की क्षमता है।

1. संगीत द्वारा उपलब्धियां।
2. अच्छी नींद आना।
3. पूर्णतया शरीर शांत रहता है।
4. पुरानी याद ताजा करता है।
5. ब्लड प्रेशर नियंत्रित करता है।

6. कोलेस्ट्रॉल बढ़ा हो तो कम करता है।
7. स्ट्रेस, तनाव कम करता है
8. गर्भवती स्त्री पर भय या डर दूर हो जाता है।

संगीत से स्वास्थ्य पर लाभ

नीचे दिए गए प्रसिद्ध राग और उसकी प्रकृति सह का समय दिया गया है। सभी राग स्वाभाविक मधुर होने से सबको लुभाते हैं।

संगीत और रोग

संगीत से भी संभव है अनेक रोगों का उपचार

वैदिक काल में संगीत के रहस्यमय विज्ञान के ज्ञाता, मंत्र गायन, भाव मुद्राओं की रसानुभूतियों के आधार पर अपने अंतराल में दबी हुई शक्तियों को जगाते थे और संपर्क में आने वाले प्राणिमात्र की व्यथा-वेदना दूर करते थे।

समस्त स्वर, ताल, लय, छंद, गति, मंत्र, स्वर चिकित्सा, राग, नृत्य, मुद्रा, भाव आदि संगीत की भेंट हैं। नाद को 22 श्रुतियों में बांटा गया है। ये श्रुतियां कान से अनुभव की जाने वाली विशिष्ट तरंगे हैं। इनका प्रभाव मानवीय काया और चेतना पर होता है।

षड्ंज से संबंधित टीवा, कुमद्धति, मन्दा छंदोबती, ऋषभ-दयावती, रजनी, रतिका, गंधार रौद्री, क्रोधा, मध्यम वज्रिका, प्रसारिणी, प्रीति, मार्जनी, पंचम क्षिति, रक्ता, सांदीपिनी, अलपिनी, घेंवलमहंती, रोहिणी, रम्या, निषाद, उग्रा, क्षोभिणी आदि श्रुतियों का लाभ सामान्य गायन के समय प्राप्त होता है। इन श्रुतियों के श्रवण से जीवन को शक्ति प्राप्त होती है।

औषधियां जिस प्रकार मूल द्रव्यों के रासायनिक सम्मिश्रण से उत्पन्न होने वाले अतिरिक्त प्रभाव के कारण विभिन्न रोगों पर अपना प्रभाव डालती हैं, उसी प्रकार संगीत से निकलने वाले स्वर अनेक रोगों के लिए औषधि का कार्य करते हैं। इस विषय पर अनेक शोध हो चुके है। शोंधों के निष्कर्ष काफी चौकाने वाले प्राप्त हुए हैं।

हृदय रोग के लिए राग भैरवी, शिवरंजनी, अल्हैया बिलावल, मानसिक रोगों के लिए ललित एवं केदार राग बांसुरी पर सुनाना काफी हितकारी माना गया है।

दमा और खून की कमी वाली बीमारियों के लिए राग श्री केदार, कल्याण, पूरिया, प्रियदर्शिनी एवं सामवेद का गायन लाभदायी है। उच्च रक्तचाप के रोगियों के लिए राग हिंडोल पूरिया, कौंसी कानडा, रोग के लिए बहुत ही हितकर माना गया है।

कैंसर के लिए राग सिद्ध भैरवी, नर्वस ब्रेकडाउन के लिए अहीर भैरव राग, चर्म रोग के लिए पूरिया, मल्हार राग मुल्तानी, मधुवन्ती बहुत ही लाभदायक होता है। मधुमेह हेतु जौनपुरी जय जयवन्ती, उच्चताप बुखार में मालकोस बसंत बहार जैसे राग बड़े ही उपयोगी हैं।

इसी तरह कैंसर, खून बहना, आधा सिर का दर्द, उच्च अम्लता, पेष्टिक अल्सर, एनसोमेनिया, ल्यूकोरिया जैसे भी अनेक ऐसे रोग हैं, जिन पर संगीत का अचूक प्रयोग सफल रहा है। इस संबंध में जड़ी-बूटी चिकित्सा, खान-पान, आहार-व्यवहार का नियंत्रण सम्मिलित है। संगीत का सीधा-सीधा संबंध भावसंवेदना से है। मानवीय क्षमता के अंतर्गत ज्ञान और भावना का सर्वोत्कृष्ट संयोग होने से इसे सर्वश्रेष्ठ प्रयोग करना सब प्रकार से युक्तिसंगत है।

फ्रांसीसी परामनोविज्ञानवेत्ता डॉ. पाल गोल्डीन ने संगीत पर किये गये अपने शोधों के अनुसार कहा है कि मनः संस्थान का क्रिया विज्ञान बड़ा ही गूढ़ है। पांचों इंद्रियों की सुनने, बोलने, देखने, सूंघने तथा स्पर्शानुभूति क्षमता से हम सभी परिचित हैं। संगीत के अविरल प्रवाह से प्रवाहित होकर ये सभी इंद्रियाँ सजग हो उठती हैं और अनेक रोगों का प्रतिकार करती हैं। संगीत की रसमयी धारा शरीर स्थित अनेक प्रकार के हारमोनों को उत्तेजित करती है और उनके उचित रिसावों में सहायक होती है।

मानव को स्वयं को संगीत की धारा से जोड़ देना चाहिए ताकि उसके चमत्कारी प्रभाव को पाया जा सके। यह कहना कतई आतिशयोक्ति नहीं होगी कि संगीत स्वास्थ्य की संजीवनी है। इस संजीवनी का लाभ उठाया जाना चाहिए।

तेजी से लोकप्रिय हो रही संगीत चिकित्सा

विदेशों में भी संगीत चिकित्सा पर अनेक शोध हो रहे हैं। यूनिवर्सिटी ऑफ क्लीक्लैं हॉस्पिटल के मुताबिक संगीत न केवल मन को शांति पहुंचाता है, बल्कि आपकी सेहत को भी बेहतर बना सकता है। अपनी मन पसंद धुनें सुनने से एक आई.जी.ए. का स्तर बढ़ जाता है। इससे हमारा इम्यून सिस्टम शक्तिशली बनकर स्वास्थ्य को सुरक्षा प्रदान करता है।

जेम्स पेनीबेकर ने अपने अनुसंधानों से यह सिद्ध किया है कि वाद्य संगीत के द्वार रोगी को आनंदमयी अनुभूति होती है। इस मनोविशेषज्ञ के मतानुसार संगीत से उच्च्व रक्तचाप, सिर दर्द और नींद न आने जैसी बीमारियों को नियंत्रित किया जा सकता है।

ब्रिटेन की संगीत चिकित्सा सोसायटी का यह दावा है कि दमा से पीड़ित रोगियों के फेफड़ों पर संगीत की ध्वनि से श्रवास-प्रश्रवास की गति सही तथा सक्रिय हो सकती है। वॉशिंगटन में दो अस्पतालों के आई.सी.यू. में धीमा-धीमा मधुर संगीत बजाया गया, तो पाया कि हृदय की बीमारी के शिकार रोगियों का रक्तचाप कम हुआ और उन रोगियों के तनाव व व्यग्रता का स्तर घटा।

यह भी पता चला है कि संगीत हमारे मस्तिष्क से निकलने वाले दर्द निवारक, रसायन एंडोमार्फिन के उत्पादन को तेज कर देता है, इससे शारीरिक तनाव, बैचेनी और दर्द में राहत मिलती है।

उपर्युक्त लाभों के अलावा मनपसंद संगीत सुनने से नींद आना, दांत उखड़वातें या प्रसव के समय संगीत सुनने से दर्द की अनुभूति कम होना आदि लाभ भी लिए जा सकते हैं।

भावना शांत रहती है

संगीत द्वारा तुम अपने अंतरस्वः से मिलोगे और तुम्हारा शरीर दिमाग व आत्मा यथा क्रम गति से निकलकर एवं आस्तित्व पर केंद्रित हो जायेगा।

संगीत सुनते समय अपने अंदर चल रही प्रत्येक भावना को शांत होकर

अनुभूति करो इस तरह तुम्हारे शांत विचार, तुम्हारी समस्याओं संगीत की मधुर लहरें और धारणाओं पर अंतरदृष्टि डाल पायेगा और तुम्हारा विश्लेषण कर सकेगा। फलस्वरूप वह तुम्हारे जीवन की समस्याओं का सामना करने में मजबूत स्तंभ की तरह तुम्हारे बगल में खड़ा हो सकेगा।

बहरहाल यह पद्धति तुम्हें जटिल लगेगी लेकिन इसमें विशेष तत्त्वों की आवश्यकता नहीं, यह छोटी प्रक्रिया है, तुम्हारे अंतर को प्रतिबंधित कर उसे विकसित करेगी।

रोग एवं संगीत से उपचार

उच्च रक्तचाप : मानव शरीर में स्थित विभिन्न धमनियों में बहने वाले खून का जब दबाव बढ़ जाता है तो इस रोग को उच्च रक्तचाप कहते हैं।

कारण : मोटापा, अतिशय व्यायाम, समय-असमय खाने से, अत्यधिक शराब आदि नशीले पदार्थों का सेवन एवं चिंता इस रोग उत्पत्ति के प्रमुख कारक हैं। इस रोग में रक्त-वाहिनी कठोर हो जाती है जिससे रूधिर का दबाव बढ़ जाता है। कभी-कभी हृदय की धड़कन भी बढ़ जाती है। कुछ काल पश्चात् छोटी छोटी रक्तवाहिनियां फट जाती हैं जिसमें अधिकतर मस्तिष्क की धमनियां होती हैं, जिससे बेहोशी एवं पक्षाघात जैसे रोग हो जाते हैं।

चिकित्सा : रक्तचाप को कम करने हेतु धीर-गंभीर प्रकृति के रागों को सुनना चाहिये जैसे, पूरिया, पूर्वी राग तोड़ी आदि। उक्त रागों की ताल की गति धीमी होनी आवश्यक है एवं गंभीर प्रकृति के ताल ही यदि उपयोग किये जाएं तो प्रभावी होगा जैसे ताल रूपक, झपताल, आदि।

दमा में लाभ : अध्ययनों से पता चलता है कि गाने में जो गहरी सांस लेनी पड़ती है, उससे दमा और ब्रोंकाइटिस के मरीजों को राहत मिलती है। इसके अलावा गाने के दौरान शरीर की कई पेशियां भी सक्रिय रूप से क्रियाशील हो जाती हैं। मसलन डायफ्राम।

सामाजिक बनाम कोरस : अमेरिकी नायक गायक दल की एक संस्था ने

कुछ साल पहले एक सर्वे किया था। सर्वे में पाया गया कि अमेरिका और कनाडा के अधिकांश लोग किसी दूसरे परफार्मिंग आर्ट की तुलना में सहगान में अधिक हिस्सा लेते हैं। ज्यादातर गायकों के मुताबिक सहगान करने से सामाजिक विश्वास बढ़ता है।

अल्जाइमर्स डिजीज में भी कारगर - ब्रिटिश अल्जाइमर्स सोसायटी की एक रिपोर्ट के मुताबिक मनोभ्रंश (डिमेंशिया) से पीड़ित व्यक्तियों के लिए गायन मददगार होता है। मशहूर गीतों को गाने और नए गाने सीखने में आत्मसम्मान को बरकरार रखने और अकेलापन दूर करने में मदद मिल सकती है। हालांकि इसके सबूत तो मौजूद नहीं हैं कि इस तरह की स्मरण-निर्भर कसरतें, जैसे-गायन और नए मानसिक कौशल सीखने से अल्जाइमर्स को रोका जा सकता है, पर कई विशेषज्ञों का सोचना है कि इस तरह की गतिविधियां कम से कम कुछ लोगों में याददाश्त से जुड़ी समस्याओं की शुरुआत को डिले तो कर ही सकती हैं।

ब्रिटिश अल्जाइमर्स सोसायटी की एक रिपोर्ट के मुताबिक मनोभ्रंश (डिमेंशिया) से पीड़ित व्यक्तियों के लिए गायन मददगार होता है। मशहूर गीतों को गाने और नए गाने सीखने से आत्मसम्मान को बरकरार रखने और अकेलापन दूर करने में मदद मिल सकती है।

बौद्धिक क्षमता बढ़ाएं - यूनिवर्सिटी ऑफ कैलिफोर्निया, बर्कले के मशहूर न्यूरोलॉजिस्ट वाल्टर फ्रीमैन के मुताबिक, सिंगिंग और डांसिंग का गुण मूल रूप से खानदानी विरासत में मिलता है और ये बौद्धिक विकास करने में मदद करता है।

कुछ हिदायतें : बिना विश्राम किए एक घंटे से ज्यादा समय तक लगातार गाने से गला थक सकता है। वोकल कार्ड पर लगातार जोर देने से आवाज बैठ सकती है, लिहाजा अपने स्वर-यंत्र को आराम दें और परफार्मेंस के बीच-बीच में पानी जरूर पिएं। यह कहना है यूनिवर्सिटी ऑफ हांगकांग के वैज्ञानिकों का।

सिरदर्द (Headache) : आयुर्वेद के अनुसार सिर में होने वाले दर्द के कई कारण बताये गये हैं, जिनमें त्रिदोषों में आये हुए विकारों को प्रमुख माना गया है।

वातदोष से यदि सिर दर्द हो तो यह अचानक ही होने लगता है। रात के समय यह पीड़ा और भी बढ़ जाती है।

पित्त दोष या गर्मी से उत्पन्न सिरदर्द में ऐसा जान पड़ता है सिर पर जलता हुआ कोयला रख दिया गया हो। आंखों, नाक में भी जलन होने लगती है। इसका वेग दिन में अधिक होने के साथ-साथ रात्रि में स्वयं ही कुछ कम हो जाता है ।

ग्रध्रसी (Sciation) : श्रोणी मंडल (स्फित प्रदेश) से आरंभ होकर क्रमशः कटि के पिछले भाग उरू जानु, जंघा पैर तक जाने वाली विशिष्ट पीड़ा को ग्रध्रसी कहते है।

कारण : सामान्य वात प्रकोप निदान ही इसका कारण है। मृत्यु शैया या आसन पर सोने या बैठने और सायंकाल अधिक पैदल चलना इसका मुख्य कारण है।

लक्षण : पैरों में जकड़न, पीड़ा, सुई के चुभाने जैसी पीड़ा, फड़कन, पीड़ा कमर के पीछे शुरू होकर उरू जानु और जंघा से पैरों तक होती है। इन स्थानों में स्तब्धता और स्वेदन भी होता है।

वातज : सुई चुभाने जैसी पीड़ा, शरीर टेढ़ा हो जाता है। घुटने कमर तक उरू की संधि में फड़कन एवं जकड़न होती है।

दर्द दिले नादान तुझे हुआ क्या है, आखिर इस दर्द की दवा क्या है : दर्द दो प्रकार का रहता है, एक शारीरिक दूसरा मानसिक। मानसिक दर्द हमेशा अपना अनुभव और बाहर से आये वेगों पर निर्भर रहता है। हर व्यक्ति पर अलग-अलग रहता है कोई सहन कर लेता, कोई सहन नहीं कर सकता। शारीरिक दर्द ऑपरेशन के बाद होता है या कोई चोट लगने से होता है।

न्युरोमोडूलर एक न्यूरान्स द्वारा उत्पन्न होता है, वह दर्द का संदेश रोकने

में मदद करता है। सिरोटोनिन और असिटाईल्सकोलिन यह न्यूरोमोडुलर हैं, जो सेन्सोरी ट्रान्समिशन जरक भरने की मदद होती है। इन्डोरफिन यह दर्दनाशक हारमोन है। सबसे बढ़िया इन्डोरफिन्स, अल्फा, बीटा और इन्डोरफिन्स है। उसमें अति उत्तम इन्डोरफिन्स बीटा है जो बहुत अच्छा इन्डोरफिन्स है। यह हारमोन रक्त में आता है। पियुटरीग्रंथि द्वारा उत्पन्न होता है और ब्रेन में हायपोथलामिक न्यूरान्स द्वारा होता है।

यदि अपने सूक्ष्म व कारण शरीर की संरचना को सुदृढ़ बनाया जा सके, प्रसुप्त केन्द्रों को उत्तेजित किया जा सके तो जागृत प्राण उर्जा के प्रभाव से न केवल स्वयं रोग मुक्त रहा जा सकता है बल्कि दूसरों को भी लाभान्वित किया जा सकता है।

दर्द कारक संदेश मालिक्युल रसायन के साथ दर्द का संदेश ले जाते हैं। उक्त दर्द संदेश दर्द कारक संदेश को संदेश देने से रोकते हैं। यानी इंडोरफिन एक दर्दनाशक रसायन है, क्यों न हम शरीर के बार से मार्फिन दर्द निवारक दवा दें और दर्द दूर करें। हां यह संभव है और दिया भी जाता, दर्द चुटकी भर में गायब।

मार्फिन चंद घंटे के लिये काम करता है। लेकिन दर्द वापस भी आ सकता है। मार्फिन बाहर रसशाला में तैयार किया जाता है, इंडोरफिन शरीर द्वारा तैयार किया जाता है, बहुत फर्क है। शरीर में बनाया इंडोरफिन्स शरीर के रसायनी तत्व जो रसशाला में नहीं कर सकते, वह वहां मौजूद रहते हैं न्युरोट्रांसमीटर को पता रहता है कि कौन अपना और कौन पराया है। सारांश यह कि मन नॉन मैटेरियल है फिर भी इन मटेरियल मालीक्युल के साथ प्रेम की पार्टनरशिप रखता है। मन हर कोशिकाओं मैं रहता है और हर कोशिका में अपना अपना मन रहता है।

अनिद्रा (Insomnia)

यह एक ऐसा दुःखदायी रोग है, जिससे रोगी कई बार इतना त्रस्त हो जाता है कि आत्महत्या तक कर लेता है। इसे साधारण भाषा में हम कहें तो नींद का न आना या अचेतन अवस्था में पड़ा रहना, अनिद्रा कहलाता है। आयुर्वेद

के अनुसार इस रोग के कई कारण दर्शाये गये हैं, जिनमें मस्तिष्क की खुश्की, अजीर्ण, बुढ़ापा एवं वीर्य की कमी को इसकी उत्पत्ति हेतु प्रमुख माना गया है। किंतु आज के इस युग में इस रोग का जो प्रमुख कारण हमें ज्ञात है वह मानसिक तनाव ही हैं, चूंकि आज की जिंदगी बहुत व्यस्ततायुक्त है एवं अपने व्यापार तथा परिवार के पालन-पोषण करने हेतु हर व्यक्ति को काफी कठिनाई का सामना करना पड़ता है, जिसके लिए वह विभिन्न व्यापार आदि कर इसका निवारण करना चाहता है। जिसके कारण उसे अत्यधिक मानसिक तनाव झेलना पड़ता है, जो कि आज के युग में होने वाले कई महत्वपूर्ण रोगों तथा अनिद्रा का एक प्रमुख कारण है।

चिकित्सा : जैसा कि सर्वविदित है कि संगीत सांसारिक चिंताओं को भुला देता है। मनुष्य भले ही दुःखी हो उसके अंतरंग में भिन्न-भिन्न प्रकार के विचार उठ रहे हो किंतु संगीत की सुमधुर ध्वनि जब उसे सुनाई देती है तो अनायास ही उसका ध्यान आकर्षित हो जाता है। जब यह सांगतिक ध्वनि उसे बार-बार सुनाई पड़ती है तो वह रसानुसार उस पर प्रभाव भी डालती है।

जैसा कि हम जानते हैं कि स्वस्थ नींद आने के लिए मनुष्य का मस्तिष्क एकाग्र या विचारशून्य होना अतिआवश्यक है। संगीत अपने प्रभाव से जहां मानव मस्तिष्क को एकाग्र करता है, वहीं उसके मन को प्रफुल्लित भी करता है। जब हम कोई शांत या गंभीर प्रकृति का संगीत सुनते हैं तो वह संगीत अपने प्रभावनुसार मस्तिष्क को शांत कर संपूर्ण शरीर में भी शांति का अनुभव प्रदान करता है, जिससे मानव शरीर की समस्त गतिविधियां शांत होने लगती हैं। यही स्थिति निद्रा अवस्था के बहुत करीब की स्थिति है जो कि मनुष्य को नींद लाने में अति सहायक होती हैं।

प्राचीन संगीत चिकित्सकों के अनुसार मनुष्य को सप्ताह में एक बार संगीत निद्रा अवश्य लेनी चाहिए अर्थात सोते वक्त सुमधुर संगीत का श्रवण कर सोना चाहिये। इससे शरीर परिमार्जित हो जाता है। जिस तरह बाह्म शरीर के लिए जल का स्नान आवश्यक दर्शाया गया ह। उसी तरह मन, इंद्रियां और आत्मा हेतु अर्थात अतः शरीर के लिए सांगीतिक स्नान को महत्वपूर्ण बताया

गया है। इससे मन में स्थित रोग, विकार, शोक, चिंता, क्लेश आदि समस्त दोष घुल जाते हैं और मन प्रफुल्लित एवं आनंदित हो जाता है।

आयुर्वेदानुसार अनिद्रा रोग का प्रमुख कारण शरीर स्थित वायु ही है जो कि मस्तिष्क में खुश्की पैदा कर इस रोग को जन्म देता है। अतः इस रोग में पीड़ित रोगी को शांत एवं गंभीर प्रकृति के राग जो कि इसी रसानुसार ताल में निबद्ध हों सुनाये जाने चाहिये, जिससे प्रथमतः रोगी की समस्त इंद्रियों में शिथिलता आने लगती है, वह तंद्रा अवस्था में चला जाता है। इस रोग की चिकित्सा हेतु सितार वाद्य यंत्र को अतिपयोगी बताया गया है। चिकित्सा करते समय इस बात का विशिष्ट ध्यान रखना चाहिये कि संगीत शांत या गंभीर प्रकृति का ही हो, चूंकि उत्तेजक या वीर रस प्रधान संगीत या तालें रोगी को शांत करने के बजाय और उत्तेजित कर देंगी।

इस रोग हेतु धैवत एवं मध्यम वादी स्वर वाले राग लाभकारी पाये गये हैं, जैसे बसंत, मारवा, भैरवी, दरबारी कानडा, सोहनी आदि।

संगीत और बौद्धिक क्षमता : शारीरिक तंत्रों एवं अवयवों की कार्यप्रणाली में भी सुधार आता है एवं वे सुचारु रूप से कार्य करने लगते हैं, जिसके फलस्वरूप शरीर में उत्पन्न रोगों में भी कमी आने लगती है एवं शरीर स्वस्थ होने लगता है।

संगीत मनुष्य की मानसिक स्थिति को तो ठीक करता ही है साथ ही मनुष्य की क्षमताओं में भी वृद्धि करता है। चिकित्सा विज्ञानियों के अनुसार भी संगीत मनुष्य की मानसिक क्षमता में वृद्धि करने के साथ-साथ मस्तिष्क के विकास में भी सहायता करता है।

संगीत की मस्तिष्क के विकास में अहम एवं महत्वपूर्ण भूमिका को ध्यान में रखते हुए ही इस उद्देश्य हेतु संगीत का उपयोग किया जाने लगा है।

उपरोक्त विवेचनों एवं शोध निष्कर्षों से यह सिद्ध होता है कि संगीत न केवल मनुष्य को मानसिक शांति ही प्रदान करता है, अपितु मस्तिष्क विकास तथा बौद्धिक क्षमता में भी वृद्धि करता है।

संगीत का निद्रा पर प्रभाव : इसके अतिरिक्त तंत्रिका तंत्र पर भी संगीत के

काफी महत्वपूर्ण परिणाम पाए गए हैं। डॉ. पेट्रोसी के प्रयोग आदि से प्राप्त परिणामों का अध्ययन करने पर सिद्ध हुआ कि संगीत शरीर पर उत्तेजक तथा शांतियुक्त दोनों प्रकार से प्रभाव डालता है। उदाहरण के लिए हम देखें कि पाश्चात्य तथा डिस्को संगीत जहां मनुष्य को उत्तेजित तथा नृत्य के लिए मजबूर कर देता है वहीं हमारा भारतीय शास्त्रीय संगीत अपने धीर गंभीर तथा शांति प्रभाव के कारण श्रोता को शांत देखता है, यहां तक कि नींद भी ले आता है।

संगीत द्वारा नींद आने की प्रक्रिया को वैज्ञानिकगण भी संगीत के धीमे, आनन्दमय तथा शांतिपूर्ण प्रभाव का ही परिणाम मानते हैं।

नींद के समय लगभग सभी शारीरिक प्रक्रियाओं की गति धीमी हो जाती है। रक्त प्रवाह, धीमा, हृदय की धड़कन तथा श्वसन गति में कमी, ये सब नींद के लक्षण हैं तथा नींद के पूर्व दौड़ते हैं। अतः कोई इन लक्षणों की उत्पत्ति को प्रेरित करता है, वह सामान्य रूप से साधारण नींद ले आता है।

अतः संगीत का प्रयोग उन रोगियों पर भी काफी प्रभावी सिद्ध हुआ है जो अनिद्रा रोग से पीड़ित हैं तथा इस हेतु प्रतिदिन निद्रावर औषधियां लेते हैं। संगीत में निहित इस निद्रावर प्रभाव को ज्ञात करने के लिए एक प्रयोग हमारे प्रसिद्ध संगीतज्ञ पं. ओंकारनाथ ठाकुर ने किया था, जिन्होंने अपने गायन के प्रभाव से काफी लम्बे समय से अनिन्द्रा रोग से पीड़ित इटली के राजा मुसोलिनी को सुला दिया था। वैसे भी नींद आना शरीर की स्वस्थता का बहुत ही महत्वपूर्ण लक्षण है, चूंकि प्रत्येक रोग का दुष्प्रभाव नींद पर ही तो होता है। यह पाया गया है कि सांगीतिक ध्वनि कोलेस्ट्रॉल की गांठों को तोड़ता अथवा घोलता है। यह पदार्थ पित्ताशय की पथरी में पाया जाता है एवं सभी जानते हैं कि हमेशा तेज़ दर्द का कारण होता है।

संगीत और स्राव

इसके अतिरिक्त भी कुछ अनुसंधानकर्ता संगीत के अन्तःस्रावी स्रावों पर होने वाले प्रभाव को संगीत के दर्द निवारक प्रभाव के लिये उत्तरदायी मानते हैं।

जिसके फलस्वरूप अधिवृक्क तथा अन्य ऊर्जा देने वाले एवं दर्द से लड़ने वाली ग्रंथियों के स्त्रावों में वृद्धि होने से संगीत का कुछ प्रभाव नलिकाविहीन ग्रंथियों पर भी पड़ता है।

उपरोक्त विश्लेषण भी सत्य ही प्रतीत होता है, चूंकि एड्रीनल ग्रंथि का स्राव एड्रीनलीन संकटकालीन परिस्थितियों के लिये उत्तरदायी माना जाता है तथा संगीत से इस ग्रंथि से स्रावित होने वाले हार्मोन की मात्रा में परिवर्तन होता है। इसी तरह अन्य अन्तःस्रावी ग्रंथियों के द्वारा प्रभावित होती है जो दर्द के कम होने का एक प्रमुख कारण है।

मनुष्य के तंत्रिका तंत्र पर संगीत के प्रभाव का प्रथम उदाहरण, संगीत में निहित दर्द निवारक क्षमता के रूप में हमने अध्ययन किया, इसके अतिरिक्त भी अनुसंधानकर्ताओं एवं चिकित्सा विज्ञानियों ने तंत्रिका तंत्र के अन्य रोगों पर भी संगीत के प्रभाव को जानने हेतु प्रयोग किये एवं इसके सकारात्मक परिणाम भी प्राप्त हुए हैं।

संगीत का अस्थि एवं पेशीय तंत्र पर उपचारीय प्रभाव

शरीर के अन्य तंत्रों की तरह संगीत का मनुष्य के समस्त अस्थियों पर तथा पेशीय तंत्र यानि समस्त शारीरिक पेशियों पर भी लाभकारी, स्वास्थ्यवर्द्धक प्रभाव प्रयोगों के दौरान देखा गया है।

उत्तेजक संगीत शरीर की समस्त क्रियाओं की तरह ही अस्थियों पर भी अपना प्रभाव डालकर इन अस्थियों की क्रियाशीलता को उत्तेजित कर देता है वहीं धीमा संगीत स्वस्थ शरीर के अंगों की ही तरह इन अस्थियों की क्रियाशीलता को कम कर देता है। यह क्रियाशीलता में होने वाला परिवर्तन बहुत कुछ स्नायुओं अथवा पेशियों पर होने वाले प्रभाव के कारण होता है।

स्नायु तंत्र पर प्रभाव

संगीत का प्रभाव स्नायुओं पर भी संपूर्ण शरीर की भांति ही होता है, चूंकि

स्नायुओं का नियंत्रण एवं उत्तेजना, शिथिलन तंत्रिका तंत्र के द्वारा ही नियंत्रित होता है एवं मनुष्य का तंत्रिका तंत्र, संगीत द्वारा प्रभावित होता है।

अर्थात तंत्रकीय ऊर्जा एवं स्नायविक ऊर्जा स्पष्टतः एक दूसरे से जुड़े रहते हैं तथा दोनों में चंचल संगीत से बढ़ोतरी होती है। धीमा संगीत दोनों स्नायविक तथा तंत्रकीय ऊर्जा के खर्च को कम करता है तथा यही इसके निद्रावर प्रभाव का बेहिचक लेखा जोखा है।

संगीत श्रवण प्रत्यक्ष रूप से हो या अप्रत्यक्ष रूप से, वह सुनाई देता है तो भी वह मनुष्य की गतिविधियों तथा शारीरिक क्रियाओं को प्रभावित करता है। साथ ही इससे शरीर की स्नायविक ऊर्जा भी प्रभावित होती है, इसलिये आजकल विदेशों में कारखानों में कार्य के समय कर्मचारियों को उत्तेजक किस्म के संगीत सुनाये जाते हैं, जिससे उनकी कार्य की गति एक सी बनी रहती है, थकावट भी कम होती है तथा उत्पादन में भी बढ़ोतरी होती है। स्नायु तंत्र के इस प्रभाव को देखते हुए आजकल संगीत का प्रयोग स्नायु रोगों में, स्नायुओं की शक्तिक्षीणता के उपचार हेतु किया जा रहा है।

स्नायविक संकुचन बहुत कम मात्रा में बढ़ता है, जब कोई ध्वनि लय के साथ बनायी जाती है। कहने का तात्पर्य यह कि जब लय (ताल) के साथ कोई ध्वनि यानी संगीत बजाया जाता है तो उसके प्रभाव से स्नायुओं में संकुचन की क्रिया में काफी बढोतरी होती है। स्नायविक संकुचन की ताकत, संगीत के सहयोग से, कार्य के दौरान या व्यायाम के समय बढ़ जाती है। इसीलिये व्यायाम करते समय तथा विदेशों में कारखानों में कार्य के समय संगीत बजाए जाने का प्रावधान शुरू किया गया है एवं उसके काफी सकारात्मक परिणाम प्राप्त हुए हैं।

स्नायविक ताकत संगीत की तीव्रता बढ़ने के साथ साथ बढ़ती है। अर्थात संगीत की तीव्रता जितनी ही बढ़ती जायेगी, स्नायुओं की संकुचन की ताकत भी उतनी भी बढ़ती जाएगी। इस प्रकार हम कह सकते हैं कि स्नायविक ऊर्जा संगीत की तीव्रता के अनुसार ही कम या ज्यादा होती है। थकावट का बिन्दु बदल जाता है। प्रयोगों के दौरान पाया गया कि संगीत से स्नायविक

ताकत तो बढ़ती ही है साथ ही साथ मनुष्य की कार्यक्षमता में भी वृद्धि हो जाती है। संकुचन की नियमितता परिवर्तित हो जाती है। संगीत के प्रभाव से स्नायु संकुचन की गति में परिवर्तन होता है, जो कि शायद संगीत में निहित परिवर्तनशील स्वर तीव्रता के कारण होता है।

अतः स्नायुतंत्र पर किए गए समस्त सांगीतिक प्रयोगों एवं विश्लेषणों से ज्ञात परिणामों के आधार पर हम इस निष्कर्ष पर पहुंचते हैं कि स्नायुओं पर भी संगीत काफी प्रभावशील होता है, इसीलिए इसके प्रयोग से स्नायविक शिथिलता को ठीक करने तथा व्यायाम आदि में काफी मदद मिलती है।

संगीत का आंखों पर उपचारीय प्रभाव

शरीर के समस्त तंत्रों एवं अवयवों के अतिरिक्त मनुष्य की आंखें भी संगीत के प्रभाव से वंचित नहीं हैं। पर्यवेक्षकों तथा शोधकर्ताओं ने पाया है कि संगीत के प्रभाव से आंखों की रोशनी भी प्रभावित होती है तथा उसमें बढ़ोतरी भी होती है।

संगीत के इसी प्रभाव की पुष्टि करते हुए अरनॉल्ड एल्टसन ने अपने लेख "द म्यूजीशियन्स एप्रोच टू म्यूज़िकल थैरेपी" में लिखा है कि संगीत पाचक रसों को स्रावित करके पाचन बढ़ाता है। नींद लाने वाली नींदावर दवा की तरह कार्य करता है, याददाश्त खोए रोगियों में याददाश्त वापस लाता है तथा दृष्टि को 25 प्रतिशत तक सुधारता है।

संगीत आंखों पर अपना यह प्रभाव किस तरह उत्पन्न करता है, इसका हम यदि अध्ययन करें तो हम पाएंगे कि यह प्रभाव संगीत के तंत्रिकाओं तथा मस्तिष्क पर होने वाले प्रभाव के परिणामस्वरूप होता है। चूंकि दृष्टि की सम्पूर्ण प्रक्रिया के अंतर्गत आंखों के विभिन्न भागों के अतिरिक्त तंत्रिका तंत्र एवं मस्तिष्क का भी उतना ही महत्वपूर्ण योगदान होता है।

किसी भी वस्तु को देखने के लिए यदि हम सम्पूर्ण प्रक्रिया एवं आंखों के कार्यों का विश्लेषण करें तो हम यह पाते हैं कि आंख का कार्निया वस्तु से आने वाले प्रकाश की किरणों को उचित कोण पर झुका देता है। ये प्रकाश

की किरणें पुतली से होकर लैंस पर पड़ती हैं और फोकस होने के पश्चात रेटिना के पीत बिन्दु पर वस्तु का उल्टा व छोटा प्रतिबिम्ब बनाती हैं। इसका आवेग रेटिना की तंत्रिका कोशिकाओं के तंत्रिका सूत्रों द्वारा ग्रहण करके आष्टिक तंत्रिका को पहुंचा दिया जाता है, जो उसे मस्तिष्क में ले जाती है। दृष्टिहीनों में इन आवेगों का विश्लेषण किया जाता है।

संगीत का आंखों पर एवं दृष्टि पर होने वाले प्रभावों का अध्ययन कर रहे चिकित्सा वैज्ञानिकों ने पाया है कि संगीत न केवल दृष्टि क्षमता को बढ़ाता है अपितु आंखों के एवं दृष्टि अंधत्व के उपचार में महत्वपूर्ण भूमिका निभाता है।

संगीत और तनाव

चूंकि आज की व्यस्त तथा तनावपूर्ण जीवन शैली की तुलना यदि हम हमारे प्राचीन (पूर्वजों) मनुष्यों की दिनचर्या से करें तो हम पाते हैं कि आज का मनुष्य उनसे कहीं अधिक रोगग्रस्त है। इसके अतिरिक्त कुछ वर्षों पूर्व तक बहुत कम परिणाम में पायी जाने वाली बीमारियां जैसे रक्तचाप, मधुमेह, अतिअम्लता आदि आज बहुत ही आम हो गई है, जिसका मुख्य कारण आज की इस तनावयुक्त जीवनशैली को बताया जा रहा है।

इसके अतिरिक्त इसका मुख्य कारण वर्तमान मनुष्यों में रोग प्रतिरोधक प्रणाली का कमजोर होना भी माना जा रहा है, चूंकि यही प्रतिरोधक सुरक्षा प्रणाली शरीर की बाहरी कीटाणुओं आदि से रक्षा करती है तथा संक्रमित कीटाणुओं को नष्ट भी करती है पर जब शरीर की यह प्रतिरोधक शक्ति भी कम हो जाती है, तब साधारण से रोग जैसे सर्दी, फ्लू तथा तपेदिक (टी.बी) कैंसर जैसे गंभीर रोगों से मनुष्य बड़ी आसानी से पीड़ित हो जाता है। साथ ही तनाव एवं चिंताग्रस्त मानसिकता को भी इस प्रतिरोधक सुरक्षा प्रणाली को कमजोर करने के लिए एक बहुत ही महत्वपूर्ण घटक माना जा रहा है।

आनंद की अनुभूति के साथ-साथ जब तक मनुष्य इन कलाओं के संपर्क में रहता है तब तक उसका मस्तिष्क दूसरी चिंताओं एवं विचारों से हटकर

पूर्ण रूप से इन कलाओं के रसास्वादन में लगा रहता है। इस तरह वह कुछ समय के लिए ही क्यों न हो, तनाव से मुक्ति पा लेता है।

मनोवैज्ञानिकों ने इस संदर्भ में गहन अध्ययन किया है और लम्बे शोधकाल के उपरांत यह निष्कर्ष निकाला है कि यदि ऊब और उसकी प्रतिक्रियाओं से बचना है तो हर क्रियाशील व्यक्ति को अपने ढर्रे के कार्यों के अतिरिक्त किसी कलात्मक हॉबी का विकास करना चाहिए, जो सही अर्थों में मन को सरसता प्रदान करें।

लेकिन अपनी इस कलात्मक रुचि का चयन करते समय हमें इस बात का विशेष ध्यान रखना चाहिए कि हम ऐसी कला का चयन करें जो मनोरंजन करने के साथ-साथ हमारा बौद्धिक, शारीरिक तथा मानसिक विकास भी करे।

ललित कलाओं में संगीत कला अन्य समस्त कलाओं से प्रभावी सिद्ध हुई है। चूंकि यह मनुष्य की अधिक से अधिक ज्ञानेंद्रियों को अपने में शामिल कर लेती है, जिस वजह से तनाव आदि मानसिक विकारों को दूर करने एवं विचारशून्यता लाकर ध्यान एकाग्र करने में यह अधिक प्रभावी सिद्ध हुई है। इसलिये संगीत को प्राचीन काल से ही तनाव मुक्ति तथा स्वास्थ्य रक्षा करने हेतु उपयोगी माना जाता रहा है एवं आज के आधुनिक चिकित्साशास्त्री भी इस मत से सहमत हैं।

अतः पूर्वोत्तर समस्त विश्लेषण, प्रयोगों के आधार पर इस निष्कर्ष पर पहुंचते हैं कि संगीत मनुष्य शरीर पर शारीरिक तथा मानसिक दोनों ही तरह से अपना उपचारीय स्वास्थ्यवर्द्धक प्रभाव डालता है तथा रोगों को दूर करने के साथ-साथ स्वस्थ मनुष्यों के स्वास्थ्य की रक्षा करता है उन्हें निरोगी रखने में अपना महत्वपूर्ण योगदान देता है। यह अपने प्रभाव से जहां इन अंगों व तंत्रों की कार्यप्रणाली को उत्तेजित कर सकता है, वहीं उन्हें शिथिलता देने में भी सक्षम है। अतः संगीत इन अंगों व तंत्रों का पूर्ण रूप से उपचार करने हेतु उपयोगी है।

उपरोक्त मत लेखक ने समस्त वाद्यों को ध्यान में रखकर लिखा होगा। चूंकि यदि हम इन सुमधुर वाद्यों में से बांसुरी को अलग कर दें, तो बाकी के वाद्य जैसे शहनाई, ट्रम्पलेट आदि वाद्यों की आवाज काफी तेज होती है।

जिसकी वजह से ये वाद्ययंत्र पास से सुनाई देने पर उतने सुहावने नहीं लगते जितने कि ये दूर से मधुर तथा सुहावने लगते हैं, लेकिन इनमें बांसुरी का नाम विवाद स्वरूप प्रतीत होता है। चूंकि शोधकर्ताओं ने अपने शोध के दौरान बांसुरी को संगीत चिकित्सा के रूप में उपयोगी पाया है तथा उसके परिण ाम भी लाभकारी ही प्राप्त हुए हैं। डॉ. एथेनेअस के अनुसार साईटिका के दर्दग्रस्त रोगियों को उससे छुटकारा दिलाया जा सकता है। यदि कोई पाईप या बांसुरी को संवेदनशील स्थान पर बजाए।

इस तरह अन्य शोधकर्ताओं ने भी बांसुरी को संगीत चिकित्सा हेतु उपयोगी पाया है, विशेषकर साईटिका आदि रोगों के दर्द हेतु इसका विशेष प्रभाव देखा गया है।

नये युग का संगीत और नये युग के चक्र पर इसका प्रभाव

संगीत जीवन यापन करने का सबसे बड़ा पहलू है। गाये जाने वाले गीतों के बारे में बहुत कुछ बताया गया है। इसका ज़िक्र बार-बार किया गया है और मनुष्य के मस्तिष्क में इसके परिवर्तन को भी मापा गया है। ऐसे समय में पूजा करने वाले लोग संगीत में ईश्वर की अनुभूति करते हैं।

स्त्रोत चक्र जीवन का संगीत

क्या कभी बोर करने वाला कार्य विडम्बनापूर्ण होता है। क्या आपने कभी फिल्म शोले देखी है। व्यंग्यपूर्ण और जोशीले शॉट्स करते समय कपड़े पर आवाज़ उत्पन्न की जाती है। कई बार आपने रेडियो बजते सुना होगा, जो आसपास के वातावरण को संगीतमय कर देता है। जब एक्शन सीन होते हैं और आपका मन उदासी से खुशी में बदल जाता है, तो इसका भी एक कारण है, यह सूचना पहले आर्टिकल चक्र सिस्टम पर निर्भर करती है :

बेस चक्र स्वर C का अनुनाद करता है

सैकुल चक्र D स्वर का अनुनाद करता है

सोलर प्लेक्सस चक्र स्वर E का अनुनाद करता है

हृदय चक्र F स्वर का अनुनाद करता है
कण्ठ स्वर G स्वर का अनुनाद करता है
भौंह और तृतीय अक्षु A स्वर का अनुनाद करता है
क्राऊन चक्र B स्वर का अनुनाद करता है

अतः आप जब संगीत सुन रहे हों तो आप के शरीर में एक कम्पन महसूस होता है। हर कोई संगीत से घिरा है जबसे उसने सोचना शुरू किया, संगीत और रिदम स्वयं जीवन है। इन स्वरों को संगीत श्रवण करते समय एक उचित ध्वनि पर अनुभव किया जा सकता है, या तो उसे वाद्य पर बजाया जाये या गीत गुनगुनाया जाये, यह चीज़ आपको किसी अनुनाद या ऊर्जा स्तर पर महसूस होती है और आपके लिये एक प्रिवेंटिव का कार्य करता है।

आपके शरीर की प्रत्येक कोशिका अनुनाद के प्रति संवेदनशील होती है। आवाज़ के इस अनुनाद प्रयोग से शरीर के बांये इलेक्ट्रिक सिस्टम में वृद्धि होती है और आपका संतुलन यथावत बन जाता है जैसे कि कोई वक्त जो स्टीरियो इकाई से जुड़ा होता है, ठीक उसी तरह ऊंगली के नाखून की आवाज़ चॉक बोर्ड पर सख्त और कर्कश सिर नाड़ी के संस्थान के लिये होती है, जबकि मनन के समय बांसुरी की आवाज़ सांत्वना प्रदान करती है। संगीत बदली भावनाओं को शांत करता है और मानसिक तनाव जो दर्द और बीमारी का सबब बनते हैं, इन्हें संगीत शांत कर सकता है और 10 साल की उम्र में तनाव एक अहम भूमिका निभाता है। जितना ज्यादा आपका लगाव संगीत से होगा, उतना ज्यादा उसका प्रभाव आपके ऊपर पड़ेगा, क्योंकि आवाज़ का प्रभाव एकात्मक होता है। यह दोनों परिस्थितियों में काम करता है, चाहे आप संगीत के संपर्क में हो या नहीं उसका नकारात्मक प्रभाव भी शरीर पर पड़ता है और भावनात्मक, मानसिक, एवं आध्यात्मिक चीज़ों पर भी अधिक स्थायी संगीत का प्रभाव पड़ता है। संगीत का प्रयोग दर्द से निजात पाने या अच्छे स्वास्थ्य को प्राप्त करने के लिये कर सकते हैं। संगीत एकाग्रता, आराम, सीखना, रचनात्मकता में सहायता करता है और आध्यात्मिक अवस्था के प्रति जागरूक करता है।

प्रभावशाली संगीत पद्धति

संगीत पद्धति, बीमारी का इलाज संगीत द्वारा करने की एक प्रभावशाली विधि है। यह मनोवैज्ञानिक तौर पर शरीर संबंध को चीजों के द्वारा अच्छे होने और बनाए रखने में मदद करता है। स्वरों का आर्टिकुलेशन पिच, टोन और स्वर जो रागों की संवेदना पैदा करता है तथा कई बीमारियों का उन्मूलन और शरीर में एक चुम्बकीय परिवर्तन देता है। संगीत एक नाद या आवाज है जो विशिष्ट कम्पन पैदा करता है या तो वातावरण में मौजूद माध्यम के द्वारा मनुष्य शरीर को प्रभावित करता है। सारंग देव ने अपने संगीत रत्नाकर में इंगित किया है कि आहत नाद या संगीत हमेशा स्ट्राइकिंग या आघात मनुष्य द्वारा किसी वाद्य यंत्र या अन्य तरीके से प्ले करना पड़ता है। अतः संगीत राग के रूप में सर्वव्यापी शक्ति है, जबकि एकरूपता पाश्चात्य संगीत का एक गुण है। मेलोडी के लिए भारत में सामान्य राग और रागिनी है। (कांगडा रंगमाला एम एस रन्धावा) रागों की सिंफोनी मस्तिष्क या शरीर पर एक प्रभाव डालती है। कम्पन द्वारा विभिन्न बीमारियों के लिए रागों को चुना जाता है। मांसपेशियां नर्वस चक्र आदि इस परिवर्तन के दौरान सिकुड़ते हैं जब दो इम्पल्स दिए जाते है। टिशू के सिकुड़ने के दौरान संगीत स्वर रक्त प्रवाह को नियमित करते हैं। एक विशेष क्षेत्र में और रक्त का दबाव उस क्षेत्र में कम कर देते हैं। अतः रक्त वहां से संलग्न भाग की तरफ बहता है। यह विधि बार-बार दुहराकर उस क्षेत्र में रक्त प्रवाह और शक्ति को बढ़ाया जाता है। मर्ज जल्दी अच्छा हो जाता है। ऊर्जा + टिव्ह से - टिव्ह की तरफ प्रवाहित होती है जो रागों द्वारा संभव है, और शरीर को प्रभावित करता है,

क्योकि बाह्य भाग की जड़े अन्तर की तरफ फैली होती हैं तथा शरीर की अन्य नर्वो से अधिक जोड़ होते हैं। संगीत धड़कन का हृदय की धड़कन से गहरा संबंध है, संगीत की बीट 70-75 बीट्स प्रति मिनट होती है, जो एक सामान्य हृदय गति के नज़दीक है, काफी सांत्वना प्रदान करता है। इसी प्रकार लय, रिद्म की गति 72 बीट्स से कम होती है। संगीत एक सकारात्मक असर पैदा करता है तथा शरीर इसकी अनुभूति पहले करता है तथा ऊर्जा संचार कर शरीर को राहत प्रदान करता है। रिद्म जो हृदय बीट से तेज होते हैं, शरीर को नवसंचार देते हैं। हिंदुस्तानी संगीतज्ञों का मानना है कि राग विशेष मनःस्थितियों का पता लगाते हैं। संगीत अनुकरण से पहले श्रोता के मस्तिष्क को जागृत करते हैं। कली राग एक ठंडी ताज़गी का असर जागृत करता है, राग पूरिया धनश्री एक मधुर और गहरा भाव मस्तिष्क के लिये पैदा करता है। राग मिश्र मन्द एक प्रसन्नचित्त ताज़गीपूर्ण हलका और मधुर स्पर्श प्रदान करता है, जबकि बागेश्री शांतता, स्थायित्व और गहराई को बढ़ाता है। संगीत आज के आधुनिक में समय चिन्ता को दूर करने का सबसे अच्छा उदाहरण है। यह तनाव व उच्च रक्त को कम करता है। राग दरबारी तनावमुक्ति में सबसे प्रभावशाली है। इसे देर रात तानसेन द्वारा अकबर को तनावमुक्त करने के लिये गाया गया था, जब अकबर दरबार के जीवन से चिंतित थे। यह राग आसावरी से मिलता है तथा कई राग जिनमें अनेक स्वर होते हैं, सात स्वरों को पक्षियों और जानवरों के स्वरों से लिया जाता है।

पंडित जसराज की 'राम को सुमिरन कर' यह विलम्बित एक ताल, इस राग की सबसे विशिष्ट रिकॉर्डिंग मानी जाती है। पंडित रघुनाथ का राग दरबारी संगीत पद्धति में पूर्णतया तनावमुक्ति के लिये बनाया गया है। राग मालकौंस और राग आरुवरी निम्न रक्तचाप का इलाज करने में माहिर हैं। मालकौंस भैरवी की सबसे महत्वपूर्ण राग है और भारतीय शास्त्रीय संगीत का सबसे पुराना राग है। रे, पा, संगीत में नहीं पाये जाते, प्रयुक्त समस्त अन्य स्वर कोमल होते हैं। राग 'घुंघरू बाजे, मीरा नाचे' की तैयारी पंडित ओंकारनाथ द्वारा रागों में सबसे अच्छा राग माना जाता है। हृदय संबंधी बीमारियों के लिये राग चन्द्रकौंस को अच्छा माना जाता है। राग कामोद, हंसध्वनि, कलावती, दुर्गा आदि राग भी तनावमुक्ति में मदद करते हैं। वे नसों में एक सहज भाव

जागृत करते हैं। राग और बहार उन मरीज़ों के लिये जिन्हें रात में नींद नहीं आती या शांत नींद के इच्छुक हैं, के इलाज के लिये प्रयोग किया जाता है। मनुष्य के बदलते भाव, मनःस्थिति, स्वभाव के लिये रागों का दिन-प्रतिदिन जुड़ा होना पाया जाता है, भैरव को सूर्योदय से आधा घण्टे पहले रामकली सूर्योदय पर, बिलवानी सूर्योदय होने के बाद, सारंग को दोपहर में तथा चन्द्र और विहम को देर रात में गाया जाता है।

संगीत पद्धति इलाज जल्दी सवेरे या रात में किया जाता है। खाली पेट संगीत इलाज न लें, ऐसे इलाज नाश्ता के एक या दो घंटे पहले या बाद में लिये जायें।

चिकित्सा : संगीत मानव मस्तिष्क द्वारा रस उत्पत्ति कर अपना प्रभाव दर्शाता है एवं आयुर्वेद पद्धति के अनुसार मानव शरीर स्थित त्रिदोष (वात, पित्त, कफ) प्रमुख रूप से रोग या व्याधि हेतु उत्तरदायी हैं। वैसे तो समस्त शारीरिक गतिविधियों हेतु उक्त त्रिदोष आवश्यक है, किंतु जब इनमें से किसी एक या दो का प्रमाण शरीर में बढ़ जाता है या फिर ये त्रिदोष विकृत हो जाते हैं तो किसी रोग को जन्म देते हैं। सांगतिक चिकित्सा एवं संगीत निहित राग आदि के मानव शरीर पर होने वाले प्रभाव का वर्णन हमें हमारे प्राचीन ग्रंथों आदि में मिलता है।

उक्त सांगीतिक प्रभाव को हमारे प्राचीन संगीतज्ञों ने शरीर स्थित त्रिदोष से संबंधित बताया है। अध्ययन करने पर हमें प्रत्येक स्वर, ताल आदि के प्रभाव के विषय में महत्वपूर्ण जानकारी प्राप्त होती है। प्राचीन विद्वानों ने प्रत्येक स्वर एवं ताल का वात, पित्त, कफ से संबंध एवं उनसे आई विकृति को दूर करने की क्षमता का विवरण अपने ग्रंथों में गया है।

कोई भी स्वर विशेष रस उत्पत्ति करने में सक्षम नहीं है। अपितु स्वर समूह (राग) रस उत्पत्ति करता है। इन रागों में स्वरों की बहुलता या बहुत्व उस स्वर के रसानुसार रस, उत्पत्ति करने में सक्षम है एवं यही रस उत्पत्ति मानव शरीर में त्रिदोषों पर अपना प्रभाव दिखाती है तथा उनसे आये हुए विकारों को दूर करती है।

संगीत चिकित्सा करने से पूर्व सर्वप्रथम हमें रोगों के लक्षणानुसार एवं

नीचे दी हुई तालिका के अनुसार रोगी की प्रकृति एवं वात, पित्त, कफ तीनों त्रिदोषों में से किसे विकार हुआ है या किसका अनुपात शरीर में बढ़ गया है, जान लेना चाहिये।

मनुष्य की सभी उंगलियों और हथेलियों से विद्युत निकलती है। मनुष्य के हृदय में जिस प्रकार के विचार या भावना होती है तथा जिस प्रकार के शब्दों का उच्चारण वह करता है, उसी प्रकार का प्रभाव व गुण मानवीय विद्युत में पैदा हो जाता है, इसलिए रोगी को छूने अथवा मुख आदि शरीर के अंगों पर हाथ फेरने से रोगी को आराम मिलता है। रोगी के मन में यह विश्वास हो जाता है कि उसका रोग शरीर से निकल रहा है, इसलिए उसका रोग प्रायः ठीक हो जाता है।

नादशास्त्र के अनुसार प्रत्येक प्राणी प्रकृति द्वारा निर्मित एक विशिष्ट स्वर रचना है, जिसका ठीक बजना स्वस्थ एवं इसके विपरीत व्याधि कहलाता है। शरीर में अवस्थित आंतरिक सप्त स्वर चक्रों के आपसी सुसंवाद पर ही मानव का स्वास्थ्य निर्भर है।

इसके अनुसार प्रत्येक व्यक्ति की अपनी स्वर राशि है, जो उसकी व्याधियों एवं स्वास्थ्य का कारक है। इसी के कारण ही प्रत्येक व्यक्ति को स्वर सप्तक के भिन्न-भिन्न स्वर पसंद हैं एवं प्रत्येक व्यक्ति का कण्ठ स्वर भिन्न-भिन्न है। उक्त व्यक्ति के स्वभाव, स्वास्थ्य आदि का निर्धारण करती है। शरीर में व्यक्ति की स्वर से संबंधित स्वर चक्र का अन्य स्वर चक्रों से असंवाद ही व्याधि का कारण है।

मानसिक, व्याधि व स्वर

पंचम : उक्त व्याधियां मन से संबंधित होती हैं

मध्यम गंधार : इन व्याधियों का संबंध मस्तिष्क से होता है

निषाद : यह मानस में नैराश्य की उत्पत्ति का कारक है

षड्ज अर्थात षट्अज अर्थात छह स्वरों को उत्पन्न करने वाला होने के कारण इस स्वर का लिंग स्त्री है। चूंकि शरीर में नाभि के नीचे के प्रदेशों के

निर्माण में पृथ्वी का ही हाथ है एवं इस स्वर से प्रेरित होने वाले स्थल भी नाभि प्रदेश के नीचे के अंग हैं। इस स्वर का शरीर पर पड़ने वाला प्रभाव 'सम' है एवं उक्त प्रभाव हेतु इस स्वर का वैशिष्ट्य घनत्वपूर्ण एवं घेरादार नाद में है। शरीर में इसका सामान्य कार्य पाचन क्रिया में मोटे भोजन (अनावश्यक भाग) में उष्णता उत्पन्न कर बारीक बनाकर, पाचन प्रणाली में सहायक होना है।

षडज स्वर व्याधि : षडज स्वर के गुणधर्म के उक्त रासायनिक विवरण के उपरांत इस स्वर से संबंधित व्याधियों का वर्णन किया जा रहा है, जिनका उपचार इसी स्वर के वांछित प्रयोग से संभव है –

रोम, त्वचा, मांस, नाड़ी, मेद, मज्जा व्याध्योपचार, धातु निर्माण, मैथुन दौर्बल्य, सामान्य कमजोरी आदि। व्याधोपचार, गठिया, अंगपक्षाघात, रक्त संचार, रक्ताप, हृदय विकार, मूत्रावरोध, मूत्र दौर्बल्य, चमड़ी विकार, रंग-फोड़े-फुंसी, एड़ी-कर-तल आदि का फटना, जरावृद्धि, पाचन, मल विकार, लीवर संबंधी व्याधियां, चर्बी, मोटापा आदि घ्राणेद्रिय व्याधियां फेफड़े, श्वास, दमा, टीबी, रक्त शुद्धि, वात-कफ दोष, वायु संबंधी शूल, यौवन ह्रास, उच्छृंखलता ह्रास, पुरुषार्थ ह्रास, स्त्रियों में संतानोत्पत्ति दौर्बल्य, उर्वरकता क्षीणता, चिंता, भय, चंचल मनोवृत्ति, जड़ता, आलस्य, मोह, अज्ञान, प्रमाद, निद्रा, विस्मृति आदि। संगीत चिकित्सा प्रणाली में उपचार की निम्नलिखित तीन विधियां हैं-1. स्वरोपचार विधि 2. स्वर चक्रोपचार विधि 3. स्वर वर्णोपचार विधि। जिनका त्वरित सूक्ष्म प्रभावी प्रयोग वांछनानुसार किया जाता है।

यहां यह बताना भी उचित होगा कि जो स्वर हम सुनते हैं वे विकृत एवं स्थूल स्वरूप हैं, ठीक उसी प्रकार जिस प्रकार सूक्ष्म गंध तन्मात्रा का स्थूल विकृत स्वरूप यह पृथ्वी या स्पर्श तंमात्रा का स्थूल विकृत स्वरूप वायु अथवा आत्मा का स्थूल विकृत स्वरूप यह शरीर है। ठीक इसी प्रकार जो स्वर हम सुनते हैं, उसके प्रत्येक का मूल स्वरूप उनकी स्थिर 'नाद तंमात्रा' होती है जो अपने 'स्वयंभूनाद' से स्थूल परिवर्तित स्वर बनकर सुनाई देती है यथा षड्ज का पंचम तथा पंचम का धैवत आदि। उक्त नाद तंमात्राओं को पहचानकर

व्याधिकार स्थूल विकृत स्वरों में अतिरिक्त आपसी सुसंवाद स्थापित करके सूक्ष्म नाद प्रक्रिया द्वारा शीघ्र ही व्याधिरहित किया जा सकता है।

संगीतौषध नाद प्रणाली व्यय रहित, बिना किसी साईड इफेक्ट के तुरंत प्रभावी है। संगीतौषध नादानुसंधान संस्थान द्वारा किए गए शोधों के फलस्वरूप कुछ व्यक्तियों के उपचार हेतु नाद चिकित्सा प्रणाली के कुछ उपचार के उदाहरण नीचे प्रस्तुत किए जा रहे हैं, जिन्हें सामान्य स्वर ज्ञान से परिचित पाठक भी प्रयोग कर तुरंत इनका व्याधि-हरण की क्षमता से परिचित हो लाभांवित हो सकते हैं -

1. कामाधिक्यता : इस रोग के उपचार एवं परिवार नियोजन की विश्वस्तरीय समस्या का समाधान मात्र स्वर से भिन्न प्रकार से किया जा सकता है- 'रे, ग, स, प, नि, ध'।

   उक्त स्वरावली को तानपुरे से षड्ज को छेड़ते हुए दीर्घ स्वरोच्च्व करते हुए मात्र पांच मिनट सुबह-शाम गाने से काम भाव का चमत्कारी रूप से शमन होता है। इससे परिवार नियोजन की स्वतः सिद्धी होगी।

2. यदि वात प्रधान शरीर में शीत प्रकोप, जुकाम, सरदर्द, कमर दर्द आदि व्याध हों तो तानपुरे के साथ प्रातः एवं सायं कुल दस मिनट किया गया निम्न दीर्घ स्वरोच्चार व्याधि के प्रकोप को दूर करेगा एवं शरीर वेदना को दूर करने में चमत्कारी प्रभाव दिखाएगा।

   व ग, रे (3 मिनट)

   व ग, रे, स, ग, रे, स (2 मिनट)

3. गठिया रोग में वेदना के शमन हेतु तानपुरे के साथ निम्न स्वर का दो मिनट किया गया दीर्घ स्वरोच्चार अत्यंत चमत्कारी है- 'रे'

4. बालकों में मूत्र व्याधि (गर्मी) एवं नकसीर व्याधि के शमन हेतु इसी प्रकार- 'रे ग म प ध' का दीर्घ उच्चारण अत्यंत एवं तुरंत लाभकारी है।

5. शरीर में वायु, अग्नि एवं ल तत्त्वों से संबंधित कुछ व्याधियों तथा रक्त शुद्धिकरण, पस फोर्मेशन टेंडेंसी, फोड़े-फुंसी, अपच, गैस, पेचिश, आंत्रशोथ, पेप्टिक अल्सर, नासूर, भगंदर, आदि व्याधियों के उपचार

के लिए स्वरों की प्रकृति व शरीर में इनके उत्पत्ति स्थलों का ध्यान रखते हुए मध्यम, गंधार, षड्ज, पंचम व धैवत स्वरों का प्रयोग अत्यंत प्रभावकारी होगा। इस हेतु अपने स्वर के तानपुरे से षड्ज सुनते-सुनते स्वरों की उत्पत्ति स्थल का ध्यान रखते हुए निम्न स्वरों का दिए गए क्रम से दीर्घकालीक एवं खड़ा स्वरोच्चार करें :

(क) मध्य सप्तक का मध्यम, फिर तुरंत

(ख) मंद्रसप्तक का मध्यम (इस क्रिया को भी दो बार दोहराएं)

(ग) मध्य सप्तक का गंधार, फिर तुरंत

(घ) मंद्रसप्तक का गंधार (इस क्रिया को भी दो बार दोहराएं)

पुनः उक्त पूर्णक्रम (क-ख-ग-घ) को दोहराएं, फिर तुरंत

(च) मध्य सप्तक का षड्ज एक बार फिर

(छ) मध्य सप्तक का पंचम, एक बार

(ज) पुनः एक बार निम्न स्वरोच्चार करें- 'प म ग स ध'

यहां मंद्रधैवत मात्र एक बार बलिष्ठ रूप से प्रयोग कर इस पर विश्रांति करें। इस धैवत की प्रकृति समयानुसार परिवर्तित की जा सकती है, साथ ही यही गंधार कोमल करने के लिए मध्यम पर अधिक टिकाव या कोमल गंधार के साथ तीव्र मध्यम का प्रयोग रोग एवं रोगी की प्रकृति के अनुसार निश्चित कर प्रयोग करना अधिक उपयुक्त होगा। फिर 'प स ग म प'

उक्त दीर्घोच्चार में यहां पंचम संवाद भाव से षड्ज से जुड़ेगा जो मंद्र भी हो सकता है। यह पंचम रक्त शुद्धिकरण में अत्यंत सहायक है। उक्त का क्रम से तानपुरे के साथ 5-5 मिनट दिन में तीन बार अभ्यास किए जाने पर यह प्रयोग संबंधित व्याधियों पर चमत्कारी प्रभाव दिखाएगा। उक्त स्वरोपचार के प्रारंभ में उपरोक्त क्रम (क) एवं (ख) के बाद षड्ज किस प्रकार लुप्त होने की चेष्टा करता है, यह स्वर के जानकार साधक के लिए भी विस्मयकारी अनुभव होगा एवं उक्त स्वरावली का आंतरिक प्रभाव, साधक स्वयं महसूस कर पाएगा।

6. इसी प्रकार तानपुरे के साथ ऋषभ स्वर का दीर्घोच्चार तुरंत निम्न रक्तचाप की व्याधियां रोकने में सहायक है –

उच्च रक्तचाप को इसी प्रकार मध्यम स्वर के दीर्घोच्चार से सामान्य किया जा सकता है।

बिना ऑपरेशन किए, पके हुए फोड़े-फुंसी का पस जोरदार षड्जोच्चार से रिसा कर बाहर किया जा सकता है।

एड्स के उपचार हेतु निम्न स्वरावली का वर्णित क्रम में दीर्घस्वरोच्चार तुरंत रोगी को शांति प्रदान करेगा। उक्त प्रयोग काल के चारों प्रहर लाभकारी है- 'म रे ग'

संगीत चिकित्सा और लाभ

1. संगीत स्मरण शक्ति और सांद्रता वृद्धि के लिए।
2. संगीत मायूसी को कम करता है।
3. मधुमेह में संगीत थैरेपी का प्रयोग।
4. चिन्ता और डर से मुक्ति में संगीत सहायक है।
5. हृदय संबंधी विकारों में संगीत सहायक है।
6. मस्तिष्क की शांति के लिए संगीत का प्रयोग प्रसूति और बच्चों के निदान में।
7. संगीत नींद और आराम में सहायक।
8. संगीत में स्ट्रेस और स्ट्रेन से मुक्ति मिलती है।
9. संगीत से तनाव और चिंता से मुक्ति मिलती है।
10. संगीत बौद्धिक ज्ञान एवं रचनात्मकता की वृद्धि में सहायक है।
11. संगीत का प्रयोग दर्द और अतिरिक्त घाव निदान में होता है।
12. संगीत सिरदर्द और माइग्रेन के उपचार में भी सहायक है।

संगीत स्मरण शक्ति और सांद्रता वृत्ति के लिए

सीखना केवल स्मरण शक्ति द्वारा ही संभव होता है। सीखने की प्रक्रिया का अर्थ स्मरण शक्ति का भविष्य में प्रयोग के लिए प्रयोग करना, ग्राहृय शक्ति के लिये न्यूरल आधार का प्रयोग इनग्राम कहलाता है। स्मरण न्यूरल मार्ग में पिछली प्रक्रियाओं का एक स्थाई अवशेष होता है। सीखने की प्रत्येक प्रक्रिया

में उसी न्यूरल परिपथ को क्रियाशील करना होता है। अंततोगत्वा परिपथ कुछ भावुक पूर्णता में परिवर्तित हो जाता है और जब यह संवेदनाशील होता है तो आंशिक होता है, बाद में पूर्ण परिपथ पुनः क्रियाशील हो जाता है। संगीत स्मरण की जैव रसायन में वृद्धि करता है। इस रासायनिक पोटेंशियल वृद्धि के लिये कुछ चुनित स्वरों या रागों का प्रयोग किया जाता है। व्यक्तिगत स्मरण शक्ति चिकित्सा में सर्वोच्च संतुष्टिकारक पहलू है। संगीत एक शुद्ध आवाज है जो न्यूरल परिपथ में अपना विशिष्ट पथ बनाने के लिये प्रवेश करती है। स्मरण शक्ति अणु में कई रसायनिक पदार्थ पाये जाते हैं। चुनित राग स्वर मार्ग में अपना विशिष्ट प्रभाव छोड़ते हैं, यह राग न्यूरल परिपथ को क्रियाशील कर व्यक्ति की एकाग्रता में वृद्धि करते हैं।

संगीत मायूसी निवारक के रूप में

मायूसी सभी में एक सामान्य गुण होता है और सभी में एक जैसी ही होती है। घटनाओं या दुर्घटनाओं को समझने की कमी मायूसी जगत को जानने का सबसे अच्छा गुण है। दूसरों की क्रियाओं को सामाजिक अवस्थाओं में समझना चाहे वह कक्षा, या समकालीन के मध्य अथवा अध्ययन के अभिप्राय को जानना या फिर बच्चों के मामले में सीखने के समय इसका प्रयोग करना होता है। हर व्यक्ति को स्पष्ट सोचने की क्रिया का विकास करने की आदत बनानी चाहिए। अधिकतम ऋणात्मक सोच भी मायूसी को आमंत्रित करती है। दुःख और भावशून्यता या फिर अधिक भावनाओं का बदलाव भी मायूसी में वृद्धि करता है। मायूसी के समय मस्तिष्क की क्रियाशीलता तकरीबन कम हो जाती है, केवल सामने के क्षेत्र में। इसके अतिरिक्त मस्तिष्क के फ्रंटल क्षेत्र से संबंधित क्रियाओं को स्पष्टतः समझा नहीं जा सकता है। कार्य की संख्या और योजना बनाना, ऐसी स्थिति में निम्न स्वर का माना जाता है। इससे मुक्ति के लिये स्वास्थ्य जागरुकता क्षेत्र में कई तकनीकें उपलब्ध हैं। शास्त्रीय संगीत अपने विशिष्ट स्वरों के साथ संगीत बिना किसी साईड इफेक्ट के तथा सकारात्मक प्रभाव के साथ प्रयोग किया जाता है, जो मस्तिष्क के फ्रंटल क्षेत्र के लिये होता है।

संगीत डर और चिन्ता निवारक के रूप में

ऐसे मरीज़ जो ऑपरेशन के दौरान चीज़ों या घटनाओं के बारे में चिंतित रहते हैं, उन्हें मनोवैज्ञानिक जटिलताओं में धकेल सकती है। ऐसे लोगों के लिये संगीत निडरता, सक्रियता और चिन्ता मुक्ति के टूटने के रूप में काम करता है।

1. संगीत आराम की गहन अवस्था का विकास करता है।
2. संगीत रात में नींद न आने की कमी को दूर करता है।
3. संगीत मरीज़ों को खोई हुई स्मरण शक्ति को वापस लाने में मदद करता है।
4. संगीत कम रक्तचाप को प्राप्त करने में सहायक है।
5. संगीत हृदय की बढ़ी हुई धड़कन को सामान्य करता है।
6. दिल की तेज़ धड़कनों को संगीत कम कर देता है।
7. शास्त्रीय संगीत कुछ सकारात्मक लाभ देता है।

संगीत विचित्र वातावरण में भी चिर-परिचितीकरण देता है। संगीत डर, चिन्ता, दर्द से परे मार्ग का निर्माण करता है। आज के समय में लोगों पर कार्य भार कई अंगों को थकान देता है। दिल का धड़कना एक बहुत मासूम क्रिया है, जो संवेदना जागृति में अहम भूमिका निभाता है। कई खोजों और स्वतंत्र अध्ययनों से ज्ञात हुआ है कि भाव की परिस्थितियां मानसिक अवस्थाओं में हृदय कार्यों को प्रभावित करती हैं। जब कार्य का बोझ ज्यादा था, तो सेरम कोलेस्ट्रॉल कम हो गया और सम्पूर्ण ब्लड क्लोटिंग उत्तेजित हो जाती है। जब कार्य का भार कम हो जाता है तो ये चीज़ें स्वतः सामान्य हो जाती हैं।

शास्त्रीय संगीत अपने अद्वितीय स्वरों के साथ मस्तिष्क को शांत और आराम देता है और भावों को जागृत करने वाली क्रियाओं पर अंकुश लगाता है। चुनित राग उपर्युक्त चीजों से मुक्ति दिलाने में मदद करता है।

मन की शांति के लिए संगीत

हर व्यक्ति के जीवन में ऐसे अवसर आते हैं, हम विचारों में उलझ जाते हैं और उनसे बाहर आने का रास्ता नजर नहीं आता कई परिस्थितियों में यह असाध्य

हो जाता है और हमारा मस्तिष्क परेशान हो जाता है। सकारात्मक सोच में भी यह विधि लागू होती है। यह एक मूल सिद्धान्त है कि हम अवस्थाओं के अनुरूप कार्य कर उसके अच्छे होने के बारे में सोचते हैं, जिसे नियमित अभ्यास द्वारा प्राप्त किया जा सकता है। चीजें जैसी आती है उनके अनुसार कार्य क़रना जायज होता है। कुछ लोग मानते हैं कि मैं कोई निर्णय नहीं ले सकता, मेरा दिमाग काफी खाली है। ऐसी स्थिति में संगीत एक अच्छी सेवा करता है और वांछित हल भी देता है। इससे मुक्ति के लिए चुनित राग और स्वर का श्रवण करें।

संगीत प्रसूति और बच्चों के जन्म में

आवाज का पूर्ण उत्पादन मनुष्यों के साथ हुआ। अंग कम्पन और आवाज सन्देश पहुंचाते हैं। स्वर व्यक्ति की मनःस्थिति को दर्शाती है। मधुर स्वर वातावरण में अच्छे कम्पन दर्शाते हैं। अच्छा और सही संगीत श्रवण करने वालों में अच्छे कम्पन उत्पन्न करती है। संगीत विचारों और भावनाओं में प्रवेश से पहले एक प्रत्यक्ष अनुभव है। दक्षिण भारतीय शास्त्रीय संगीत व्यक्ति के मन और व्यवहार पर असर डालता है। सभी फिजीशियन अभ्यास करते हैं, उनका पूर्ण दायित्व मरीजों को अच्छे से अच्छा इलाज देना होता है। इसे या तो अच्छी दवाइयों या संगीत चिकित्सा के प्रयोग से ही हासिल किया जा सकता है, जो दवाई के लिये पूरक तथा सम्पूर्ण कार्य करता है। समस्त उपलब्ध चिकित्सा पद्धतियों में संगीत चिकित्सा सर्वोत्तम थैरेपी है। प्रस्तुत चिकित्सा प्रसूति महिला के लिये दवाई का काम करती है।

नींद और आराम में संगीत का प्रयोग

वर्तमान समय में भारी शेड्यूल आम व्यक्तियों की जिन्दगी में बहुत सी चीजों को छीन लेता है। नींद भी उनमें से एक है, जो आम आदमी की एक रोजमर्रा की जरूरत है। यदि हम 36 घन्टे लगातार नहीं सोते तो मस्तिष्क का सन्तुलन बिगड़ जाता है और यह सन्तुलन दांव पर लग जाता है। सेरेटेन्शन का स्तर कम हो जाता है और आराम करने वाला मस्तिष्क कमजोर हो जाता

है। इसलिए हर व्यक्ति को छह से आठ घन्टे सोना अनिवार्य है। नींद एक रेस्टोरेटिव है जो नींद के दौरान शक्तिशाली पदार्थ पाचन संस्थान में जुड़ जाते है, इसलिए सामान्य और असामान्य स्थिति में संगीत लोगों के नींद स्तर को प्रभावित करता है। कुछ विशिष्ट राग अपनी विशिष्ट धुनों के साथ शरीर को आराम देते हैं। स्ट्रेस और स्ट्रेन को दूर कर व्यक्ति को आराम देकर नींद की तरफ उत्प्रेरित करते हैं।

संगीत थैरेपी और इसका सार

1. मधुर ध्वनि वातावरण में अच्छा कम्पन पैदा करती है।
2. संगीत विचारों और भावनाओं में प्रवेश से पहले हमारे मस्तिष्क पर कार्य करता है।
3. संगीत मस्तिष्क के उच्च और निम्न सेरेनियम को प्रभावित करता है।
4. संगीत व्यक्ति की एकरूपता की खोज में सहायक है।
5. संगीत शारीरिक और मानसिक दोनों गलत क्रम को सुधारता है।
6. संगीत थैरेपी श्रोताओं और बच्चों में उत्तेजना बढ़ाता है।
7. संगीत मनःस्थिति को सुधारता है।
8. संगीत मस्तिष्क में साफ-शुद्ध विचारों को प्रवेश देता है।
9. संगीत थैरेपी बच्चों में एकाग्रता को बढ़ाता है
10. संगीत का लोगों के व्यवहार पर बहुत गहरा प्रभाव पड़ता है।
11. संगीत योजना बनाने की क्षमता बढ़ाता है।
12. संगीत प्रशिक्षण भावनाओं के सही प्रदर्शन को बढ़ाता है।
13. संगीत मांसपेशियों की गति को क्रियाशील करता है।
14. संगीत नसों की गति को क्रियाशील करता है।
15. संगीत मस्तिष्क तक पहुंचने वाले प्रोटीन को साफ करता है।
16. संगीत न्यूट्रोट्रान्समीटर की कार्यों को सुधारता है।
17. हृदय को सही गति देता है।
18. उच्च रक्तचाप को नियन्त्रित करता है।
19. संगीत थैरेपी गलत विचारों को रोकता है।

20. भावनाओं के प्रस्फुरण पर रोक लगाता है।
21. संगीत श्रवण मस्तिष्क की क्रियाशीलता में सुधार करता है।
22. मस्तिष्क को कार्यरत करने में मदद करता है।
23. मनुष्य के व्यवहार और विचारों पर संगीत अधिक असर डालता है।
24. संगीत मस्तिष्क की वाद्य यंत्रों के प्रति रुचि बढ़ाता है।
25. संगीत मनोवैज्ञानिक स्थिति को मजबूत करता है।
26. संगीत रूकावट, बच्चों की मन की स्थिति तथा मानसिक अस्थिरता को दूर करता है।
27. संगीत प्रशिक्षण नर्वल मेमोरी बढ़ाता है।
28. सोचने की कला को बढ़ाता है।
29. लय और स्वर मस्तिष्क में मौजूद रहते हैं।
30. दाया अर्द्ध भाग समस्याओं का हल ढूंढने में लाभदायक।
31. मनोवैज्ञानिक सुधार
32. भाषा सुधार में लाभदायक है।
33. संगीत का प्रत्यक्ष श्रवण रचनात्मकता वृद्धि में सहायक।
34. अध्ययन की रुचि बढ़ाता है।
35. संगीत बच्चे के मन की गति बदल देता है।
36. संगीत आनन्द देता है, जो मानव जातियों के लिए दुर्लभ ।
37. संगीत भावनाओं का शार्ट हैण्ड (संक्षिप्तीकरण) है।

स्ट्रेस और स्ट्रेन से मुक्ति में संगीत का योगदान

स्ट्रेस वैज्ञानिक शब्दकोष में सबसे विस्तृत शब्द है। वर्तमान समय में बढ़ते हुए काम का बोझ और अन्य क्रियाकलाप मनुष्य के सकारात्मक मस्तिष्क को थका देते हैं। स्ट्रेस आज के समय में सबसे चर्चित और परेशान करने वाला शब्द है। स्ट्रेस हम सभी के शरीर का एक आवश्यक हिस्सा है। स्ट्रेस दो प्रकार की होती है। एक सकारात्मक और दूसरी नकारात्मक। नकारात्मक स्ट्रेस मनोवैज्ञानिक रोगों को जन्म देती है। इससे मनुष्य के शरीर में मनोवैज्ञानिक साधन कम हो जाते हैं, जो गैस सम्बंधी रोगों को जन्म देता है। स्ट्रेस चाहे

पोजिटिव हो या निगेटिव संगीत इससे मुक्ति में अहम भूमिका अदा करता है। विभिन्न प्रकार के चुनित राग इसके इलाज में उपयोगी होते हैं।

संगीत बौद्धिकता और रचनात्मकता बढ़ाने में सहायक

रचनात्मकता एक आवश्यक उपयोगी वस्तु है, जिसकी पूर्ति संक्षिप्त में होती है। समाज के समस्त लोगों के लिये यह आवश्यक है। संसार के सभी फिजियोलॉजिस्ट रचनात्मकता का प्रयोग कल्पना, वास्तविकता, सोच, अंतःप्रेरणा (इंट्यूशन), साहस, खोज, उपचारिता आदि में करते हैं।

रचनात्मक सोच, कल्पना और समस्या योग्यता हल यह सब बिना योजना के बनाई गई विधि के अंदर आते हैं। निःसंदेहता व्यक्तित्व के कुछ पहलू हैं। प्रेरित करना आदि शब्द रचनात्मकता के अंतर्गत आते हैं। रचनात्मक होने के लिये कार्यों को स्वतंत्रता और नवीनता से करना होता है। करीब 2 प्रतिशत जनसंख्या में ऐसे गुण पाए जाते हैं। मस्तिष्क में प्रवाह, लचीलापन, और सोच में स्वतंत्रता, रचनात्मकता वृद्धि करते हैं। संगीत को मस्तिष्क की क्रिया माना जाता है। कोगनीशन क्षेत्र का कार्य बढ़ाता है। बच्चों को संगीत रचनात्मक बनने में मदद करता है। शास्त्रीय संगीत के कुछ चुनित रागों द्वारा राग इसमें लाभप्रद है।

संगीत दर्द निवारक तथा हीलिंग (इलाज) के रूप में

दर्द दो प्रकार का होता है। एक शारीरिक और दूसरा मस्तिष्क दर्द। मस्तिष्क दर्द हमेशा हमारे आंतरिक और बाह्य अनुभवों पर निर्भर होता है। यहां एक विशेष नियम शुरू होता है। दूसरे हमारे ऊपर इसका प्रयोग कैसे करते हैं इसका भी वास्ता लोगों से होता है। शारीरिक दर्द ऑपरेशन आदि में होता है। संवेदनाशून्य स्थिति में दर्द मस्तिष्क की सतह पर आ जाता है जो सभी के लिये एक चुनौती है।

न्यूमरेडुलेटर एक न्यूरोट्रांसमीटर के अलावा एक पदार्थ होता है जो न्यूरॉन द्वारा छोड़ा जाता है, दर्द के लिये इन्डोप्रिन लाभदायक है। सबसे अधिक प्रचलित इन्डोप्रिन है अल्फा, बीटा और गामा। बीटा इन्डोप्रिन दर्द में सबसे

अधिक लाभप्रद होता है। बीटा इन्डोप्रिन खून में छूट जाता है तथा स्पाइनल कॉर्ड से न्यूरॉन में चला जाता है। इन्डोप्रिन शरीर में खून की भावना को जागृत करता है। पुनः अच्छा होना एक विधि है, जिसमें शरीर में नये शैल बनते हैं। हीलिंग में रीजनरेशन और रिप्लेसमेंट दोनों का प्रयोग होता है। संगीत दर्द निवारण में एकरूपता का कार्य करता है। संगीत शरीर को इन्डोप्रिन की तरह उत्तेजित कर देता है, संगीत इम्यून को बढ़ाता है और अच्छा स्वास्थ्य बनाता है। कुछ चुनित राग इसमें लाभदायक हैं।

संगीत सिरदर्द, आंख व तनाव में फायदेमन्द

सिरदर्द को चिकित्सकीय स्तर पर सेफालालजिया के नाम से जाना जाता है। कई बार यह सिर में बढ़ जाता है। सिरदर्द, आंख, साइनस और तनाव से होता है तथा अन्य जीवन को डराने वाले कारक भी दर्द में भाग लेते हैं। सबसे अधिक प्रचलित दर्द है तनाव। कई बार यह बिना वास्तविक कारण से उठता है, इससे आम व्यक्ति परेशान हो जाता है। इसका इलाज पेनकिलर है। दर्द के अन्य प्रकार जैसे माइग्रेन अच्छा इलाज मांगते हैं। संगीत इन्हें अच्छा कर देता है। शास्त्रीय संगीत का प्रतिदिन श्रवण फायदेमंद है। मृगराइन में कई अवस्थाएं शरीर के अन्दर आ जाती हैं, संगीत न्यूरोट्रांसमीटर पर प्रभाव डालता है।

संगीत थैरेपी का प्रयोग करने वाले लोग इसका लाभ लेते हैं। कुछ राग जो इसमें फायदेमंद हैं।

नई पहल–राग पर आधारित फिल्मी गीत

बागेश्री राग का महत्व

1. **यह राग व्यक्ति को शांत करता है। अंधेरों को दूर करता है। यह राग डायबिटीज और उच्च रक्तचाप में फायदेमंद है।**

1. आ जा रे परदेशी - लता-मधुमति
2. घड़ी-घड़ी मेरा दिल धड़के - लता मधुमति
3. चमन में रंग गजल - गुलाम अली

2. मालकौंस और आसावरी, यह राग निच्च रक्तचाप में लाभदायक है।

1. सघन बन पूलों रे - भजन - पंडित जसराज
2. मन तड़पत हरिदर्शन को - रफी - बैजू बावरा
3. मुझे गले से लगाओ - आशा - आज और कल

3. चंद्रकौस ह्रदय की विकृतियां और डायबिटीज में उपयोगी है।

1. बख्त अपना हमारा - मधुमति
2. मांझिरे हिम्मत ना हार
3. सन सनना सनन जिया रे पवन लता - संपूर्ण रामायण

4. राग दरबारी कानडा, तिलक कामोद हंस ध्वनि, कलावती और दुर्गा सॉफ्टवेयर इंजीनियर सी.ई.ओ. विद्यार्थी परीक्षा देने के पहले टेंशन दूर करता है शरीर की थकावट दूर भगाता है।

1. तुम पास आये-कुछ कुछ होता है - राग तिलक कामोद
2. हम तेरे प्यार में सारा आलम - लता - दिल एक मंदिर
3. कोई मतवाला आया मेरे द्वारे - लता - लव इन टोकियो
4. मदहोश दिल की धड़कन - जब प्यार किसी से होता है।
5. दिल तो पागल है, दिल दीवाना है।

5. राग भूपती-तोड़ी-अहिर भैरव और कल्याण राग, उच्च रक्तचाप में लाभदायक है।

1. घर आया मेरा परदेशी - लता - आवारा
2. आपके अनुरोध पर - किशोर - अनुरोध
3. बस एक तेरा इनाम - येशुदास - आखरी गुलाम

6. राग पुरिया-धनाश्री, असिडीटी और शांत मन के लिए

1. पिया बावरी - आशा - प्रार्थना
2. तेरी जयजयकार - बैजु बावरा
3. काहे उजाली - किसना, 2005

7. राग भैरवी, सायनस, टी.बी. जुखाम, सर्दी, दांत का दर्द और गर्भवती स्त्री पर लाभदायक है।

1. मेरा जूता है जापानी - मुकेश - श्री 420
2. धूम मचाले - धूम
3. तू गंगा की मौज - रफी - बैजु बावरा
4. बोल राधा बोल - मुकेश - संगम

सभी शास्तीय संगीत जैसे रविशंकर, हरिप्रसाद वगैरह-वगैरह

8. राग बिहाग, बहार, काफी और खमाज

1. जलते हैं जिसके लिए - तलत - सुजाता
2. अभी न जाओ - रफी - हम दोनों
3. ओ-सजना बरखा बहार - लता - परख
4. तेरे मेरे मिलन की - अभिमान
5. पीया तोसे नयना लागे - लता - गाईड
6. थाड़े रहियो - पाकीजा - लता

9. राग गुणकली और मलहार

पेट में अपच कब्ज वगैरह

1. जाये तो जाये कहां, तलत - टैक्सी ड्राइवर
2. अपनी जुलफे - ताजमहल 2005

11. राग तोड़ी पुर्ती और जयजयवंती

सिरदर्द जुखाम के लिए लाभदायक है

1. रैना बिती जाय-किशोर - अमर प्रेम
2. जब रात है ऐसी - लता - मुगले आजम
3. मोहे पनघट पे - लता - मुगले आजम

12. हिंडोल और मारतव

उच्चताप, मलेरिया, चेहरे पर फुंसियों के लिए उपचारक है

1. रविशंकर का सितार पर मारवा
2. कान्हा रे कान्हा - टैक्सी ड्रायवर

13. राग भूप और भजन

एकाग्र मन के लिए उपयोगी है

1. ज्योति कलश झलके - लता
2. सायोनारा सायोनारा - लता
3. अनुप जलोटा, पलुसकर का कोई भी भजन

14. राग मोहन

यह राग माइग्रेन के लिए उपयुक्त है

ज्योती कलश झलके - लता-इस गाने की खासियत यह है कि यह राग देशकार और मोहन के श्रेणी में भी आता है।

15. शिवरजनी-यह राग स्मृति और बुद्धि बढ़ाता है।

1. दिल जले - लता बीस साल बाद
2. जाने कहां गए वो दिन - मुकेश - मेरा नाम जोकर
3. मेरे नयना सावन भादो - मेहबूबा
4. बहारों फूल बरसाओ - रफी - सूरज

यह गाना सुनने के कुछ सरल नियम

1. आधे फलक तक गाने सुने
2. खाली पेट नहीं सुनें
3. यह क्रिया दिन में दो बार कर सकते हैं।
4. शांत समय हो तो बहुत अच्छा है।

संगीत चिकित्सा

शेक्सपीयर ने अपने एक नाटक में कहा था 'यदि संगीत आत्मा का भोजन है, तो वह मिलता रहे, चलता रहे, सदा रहे'।

संगीत के माधुर्य को कौन नहीं चाहता पहचानता? संगीत की मधुर स्वर लहरियां किसकी भावनाओं को उद्धेलित नहीं करती है। हकीकत में हम सभी जीवन में किसी न किसी रूप में मधुर संगीत से प्रभावित होते हैं। वाद्य संगीत और गायन की मीठी धुनें हमारे दिल और दिभाग को शांति देती है, सुकून देती है, यही नहीं संगीत की विशेष धुनों की तरंगें मानसिक रोगों को सुधारने और उद्दीपन को शांत करने में भी सहायक होती है।

संगीत में छिपे शब्दों की शक्ति-सामर्थ्य को आदिकाल से ही "ऊ" के उच्चारण के साथ ही जान-पहचान लिया गया था। संगीत सीधे हमारी भावनाओं से जुड़ जाता है जो अन्य किसी माध्यम से संभव प्रतीत नहीं होता। म्युजिक थैरेपी या संगीत चिकित्सा में संगीत हमारी दबी हुई भावनाओं को उभारने का कार्य करता है। संगीत चिकित्सा हर प्रकार के मानसिक रोगों के इलाज में प्रभावी सिद्ध हुई है, चाहे वह अवसाद हो एंजाईटी न्युरोंसिस, क्रोनिका साइकोसिस या साईको सोमेटिक की मानसिक, पागलपन की बीमारियां हो, सभी में संगीत चिकित्सा कारगर रही है जीवन में सकारात्मक परिर्वतन लाते हुए संगीत जीवन में खुशियां भरता है। यह व्यक्ति के सामाजिक, भावनात्मक, शैक्षणिक और व्यावहारिक विकास के लिए अतिआवश्यक है। प्राचीन काल में पाईथागोरस अरस्तु और प्लेटो ने भी मानसिक घावों को भरने में संगीत की महत्ता को पहचाना था। आधुनिक संगीत चिकित्सा पद्धति का विकास

और विस्तार 20वीं सदी के प्रारंभ में हुआ, जब युद्ध की विभीषिका झेल रहे लोगों की सहायतार्थ संगीतकारों द्वारा अस्पतालों में जाकर उन्हे अपनी सेवाएं दी गईं।

संगीत व्यक्ति की भौतिक, मानसिक, व्यक्तिगत और सामाजिक जिन्दगी पर अपना प्रभाव डालता है, इससे सिर्फ शारीरीक रूप से स्वस्थ और सबल व्यक्तियों का ही जीवन नहीं सुधरता है, बल्कि अपंगों और बीमार व्यक्तियों की जिन्दगी में भी यह टॉनिक का काम करता है। संगीत सुनना, सुनाना या संगीत की रचना करना सभी संतुष्टिदायक होते हैं।

ॐ में सात सुरों का स्वर का मिलन है। सा, रे, ग, म, प, ध, निं, यह सुमधुर स्वर ओम के उच्चारण से अनुभव प्रतीत होते हैं। किसी भी भाषा का गाना या बजाना इन स्वरों के अतिरिक्त नहीं है। षड्ज का अर्थ है षड् यानी 6 स्वर और ज का मतलब है याने जिस स्वर से यह 6 स्वर निकलते हैं वह है षडज-यानी सा। यानी भारतीय संगीत भी कितने उच्च कोटि का संगीत है। यह समझ में आता है। मारवा, पुरीया धनाश्री और केदार यह तीनों रागों को सुनने से आप का मूड बदल जायेगा सब सा, रे, गा, म, प, ध, नि, के स्वर हैं। तो ऐसा क्यों? क्योंकि हर राग में यह सब स्वर कम ज्यादा मात्रा में रहते हैं और अलग-अलग ध्वनियां निकलती है, जिसका आंदोलन हमारे कानों द्वारा मन पर होता है, यह संगीत ज्ञान आपको सिर्फ गुरु दे सकते हैं।

"गुरु बिन ज्ञान कहां से पाऊं?"

हम कैसे सुनते हैं

मनुष्य जीवन में किसी समय यह तो अनुभव जरूर करता है कि एक अदृश्य शक्ति है। ऐसा अनुभव केवल विलक्षण घटना या चमत्कार द्वारा नहीं होता लेकिन साधारण घटना का प्रतीक हुआ करता है, हो सकता है कि इस प्रकार कि अनुभूति सब मनुष्यों को नहीं होती। इसका मतलब यह नहीं है कि इस प्रकार का अनुभव नहीं है। जैसे एक बहरे मनुष्य को ध्वनि की प्रतीति नहीं होती तो क्या हम यह मान सकते है कि ध्वनि नहीं है। साधारण व्यक्ति के जीवन में "ओम" उच्चारण से विचित्र अनुभूतियां होती हैं, शास्त्रीय संगीत

(Classical Music) साधारण पुरूषों की समझ में न आने पर भी हम यह नहीं कह सकते की सुंदर दिव्य अनुभूतियां नहीं होती। राग केदार और राग मारवा दोनों आप सुनिएगा, आपका मूड बदल जायेगा।

ओम की तरंगें हमारे मस्तिष्क से होती हुई धीरे-धीरे हमारे समूचे स्नायु यंत्र पर कब्जा कर लेती है। यह प्रक्रिया Beta और Delta wave या तरंगे कहलाती हैं। यह सब मस्तिष्क की विद्युतीय क्रियाएं है, जो हमारे विचार करने, सोचने और आराम करने की स्थितियों की व्याख्या करती है। मस्तिष्क में मौजूद तरंगें कण हमेशा तनावग्रस्तता से उत्पन्न हुई क्रिया को शांत करने की प्रक्रिया है, जो हमें आराम करने की मुद्रा में पहुंचा देती हैं। इस प्रक्रिया को हम 'बीटा' से डेल्टा क्षेत्र का प्रभावित होना कहते हैं। आराम में हमें स्वास्थ्य लाभ होता है।

यदि किसी से पूछा जाए कि माइकल जैक्सन, लता मंगेशकर, कुमार गंधर्व और पंडित जसराज का गाना सुनने वालों से और ओम का ध्यान करने में क्या समानता है, तो यह प्रश्न एक अजीब सा लगे लेकिन इतना अजीब नहीं जितना हम सोचते हैं। वैज्ञानिकों का सोचना है कि सभी व्यक्ति अपनी क्षमता का सर्वोच्च शिखर निष्पादन कर रहा है। इसे Flow State या प्रवाह की अवस्था कहा जाता है, यह एक आनंदमय स्थिति होती है, जिसे लोगों द्वारा कुछ समय के लिए अनुभव किया जाता है।

नाम में होता है नाद। नाद में जो परमशक्ति की ऊर्जा है, वे रूप को खींच लाती है। एक कदम और आगे चलो वह "ओम" केवल शब्द नहीं, स्वयंसिद्ध, स्वयम्भू नाद या जिससे विश्व की उत्पत्ति हुई है। यह तो वैज्ञानिक तथ्य है कि नाद के साथ प्रकाश जुड़ा हुआ है। नाद प्रकाश ऊर्जा में, प्रकाश नाद में परिवर्तित होती है। नाद में अपार ऊर्जा, अनन्त शक्ति है। "ओम" नाम लें इस अक्षर में, उस अक्षरक्रम में भरी हुई जो ऊर्जा है, उससे आप अपने को लपेट लेते हैं। बुद्धि से जानने पर भी यह तत्त्व दिखता नहीं। नाम नाद के भीतर निहित जो रूप है, जो शक्ति है, वह प्रकट हो सकती है, होती आई है।

"ओम" का उच्चारण शुद्ध ढंग से किया जाए तो वह नाम से उठकर, श्वास की मदद से ऊपर चढ़ते हुए वैखरी में स्फुटित करता है, वैखरी वाणी की एक प्रकार है, इसका बारम्बार उच्चारण करने से श्वास और रक्त की शुद्धि होती है, स्वरशुद्धि तो होती ही है। ओम उच्चारण में आने के प्रयास किये जा सकते हैं। कभी 'ओ' को लम्बाना, कभी 'म' की गूंज को लंबाना, कंठ से नाभि तक की नलिका रूप खरल में इस नाद को तरह-तरह से घूंटना, विविध कुम्भक करना बहुत लाभकारक है। 'ओ' लम्बाते हैं तो बहिकुंभक होता है, 'म' को लंबाते है तो श्वास को अंदर धारण करते हैं, ऐसे ओमकार द्वारा दोनों कुंभक होते रहने से शरीर की शुद्धि होती है।

स्वास्थ्य

प्रकृति ने प्रत्येक मनुष्य को जन्म से ही सौंदर्य, बुद्धि और आरोग्य की शक्ति दी है और मस्तिष्क में इस प्रकार की सूचनाएँ निहित कर तंत्रिका कोशिकाएं पैदा की हैं जो शरीर के एक-एक अंग की, प्रत्यंग की बारीकी से जांच कर, उसे आरोग्यता प्रदान करती रहें।

सभी प्राणियों का मस्तिष्क खुद को प्राकृतिक ढंग से स्वस्थ रखने की कला जानता है। प्रकृति ने यह शक्ति सभी सजीव प्राणियों को दी है, मगर मनुष्य इस कला से बहुत दूर जा चुका है और स्वयं को ठीक करने की कला वह भूल गया है।

स्वास्थ्य यानी क्या?

शरीर ठीक रखने के लिए स्वास्थ्य यानी क्या, यह जानना सर्वप्रथम आवश्यक है। सामान्यतः हम समझते हैं कि जो निरोगी हैं, जिसे कोई व्याधि नहीं है, वह व्यक्ति आरोग्य संपन्न है, परंतु निरोगी व्यक्ति और आरोग्य संपन्न व्यक्ति में बहुत फर्क होता है। व्यक्ति का शरीर, मन और आत्मा एक ही स्तर पर हो तो उस व्यक्ति को निरोगी समझा जाता है और जिसकी संपूर्ण चेतना पूर्णतः विकसित हुई हो उस व्यक्ति को आरोग्य संपन्न व्यक्ति कहा जाता है।

चीनी संत 'माओ-त्से-तुंग' सामान्य मनुष्य के समान अपनी जिंदगी जिए।

वे संन्यासी वेष में नहीं रहते थे। जब भूख लगती, तभी खाते थे, नींद आने पर ही सोते थे, इतना सरल जीवन था। संतों के मतानुसार जिसकी चेतना संपूर्ण विकसित हुई है, जिसने 'कुछ भी अपेक्षा नहीं रखा' ऐसा निरपेक्ष भाव मन से स्वीकार किया है, वह स्वास्थ्य बनाए रखता है, स्थिर रखता है।

ऋषि प्रभाकरजी कहते हैं, 'स्वयं' की अनुभूति (मैं हूँ इस अस्तित्व का बोध, ज्ञान) न रहना यानी संपूर्ण स्वास्थ्य ठीक होना है। आयुर्वेदानुसार आरोग्य संपन्न व्यक्ति अपनी प्रकृति में स्थिर रहता है। स्वास्थ्य शरीर की एक स्वाभाविक अवस्था है, जिसके शरीर में वात, पित्त, कफ ये त्रिदोष संतुलित अवस्था में हो, जिसका अग्नि समान हो (तीव्र या मंद नहीं), सभी धातु (रस, रक्त, मांस, मेद, अस्थि, मज्जा और शुक्र समप्रमाण हो, जिसका मलविसर्जन नियमित हो और जिसकी आत्मा, इंद्रिय और मन प्रसन्न हो, वही व्यक्ति आरोग्य संपन्न है, ऐसा आयुर्वेद का कहना है। आगे आयुर्वेद ऐसा भी आदेश देता है कि –

धर्मार्थकाममोक्षाणाम् आरोग्यं मूलमुच्चतम्

अर्थ यही है कि मानव के चार पुरुषार्थ धर्म, अर्थ, काम और मोक्ष की प्राप्ति हेतु निरोगी और स्वस्थ रहना अत्यंत आवश्यक है। वेदों में भी कहा गया है कि 'शरीरमाद्यम् खलु धर्मसाधनम्' अर्थात्, धर्म का पालन करने के लिए सर्वप्रथम स्वस्थ शरीर होना आवश्यक है। विश्व स्वास्थ्य संगठन (WHO) के अनुसार संपूर्ण स्वास्थ्य यानी शारीरिक, मानसिक और सामाजिक आरोग्य की स्थिति है, केवल रोगों का अभाव नहीं।

होमिओपैथी में स्वास्थ्य यानी शारीरिक, मानसिक और भावनात्मक (भावना के स्तर पर) कोई भी बंधन न होना और बुखार आना यानी शरीर के अंदर भी जैविक शक्ति में रूकावट आना है।

उपनिषदों के अनुसार जिस तत्त्व से, जिस शक्ति से ब्रह्मांड की रचना हुई, उन्हीं तत्त्वों से मानव का मस्तिष्क, शरीर और जीवात्मा भी निर्माण हुआ है।

पिंड में ब्रह्मांड : अर्थात जो एक पिंड में है, वही ब्रह्मांड में है। सूक्ष्म और विराट एक ही है। मानवीय देह और ब्रह्मांड (पंचतत्त्व) ये भी एक ही है।

मानवीय मस्तिष्क पर ब्रह्मांड का पूर्ण प्रभाव पड़ता है। हमारे प्रत्येक विचार का, कार्य का प्रभाव हमारे शरीर पर दिखाई देता है।

हम साँस कैसे लेते हैं, क्या खाते हैं, मलमूत्र विसर्जन की क्रिया ठीक है या नहीं, इन बातों पर ध्यान देने, आवश्यक विचार, कल्पनाओं का भी परिण ााम शारीरिक स्वास्थ्य पर होता है। इन सभी क्रियाओं की यदि ठीक से जांच की जाए तो स्वास्थ्य ठीक रखना सहज संभव है।

जीवन और मृत्यु के बीच की आयु यानी जीवन। सक्रियता ही जीवन है, निष्क्रियता मृत्यु। जीवन में क्रियाशील (सक्रिय) रहने के लिए स्वास्थ्य बनाए रखना आवश्यक है। दीर्घकाल स्वास्थ्यपूर्ण जीवन की कामना सभी करते हैं जो सहज भी है, परंतु उसके लिए कुछ नियमों का पालन करना होगा। एक कहावत है 'धन गया तो भी कुछ नहीं गया, अगर स्वास्थ्य गया तो सबकुछ गया।' कबीरदासजी कहते हैं –

कबीरा नौबत अपनी, दिन देख लेहू बजाय।
यह पुर पट्टन यह गली, बहुरी न देखहु जाय

जब तक स्वास्थ्य उत्तम है, तब तक मृत्यु दूर है। अपना कर्तव्य उत्तम रीति से निभाकर जीवन को सार्थक करें, अन्यथा हानि स्वीकार करनी पड़ेगी।

योग स्वास्थ्य के लक्षण निम्नानुसार है –

1. जीवन शक्ति से परिपूर्ण होना।
2. शरीर का निरंतर उपयोग कर पाना।
3. शारीरिक कार्य ठीक ढंग से होना।
4. मानसिक कार्य ठीक से होना।
5. शरीर में लचीलापन और संवेदनशीलता होना।
6. शाररिक अंगों में समतोल होना।
7. शरीर जिसे सहन न कर सके उन बातों से दूर रहना।
8. जीवन में आनंद, उत्साह और आशा बनाए रखना।

दैनिक जीवन के कार्यों से शरीर की शक्ति और रस धातु का ह्रास होता है, उसकी पूर्ति और अतिरिक्त शक्ति जमा करने का प्रयत्न करना यही शारीरिक स्वास्थ्य प्राप्त करने का साधन है।

शारीरिक शक्तिसंचय शरीर-स्वास्थ्य का लक्षण है, वह एक सकारात्मक अवस्था है। मन और शरीर के संयोग का समतोल साध कर ही हम प्रगति के पथ पर चलकर उच्चतम ध्येय प्राप्त कर सकते हैं।

शारीरिक स्वास्थ्य : मनुष्य की सभी इंद्रियां – आँख, कान, जिह्वा, नाक, दाँत, हाथ-पैर ये सभी ठीक तरह से अपना-अपना कार्य कर रहे हो, शरीर सुगठित हो तो उसे शारीरिक स्वास्थ्य कहते हैं। सभी कर्मेंद्रिय ठीक तरह से कार्यरत हो, सशक्त हो और स्फूर्तियुक्त होंगे, तो वही शारीरिक स्वास्थ्य का लक्षण है। शारीरिक स्वास्थ्य स्वयं के आचरण पर निर्भर करता है, इसलिए ज्ञान की अपेक्षा आचरण को अधिक महत्व दिया गया है।

दिनचर्या, रात्रिचर्या, ऋतुचर्या का पालन करना, स्वास्थ्य के विरोधी आहार-विहार न करना, सभी तरह से अंतर्बाह्य स्वच्छता का पालन करना यही शारीरिक स्वास्थ्य की जड़ है।

दुर्गुणों का त्याग, संयमित आचरण, मादक द्रव्य का सेवन न करना, ताकत से अधिक श्रम (अतिश्रम) न करना, भोग की अधिकता टालना, विश्राम और संयम का पालन करना इन सब को व्यवहार में लाने से संपूर्ण स्वास्थ्य निश्चित रूप से मिलता है। कर्म की कुशलता को ही योग कहते हैं ('योगः कर्मसु कौशलम्' – गीता) और ऐसा योग साधने वाले व्यक्ति को ही कर्मयोगी कहा जाता है।

मानसिक स्वास्थ्य : विचार और तनाव रहित जीवन, गलतियों को स्वीकार करना, समाज की सेवा करना ये उत्तम मानसिक स्वास्थ्य के लक्षण हैं। मानसिक स्वास्थ्य ही शारीरिक स्वास्थ्य की नींव है। मन निरोगी होगा तभी शरीर निरोगी रहेगा। मन का शरीर पर और दिमाग पर नियंत्रण होता है। मन की स्थिति ही शरीर पर प्रतिबिम्बित होती है। जिनका अंतःकरण स्वस्थ है, उन्हें निश्चित ही शारीरिक स्वास्थ्य का लाभ होता है। क्रोधी, कामी और इर्ष्यालु व्यक्ति के शरीर की गठन अलग ही हो जाती है। इसलिए उत्तम शारीरिक स्वास्थ्य प्राप्ति हेतु उत्तम मानसिक स्वास्थ्य अत्यंत आवश्यक है। मानसिक स्वास्थ्य बनाए रखने हेतु जीवन में संयम, नियम, समाधान और

मनोनिग्रह का अभ्यास निरंतर करना चाहिए और उसके लिए भावनापूर्ण ईश्वर-उपासना एक सर्वोत्तम साधना है।

सामाजिक स्वास्थ्य : समाज में दूसरे व्यक्तियों से समतोल रखते हुए सुखी और समाधान से जीवन-यापन करने वाले मनुष्य समाज का निरामय रूप दर्शाते हैं। मनुष्य को बीमारी में ही सेवा-सुश्रूषा की आवश्यकता होती है। सन् 1948 में विश्व स्वास्थ्य संगठन की स्थापना हुई और सही अर्थों में स्वास्थ्य के क्षेत्र में एक नया सूर्योदय हुआ। चिकित्सा का महत्त्व अस्वस्थ व्यक्ति की अपेक्षा स्वस्थ व्यक्ति पर केंद्रित हुआ। स्वास्थ्य प्राप्त करना मानव का मूलभुत अधिकार समझा जाने लगा।

यद्यपि स्वास्थ्य प्राप्त करना मानव का मूलभुत अधिकार है, जिसका उत्तरदायित्व समाज राज्य और वैश्विक संगठनों पर निर्भर है, जो भी व्यक्तिगत प्रयास से मनुष्य स्वास्थ्य प्राप्त कर सकता है, जो एक व्यक्ति दूसरे को नहीं दे सकता, उसे स्वयं को ही प्राप्त करना होता है। व्यक्तिगत स्वास्थ्य के क्षेत्र में मानव का आहार, शरीर के सभी अंगों (जैसे त्वचा, नेत्र, कान आदि) का संगोपन, प्रतिरक्षण, स्वास्थ्यप्रद आदतें, शीघ्रचिकित्सा पर ध्यान देना आदि अनेक बातें आती हैं।

सम और अहा

'सम' पर जीवन 'अहा' शब्द अनुभूति का प्रतीक है। सुख या प्रसन्नता की अनुभूति होने पर अनायास ही मुंह से निकलता है 'अहा'।

जब मन और शरीर पूर्णतया शांत हो जाता है, तब व्यक्ति कह उठता है 'अहा' ऋषि-मुनियों ने इसे निर्विचार की अवस्था कहा है।

जहां आदमी अनति के मौन की शांति में स्थिर हो जाता है, जहां दोनों बिंदु समान हो जाते हैं वहीं 'सम' है दुखों में एक अच्छे साथी की तरह आपको अपनी परेशानियों से उबारने में मददगार साबित हो सकता है।

संगीत ऊर्जा द्वारा प्राप्त शक्ति से प्रेरित यह जादुई ताकत प्रदान करेगी, मस्तिष्क को स्थिरता देगी। जब तुम मन को पीड़ा से भर देने वाली अदम्य संवेदना से विफल हो उठो तो उन मनोवेगों को शांत करने के लिए धीमा

संगीत सुनो। जब तुम संगीत की दिव्य तरंगों से संपर्क करोगे तो स्वयं ही अनुभव होगा कि तुम्हारे समस्त भय, टेंशन, सिर दर्द अनावरित हो रहे हैं और तुम भय मुक्त हो जाओगे। संगीत की प्रक्रिया से मुक्ति का अनुभव हो सकता है। यदि इसका अभ्यास ऐच्छिक रूप से होता है तो यह जीवन को एक अद्भुत अनुभव की ओर ले जा सकता है।

अन्य संवेदना की तरह संगीत की लहरें भी एक महत्वपूर्ण संवेदना की तरह है, जिसे बार-बार सुनकर सीखा जाना बेहद जरूरी है। यह एक बेहतर जिंदगी के लिए एक भावनात्मक पड़ाव है, जो संतुष्टि, राहत और आपके आत्मसम्मान को मजबूत बनाता है। संगीत एक ऐसी औषधि है, जो गहराई तक जाकर घावों का इलाज करती है, यह उस जहर को खत्म कर देती है, जो प्रेम और सौहार्द को खत्म करता है।

सिर्फ तारीख बदल जाने से तवारीख नहीं बदल जाती। वह बदलने से ही बदलती है, उसके लिए तकदीर की नहीं तदबीर की जरूरत है।

गुस्सा, बदले की भावना की तरह यह एक ऐसा ड्रिंक है, जिसे ठंडा ही पेश किया जाए, तो बेहतर है।

एक मनोवैज्ञानिक के अनुसार जीवन का रहस्य यह है कि आप एक "वाद्यतंत्र" के रूप में अपने-आपको पहचानें और फिर उसे बजाना सीखें। हारमोनियम केसिओं, बांसुरी, वायलिन सभी अच्छे वाद्य हैं। हर एक में कोई न कोई अच्छी बात होती है और अच्छे संगीत के लिए सभी के अद्वितीय योगदान की जरूरत होती है।

शास्त्रीय संगीत लोकप्रिय कैसे हो?

आज स्थिति यह है कि शास्त्रीय संगीत का अध्ययन और अनुशीलन जारी रखने के लिए, उसकी लोकप्रियता में वृद्धि करने के लिए गंभीर चिंतन और सक्रिय प्रयत्न की आवश्यकता है।

संस्कृत के व्याकरण ने जिस तरह अपने नियमों को जकड़कर उसके विकास और वृद्धि को रोक दिया, उसी तरह नियमों और अपार्थिव शब्द-व्यूह आवरण में शास्त्रीय संगीत की वाणी को भी अवरुद्ध कर दिया गया। वह

संगीत गिने-चुने लोगों के समझने की चीज रह गया। उसका उद्देश्य 'बहुजन सुखाय' नहीं रहा। अतः बहुजन उसकी ओर से विमुख होने लगे।

अब प्रश्न यह है कि क्या इस स्थिति की ओर कुछ ध्यान देने की आवश्यकता है? क्या ऐसे शिक्षित और सुसंस्कृत व्यक्तियों में वृद्धि करना वांछनीय है, जो हमारे देश की इस महान धरोहर का मूल्य समझें और उसे सहेजकर रखें ही नहीं, अपितु उसकी संशुद्धि भी करें? क्या हम जरूरी समझते हैं कि आधुनिक समय के स्वर-प्रलय में शुद्ध अथवा परिवर्तित शास्त्रीय संगीत को सुरक्षित और आबाद रखें? यदि आवश्यक है, तो इन उद्देश्यों की पूर्ति के लिए कुछ व्यावहारिक उपाय सोचने होगें।

शास्त्रीय संगीत को बोधगम्य इस प्रकार बनाना होगा कि उसके मूल आधार सुरक्षित रहे, सिद्धांत-हानि न हो, किन्तु वह जनसाधारण की समझ में आने लगे। शनैः-शनैः जनसाधारण भी उस स्तर तक पहुंचने की तमन्ना कर सकता है।

उसके लिए तो आवश्यक है कि संगीत-स्वरों का आनंद उनकी समझ में आने वाली शब्दावली के साथ ही उन्हें उपलब्ध कराया जाए। संगीत की उच्चतम शिक्षा देने वाली संस्थाओं में यह तरीका अपनाना चाहिए कि विशेष अवसरों को छोड़कर साधारणतः गाते समय शब्दों को भी स्वर जितना ही महत्व दिया जाए। क्या गाया जा रहा है, यह अवश्य श्रोताओं को मालूम रहे। इस प्रकार शब्दों का रस लेते हुए श्रोतागण धीरे-धीरे स्वर-ज्ञान को भी पा लेंगे।

स्वर-ताल, राग-रागिनी आदि का ज्ञान चुनी हुई शिक्षण-संस्थानों में तथा सांस्कृतिक संस्थाओं द्वारा जनसाधारण को योजनापूर्वक कराना है। वह जरूरी हो सकता है कि कुछ ऐसे संगीतज्ञ चुने जाएं, जिनका व्यावहारिक और सैद्ध ांतिक ज्ञान माना हुआ और प्रामाणिक हो। नौसिखिए को दृष्टि में रखकर प्रथम अध्याय में स्वर-परिचय हो, सरगम का ज्ञान कराया जाए, इस प्रारंभिक अध्याय के साथ संगीतज्ञ महोदय द्वारा स्वर गाकर बताने वाला एक 'टेप' हो, जिसके द्वारा जो बात लिखी-कही गई है, वही गाकर बताई जा सके। अगले अध्याय में स्वरों की विभिन्न तरतीबें हों और भी उन्हें भी गाकर बताया जाए। फिर तीव्र और कोमल स्वर बताए जा सकते हैं। यह बताया

जा सकता है कि राग कैसे बनता है, उसके विविध प्रकार क्या हैं और किन विशेषताओं द्वारा उसकी पहचान की जा सकती है।

संगीत शिक्षक तथा विशेषज्ञ यदि सोचने का कष्ट करें तो शास्त्रीय संगीत को सुलभ, बोधगम्य तथा लोकप्रिय बनाने के कुछ और तरीके भी सोच सकते हैं, प्रचलित कर सकते हैं। जनतंत्र के युग में जनसाधारण द्वारा प्रशंसित और अंगीकृत विद्या निस्संदेह जीवित रहेगी और प्रगति करती रहेगी।

संगीत से अभिप्राय

सुख-दुःख की धूप-छांव

करोड़ों लोग, जिनकी आवाज और अंदाज के दीवाने हैं, वह गजल गायक जगजीत सिंह, संगीत को अपनी सबसे बड़ी ताकत मानते थे। दुःख से उबरने के लिए वह संगीत में डूब गए। वह मानते थे कि संगीत, चिकित्सा की तरह काम करता है। संगीत में एक ऐसी शक्ति है, जिससे इंसान हर तरह की परिस्थिति का सामना कर सकता है।

संगीत एक अलौकिक अहसास है, इसलिए संगीत को जिंदगी की सबसे खूबसूरत घटना माना जाता है। संवेदना की यह सर्वोच्च पराकाष्ठा है। संगीत में इतनी ताकत होती है कि वह न तो धर्म देखता है न उम्र, न स्त्री-पुरुष। संगीत अल्हड़ नदी की तरह इन बाधाओं को लांघता हुआ अपनी मंजिल पा लेता है। अपनी भावनाओं के अधीन होकर ही हम संगीत सुनते हैं। आकर्षण एक चुंबक की तरह होता है, जो दिल को छूते हुआ सीधे दिमाग में भावनाएं संपादित करता है। उस समय भावनाएं हमारे संवेग रडार की तरह काम करती हैं। हमारी संवेदना प्रत्येक बंधन और वर्जनाओं को पीछे धकेल, अपनी अनुभूतियों को अहमियत देने लगती है, उस समय संगीत के शब्दों के बजाय चेहरे के भावों, मुद्राओं, आंखों और पैर का टेपिंग अभिव्यक्त होता है। ऐसा करने के लिए किसी कोशिश या प्रयत्न की जरूरत नहीं होती है। ऐसा स्वतः हो जाता है।

जिंदगी हर पल खुशनुमा नहीं होती। किस्मत के खेल में खुशियां और

गम आते-जाते रहते हैं। ऐसे में अगर संगीत को साथी बना लिया जाए और थोड़ी समझदारी बरतें तो आलस्य और तनाव दूर हो जाता है।

संगीत एक जादू का डिब्बा है, जिस घर में वह नहीं, वह घर रहने लायक नहीं। यह बच्चों का माता-पिता है, गुरु है, देवता है। खयाल रहे यदि संगीत का मिजाज ठीक हो तो समाज को स्वर्ग बना देता है, करुणा आप्लावित कर दे और खराब हो तो नरक बना दे।

संगीत, चिकित्सा के तिलिस्मी संसार में धीरे-धीरे, किंतु बहुत मजबूती के साथ रोग पर नियंत्रण की अवधारणा में जुड़ने लगा है।

संगीत का नादात्मक वाक्

आदिम काल में जब व्यक्ति वर्णनात्मक प्रवाह तथा अन्य साधनों के निरंतर प्रयोगों से अनजान था, तब अभिव्यक्ति के दो साधन थे और जो सदैव उसके पास रहे। यह है विभिन्न आत्मिक संकेत। विभिन्न आंगिक संकेत और नादात्मिक वाक्। शरीर के विभिन्न अंगों की चेष्टाओं के सिवा अलग-अलग प्रकार की आवाज निकालकर भी हृदयगत भावों को व्यक्त किया जाता है। व्यक्ति इनका प्रयोग आज भी स्वाभाविक रूप से करते हैं। सभी देशों, सभी कालों, सभी जीवों में यह सामान्य होती है। संगीत की इसी उपलब्धि के लिए इसे सार्वदेशिक भाषा कहा जाता है।

संगीत शब्द प्रयोग के भेद

संगीत शब्द के प्रयोग के बारे में भारतीय और पाश्चात्य परंपराओं में भेद है। यहां तक कि भारत में भी प्राचीन और आधुनिक प्रयोग में अंतर दिखाई देता है। प्राचीन संगीत शास्त्र के अनुसार गीत, वाद्य, नृत्य का समुच्चय संगीत है, जैसा कि संगीत रत्नाकर में स्पष्ट कहा गया है – गीतं, वाद्यं, नृत्यं त्रयं संगीतमुच्यते। लेकिन हमारी आज की भाषा में संगीत का प्रयोग केवल गीत, वाद्य और नृत्य के लिए होता है। भरतादि ने जिस संगीत गांधर्व शास्त्र का निरूपण किया है, उसका प्रयोग नाट्य के अंक के प्रयोग में ही होता है,

नाट्य से स्वतंत्र नहीं। नाट्य की परिभाषा अवस्था नुवृत्ति नरियम थी, उसी प्रकार जीवन की किसी अवस्था के कलात्मक अनुकरण में सभी साधनों का उपयोग उसी प्रकार से परम होना आवश्यक है, जिससे कथा का विकास हो, परिस्थितियां अधिक स्पष्ट हों और पात्रों के चरित्र स्फुर हों। भरत ने गांधर्व का लक्षण स्वर-तालपदात्मकम् कहा है। इसका कारण यही है कि संगीत के मूल स्वर तत्व तथा ताल (लय) होते हुए भी नाट्य में पद यानी सार्थक शब्द युक्त गीत का महत्व अत्यधिक है, इसलिए पद के संयोग से ही नाट्य की सिद्धि में सहायक होता है। इसलिए कंठ संगीत को हमारे यहां प्रधानता मिली है। वाद्य उसका अनुकरण करते हैं।

संगीत से अभिप्राय

संगीत से अभिप्राय केवल गीत और वाद्य से है, नृत्य, संगीत से अलग रहा है। आजकल हमारे यहां भी संगीत शब्द का प्रयोग केवल गीत वाद्य के लिए ही होता है, इसलिए अनुकूलता की दृष्टि से प्रस्तुत लेख में भी हम इस शब्द का प्रयोग, इसी अर्थ में करते हैं।

गांधर्व में उपर्युक्त लक्षण में स्वरांश में केवल कंठ, वीणा तथा वेणु से उत्पन्न स्वर की तालांश को धनवाद्य में लिया है। यों अवनद्ध को स्वर या ताल में भी समाविष्ट नहीं किया है, लेकिन नाट्य शास्त्र में सर्वत्र स्वर यानी गेय और अभिनय के उपरंजन के लिए अवनद्ध का प्रयोग किया गया है। इसी प्रकार स्वर और ताल में गायन-वादन का और पद में सार्थक-निरर्थक शब्द का समावेश हो गया है। इस दृष्टि से आज प्रयुक्त संगीत शब्द संगीत रत्नाकर की ही अपेक्षा गांधर्व के अधिक निकट है, क्योंकि दोनों में नृत्य ग्रहण नहीं होता है।

इस विचारधारा के अनुसार संगीत अपनी अभिव्यक्ति के लिए किसी संगीत के बाह्य तत्त्व पर निर्भर नहीं है, उसकी अभिव्यक्ति उसके अपने ही द्वारा होती है और आनंदाभूति भी उसी की होती है, अन्य किसी तत्व की नहीं। प्रथम सिद्धांत के अनुसार सौंदर्य विषयगत है और दूसरे के अनुसार विषयगति। सौंदर्यानुभूति एक हद तक व्यक्ति के दृष्टिकोण पर निर्भर है।

जलप्रपात, वन-उपवन, पक्षियों का कलरव आदि देखकर किसी व्यक्ति को उसमें आनंद की अनुभूति हो सकती है तथा प्रकृति के अनंत सौंदर्य के दर्शन हो सकते हैं।

इसी प्रकार संगीत सुनकर जिनके हृदय झंकृत हो उठते हों, किन्हीं भावों की भाषा है, लेकिन जो संगीत की तकनीक का यानी स्वर-सौष्ठव का, लय का, राग का, राग के स्वरूप की तिहाइयों, खटके आदि का आनंद उठाते हैं, उनके लिए संगीत अपने में ही आनंद की वस्तु है। ऑटोनॉमी संगीत को ऑटोनॉमस मानने वाली विचारधारा के प्रमुख प्रतिपादक एडवर्ड हैंसलिक हैं, उनकी पुस्तक 'दि ब्यूटीफुल इन म्यूजिक' के आधार पर ही विचार किया जा सकता है।

ऑटोनॉमस विचारधारा

विशुद्ध संगीत चूंकि अव्याकृत वाणी है, जिसे भारतीयों ने नादात्मिका वाक् कहा है पर आधारित है, इसलिए वह निश्चित भाव या विचार व्यक्त करने में असमर्थ है। निश्चितता, अर्थ में निहित होती है और अर्थ पद में रहता है। ऑटोनॉमस विचारधारा के अनुसार पद-रहित संगीत ही विशुद्ध संगीत है, इसलिए वाद्य-संगीत ही उनका आदर्श है। वाद्य में पद यानी शब्दों का अभाव रहता है, इसलिए निश्चित अर्थ भी नहीं रहता और अर्थ न होने से नियत चित्तवृत्ति का बोध यानी निश्चित भाव की अनुभूति भी संगीत के द्वारा नहीं हो सकती।

हैंसलिक के अनुसार, संपूर्ण भाव-जगत को संगीत का विषय कहना उचित नहीं। विरोधी विचारधारा में यह कहा जाता है कि संगीत में जो अच्छा लगता है, वह सुंदर-धुन या रचना-विशेष नहीं है, बल्कि उसका क्या अर्थ है, वही आनंददायक होता है। उसमें प्यार की फुसफुसाहट, योद्धाओं की ललकार सुनाई देती है लेकिन ऑटोनॉमी के प्रतिपादकों का कथन है कि संगीत के माध्यम से फुसफुसाहट या ललकार तो व्यक्त की जा सकती है, किंतु वह प्यार की है या योद्धाओं की, इसे व्यक्त करने की शक्ति से संगीत वंचित है, क्योंकि इनकी सत्ता तो विषयगत है। फुसफुसाहट तथा ललकार में प्यार

और योद्धा का आरोप तो श्रोता लगा देता है, संगीत रचना में ये पहले मौजूद नहीं थे। यानी संगीत के द्वारा होने वाली सौंदर्य-सृष्टि गंभीर, कोमल, उग्र, उत्साहपूर्ण, भव्य अथवा स्फूर्तियुक्त तो हो सकती है, लेकिन उसका निश्चित अर्थ नहीं निकाला जा सकता। कंपोजर जो वस्तु व्यक्त करता है, उसका स्वरूप विशुद्ध सांगीतिक होता है। उसकी कल्पना में केवल सुंदर धुन होती है। चित्र, मूर्ति या शिल्प का मुख्य लक्ष्य एक निश्चित प्रतिमा खड़ी करना है, लेकिन जैसे दर्शक अनुमान से मालिन की मूर्ति में संतोष और कोमलता के अथवा बर्फ से ढंके मैदान में सृष्टि की अनित्यता के दर्शन कर लेता है, उसी प्रकार किसी सांगीतिक रचना में भी श्रोता संतोष, गरिमा अथवा अनित्यता का अनुभव कर सकता है, परंतु वास्तव में तो ये चित्र या मूर्ति की ही तरह रचना में नहीं थे।

ऑटोनॉमी में वाद्य से उत्पन्न संगीत ही शुद्ध संगीत है, क्योंकि उसमें पद का अभाव है, यह पहले कहा जा चुका है। शब्द और उसके अर्थ में जैसा कार्य-कारण भाव रहता है, वैसा संगीत में नहीं रहता, क्योंकि वहां अभिव्यक्ति का माध्यम और अभिव्यंज्य अलग-अलग नहीं, बल्कि एक ही है।

संगीत का चित्त पर प्रभाव

संगीत चित्त पर वैसा ही प्रभाव उत्पन्न करने में समर्थ होता है, जैसा प्रकृति के सौंदर्य के दर्शन से, सुंदर काव्य के पठन से या नाट्य के देखने से होता है। तथाकथित निरपेक्ष संगीत गंभीर है, व्यवस्थित है, किसी बाग में काट-छांटकर सजे-संवरे पौधों की क्यारियों जैसा है, जिन्हें देखकर दर्शक की दृष्टि चकित हो जाती है, काटने-छांटने वाले माली के कौशल की प्रशंसा मुंह से निकल पड़ती है, लेकिन उसमें संकोच है, उसमें वह नवीनता, वह विस्तार, वह उन्मुक्त सौंदर्य नहीं, जो किसी वन के नई-नई रंग-बिरंगी कोंपलों से युक्त वृक्षों, उन पर अस्त-व्यस्तता से, किंतु स्वाभाविक रूप से लिपटी लताओं, कल-कल करते झरनों, जंगली फूलों की भीनी महक, पक्षियों की चहक आदि के दर्शन जंगलों में होती है।

अनुसंधान की आवश्यकता है

विभिन्न देशों में संगीत के प्रकार चाहे भिन्न-भिन्न हों, किंतु प्रचार और गुणों का रूपांतर नहीं होता। संगीत का मौलिक रूप एवं उसके सृजनात्मक तत्त्व सभी स्थानों के संगीत में समान होते हैं। संगीत के परमाणुओं में मानव की वृत्तियों को प्रशस्त करने के साथ-साथ आत्मिक शक्ति का आविर्भाव करने की शक्ति भी निहित है। चारित्रिक उत्थान एवं वासनाओं पर विजय प्राप्त करने का सर्वोत्तम साधन भी संगीत ही है। इस ललित-कला की गहराई नापी नहीं जा सकती। आप इसकी गहराइयों में ज्यों-ज्यों उतरते जाएंगे, त्यों-त्यों आपका पथ प्रशस्त एवं परिमार्जित होता जाएगा, परंतु इसमें सिद्धि प्राप्त करने के लिए आपको कठिन तपस्या करनी होगी। एक योगी के समान स्थिर हृदय से आपको संगीत के विशाल कक्ष में प्रविष्ट होना पड़ेगा, तभी आप यथार्थ शब्दों में महान बन सकेंगे।

अनुसंधान के वर्तमान युग में वह दिन अधिक दूर नहीं, जब विज्ञान-वेत्ताओं द्वारा संगीत की छिपी हुई अनंत शक्ति का भंडार सर्वसाधारण के समक्ष प्रकट हो जाएगा और मानव जीवन के सृजनात्मक कार्यों में इसके तत्वों का अधिकाधिक प्रयोग होगा।

सुबह प्रथम सत्र में सात घोड़ों पर सवार होकर आने वाले सूर्य का स्वागत सात सुरों द्वारा हो और वही सहस्त्र शीतल किरणों से संतृप्त करने वाला चारूचंद्र को अर्ध्य भी संगीत से हो। कल्पना करिए वातावरण की जहां आदित्य का स्वागत संगीत से किया जाए, दोपहर में जब सूर्य अपनी प्रचंड किरणों से धरती को सताने का प्रयास करें तब संगीत की बरखा से उसे शीतल किया जाए और चंद्र दर्शन भी जहां स्वर लहरियों के साथ हो। रात और हल्की हवाओं के साथ स्वर लहरियां उत्साह बढ़ाती हैं। शुद्ध स्वरों का राग माना जाने वाला राग बिहाग रात के दूसरे प्रहर में यह राग गाया/बजाया जाता है। संगीत मनोरंजन के सिवाय कोई और भी है। ध्रुपद मुनियों में वह गायन था जो तो तपोवन में सुनाई देता था और इसी कारण इसे उपासना माना जाता है।

ध्रुपद की अगर संधि-विच्छेद करते हैं तो ध्रुव और पद से मिल कर बना

है। संगीत में ध्रुव का अर्थ गायन का विशेष अंग अर्थात मुखड़ा तो पद का अर्थ शब्दों को रागमाल के अनुरूप ढालना।

संगीत और परंपरा

साहित्य, संगीत और कला समाज और जीवनरुपी वृक्ष के तने से निकली तीन शाखाएं हैं। तीनों का आधार समान होने के नाते तीनों परस्पर प्रायः संयुक्त है। तीनो के अपने-अपने आयाम हैं, विकास की अपनी-अपनी दिशाएं हैं, सूचना के अपने-अपने प्रतीक हैं। साहित्य अर्थ-प्रधान है, संगीत ध्वनि-प्रधान है।

कला प्रतीक प्रधान है

'संगीत' गीत, वाद्य और नृत्य तीनों का एकमात्र समाहार है। वस्तुतः और शास्त्रीय रूप में संगीत तीनों का परिचायक है और उसके माध्यम से गायन, वादन और नर्तन – तीनों का बोध होता है। तीनों का विकास अपने-अपने छंद, लय आादि परंपराओं से हुआ है। गीत औरों से अधिक ध्वनि-प्रधान होता है। वाद्य और नृत्य में भी संगीत का प्रयोजन सांसारिक चिंताओं से दबे हुये या थके हुये मानव को उन चिंताओं से मुक्त कराकर अलौकिक सुख की प्राप्ति कराना है, जिसमें यह गुण हो, उसे ही भली-भांति गाया हुआ या संगीत (सम्यक् गीत) कहना चाहिये, अन्यथा वह कोलाहल-मात्र है। भले ही वह कोई भी शैली या प्रकार है।

स्वर, भाषा, ताल और मार्ग का आश्रय लेकर गीत मानव की भावना को व्यक्त करता है, वादन गीत का सहायक होता है और नृत्य उस भावना को मूर्त कर देता है। इसलिए गीत, वाद्य और नृत्य मिलकर 'संगीत कहलाते हैं।

गीत के (मानव के द्वारा गेय गीत के) भी चार अंग-राग, भाषा, ताल और मार्ग हैं। इन चारों का प्रायोजन भावना की अभिव्यक्ति है। इसीलिए ये चारों परस्पर सहायक या पूरक हैं, चारों मिलकर गीत हैं, इनमें से अकेला रहकर कोई भी गीत नहीं है।

संगीत की शक्ति

यद्यपि संगीत स्वयं एक विज्ञान है, किन्तु अभी उसकी सिद्धि के लिए वर्षों की तपस्या अपेक्षित है। इधर कुछ समय से वैज्ञानिकों का ध्यान संगीत की ओर गया है, लेकिन संगीत के क्रियात्मक ज्ञान के अभाव के कारण हर वैज्ञानिक इस ओर ध्यान नहीं दे सकता।

संसार परमाणु की सत्ता स्वीकार कर चुका है और नाद के गुण से भी वह परिचित है। किन्तु नाद की विलक्षण शक्ति अभी अप्रकट है। जिस दिन वह प्रकट हो जाएगी, संसार एक मत से संगीत को सर्वोपरि विज्ञान स्वीकार कर लेगा। अणु और परमाणु का अस्तित्व उसके समक्ष नगण्य हो जाएगा।

विज्ञान द्वारा यह सिद्ध हो गया है कि द्रव्य (मैटर) और शक्ति (एनर्जी), ये दोनों एक ही वस्तु हैं। 'मैटर' को 'एनर्जी' और 'एनर्जी' को 'मैटर' में परिवर्तित किया जा सकता है, अर्थात परम तत्व एक ही है। अतः शब्द का प्रभाव बड़ा विलक्षण है। जिस प्रकार मिट्टी का गुण 'गंध' और अग्नि का गुण 'उष्णता' है, उसी प्रकार आकाश का गुण 'शब्द' है। वह सदा आकाश में विद्यमान रहता है।

इंग्लैंड की एक महिला एलियस ने संगीत द्वारा टेलीविजन पर गिलास तोड़ने का आश्चर्यजनक प्रदर्शन किया था। स्टूडियो में कांच के चार गिलास रखे गए थे। भोपेन हावर का कहना है केवल संगीत ही ऐसी कला है जो श्रोताओं से सीधा संबंध रखती है, इसे किसी भी माध्यम की आवश्यकता नहीं होती।

दार्शनिक पद्धति : कान और कंठ

हमारे यहां दर्शन शास्त्र में शब्द-विचार के अंतर्गत कान और स्वर यंत्री का अध्ययन किया गया और ध्वनि-निरूपण भी हुआ। शरीर रचना का निरूपण योग की क्रियाओं के आधार पर हुआ। मनुष्य देह को एक यंत्र कहा गया, जो षट चक्रों से बना हुआ है। इन चक्रों का स्थान निर्धारित है। तीन प्रकार के स्वरों (मंद्र, मध्य और तार) की उत्पत्ति हृदय, कंठ और मूर्धा से होती है।

ध्वनि की प्रक्रिया यह कह गई है - पहले आत्मा में विवक्षा (कुछ कहने की इच्छा) आत्मा से मन की प्रेरणा, मन द्वारा, प्राण-वायु की प्रेरणा, प्राण-वायु का अग्नि से संयोग, संयोग होने पर मन द्वारा वायु को ऊपर उठने की प्रेरणा, तब वायु-संचारण द्वारा ध्वनि की उत्पत्ति होती है। वर्णों की उत्पत्ति, स्थान उच्चारण, स्वर व्यंजनों का क्रम शरीर रचना विज्ञान की दृष्टि से भले ही निरूपण नहीं हुआ, लेकिन दार्शनिक पद्धति से क्लीनिकल फिजिओलॉजी के विपरीत नहीं है।

मनोविज्ञान

संगीत द्वारा मन की ही भावानुभूति होती है, इसलिए संगीत और मनोविज्ञान का आपस में संबंध है। रसशास्त्र के विभाव, अभाव, भाव मनोविज्ञान के कारण, प्रतिक्रिया और भाव ही हैं। मनोविज्ञान में जो मन (Mind) है, वही 'रस-शास्त्र' में 'चेतना' है। संगीत कला के द्वारा चित्त वृत्तियों का निरोध बहुत आसानी से हो जाता है। क्योंकि संगीत शुरू होते ही व्यक्ति का मन एकाग्र होने लगता है, जो चिन्तवृत्ति-निरोध के लिए सबसे जरूरी है।

किसी आवाज का सुन लेना एक चीज है और आवाज को सुनकर पहचानना यह बता देता है कि सुने जाने वाली आवाज 'पंचम' है, अलग चीज है। पहल को मनोविज्ञान की भाषा में संवेदना कहते हैं, जबकि प्रत्यक्षीकरण होता है। जब कोई ध्वनि कान तक पहुंचती है तो उसका वहां संग्रहण होता है। मध्यकर्ण में तरंगों का परिवर्तन होता है। अंतरकर्ण में संवेदना उत्पन्न होती है। अब श्रवण संवेदना मस्तिष्क के श्रवण केन्द्र तक जाती है। मस्तिष्क का यह केन्द्र संवेदना का अर्थ लगाने वाला बॉस है।

कोई भी घटना, विचार या प्रभाव जो भी मस्तिष्क में एक बार पहुंच जाता है, वहां से बाहर नहीं निकल सकता। जब हम किसी राग को सुनते हैं या सीखते हैं तो पूर्व-काल में सीखे गये रागों का प्रभाव (Impression) हमारे लिए सहचार्य का काम करता है। इस प्रभावों के आधार पर हमें दुख, हर्ष, विषाद की अनुभूतियां होती हैं और हम झूम उठते हैं।

मानव शरीर के दो अंगों- धवण (कान) और ध्वनि यंत्र (स्वर-कंठ-यंत्र) का अध्ययन संगीत की दृष्टि से अत्यंत महत्वपूर्ण और आवश्यक है। कंठ में ध्वनि की उत्पत्ति कैसे होती है और कान द्वारा ग्रहण किस प्रकार होती है। चूंकि ध्वनि कानों द्वारा सुनी जाती है। इसलिए इसका बनावट और उस पर ध्वनि कोण का प्रभाव भी विशेष असर होता है जो संगीत की दृष्टि से बहुत उपयोगी है।

संगीतोपचार

संगीत के व्यक्ति के मन पर कुछ-न-कुछ परिणाम होते ही रहते हैं। इसका अनुभव हमें जीवन में होता है जो हम जानते हैं। मनपसंद गीत सुनकर हमें प्रसन्नता होती है और नापसंद सुनाई देने पर मन नाराज होता है। इसका अर्थ है कि संगीत का मन से संबंध है और पर्याय से संगीत का आरोग्य से भी संबंध है। इसका विचार करके संगीत और स्वास्थ्य (शारीरिक) का निश्चित क्या और कैसे संबंध हैं, इस पर अध्ययन करके कुछ निष्कर्ष निकाले गए हैं। यही निष्कर्ष यानी संगीतोपचार। इसका अर्थ यह नहीं कि किसी भी रोगी को, किसी भी समय, कोई भी समय, कोई भी गीत सुनकर रोगमुक्त करना। उसका भी शास्त्र है, जो मन से जुड़ा हुआ है। मन का विचार आते ही उनके भाव, भावना और विभिन्न विचारों की एक शृंखला का चित्र सामने आता है। जितने व्यक्ति, उतनी प्रकृति, उतने स्वभाव (मूड), उतना शास्त्र गहन। अतः किसी विकार पर, उस समय किस राग से संबंधित गाना सुनाने से लाभ होगा, इसका गहराई में जाकर विचार करना आवश्यक है। संगीत के प्रभाव का विचार मेंदू से (दिमाग से) होता है। मानव का दिमाग और मज्जा संस्था से मूड (वृत्ति) तैयार होती है। यानी उस मूड में कुछ विशिष्ट स्राव अपने शरीर में होने वाले परिवर्तन को बनाते हैं। संगीत से पिट्यूटरी ग्रंथि कार्यरत होकर उसकी प्रेरणा से दिमाग कार्यरत होने से शरीर का रक्त संचालन सामान्य होता है। हमारे अनेक विकार रक्त संचालन से जुड़े हैं, इसलिए एक बार संगीत का परिणाम हुआ कि रक्त संचालन ठीक होकर उससे संबंधित विकार नष्ट हो जाते हैं। वर्तमान काल के उच्च रक्तदाब हृदय विकार,

मधुमेह आदि विकार मानसिक स्वास्थ्य से जुड़े होने से उसके घटने-बढ़ने पर संगीत का निश्चित ही परिणाम होता है। कई बार हमें अपनी पसंद का ही संगीत सुनकर मन उदास हो जाता है, निराशा होती है, इसलिए संगीत उपचार में निश्चित कौन-सा विकार हुआ है, इसकी जांच करनी पड़ती है। उसके अनुसार उपचार हेतु कौन-सा राग सुनने पर रोगी ठीक होगा, इसका निर्णय करना होता है। इसमें भी कौन-सा राग प्रातः काल में और कौन-सा सायंकाल में सुनाना है, यह भी निश्चित करना पड़ता है। संगीत सुनने के बीच में ही रोगी का मूड बिगड़ सकता है, ऐसे कुछ स्वर आने की संभावना होती है, ऐसा न हो, इसकी सावधानी बरतनी पड़ती है। हमने चयनित किया हुआ राग और रोगी मनुष्य का समन्वय, एकरसता की गई कि वह कितनी देर सुनाना है, यह भी निर्णय लेना होता है, तभी यह पद्धति गुणकारी, उपयोगी हो सकती है, परंतु पसंदगी का राग योग्य समय में और योग्य काल तक सुनने का मनुष्य की प्रकृति में लक्षणीय प्रभाव पड़ता है, इसमें संशय नहीं है। संगीत में व्यक्ति की सकारात्मक वृत्ति जागृत करने की क्षमता है। लाख रुपये खर्च करके भी जो विकार दूर होते नहीं हैं, वे विकार कुछ गाने सुनकर कम खर्च में ठीक हो जाते हैं।

1. अनुभूति संगीत का
2. मानवीय जीवन में संगीत का महत्त्व
3. रोग से संबंधित रोग का निर्धारण
4. यशस्वी उपचार की गारंटी

1. अनुभूति संगीत का

अनुभूति संगीत उपचार पद्धति पर जब हम विचार करते हैं तो मन में एक प्रश्न उत्पन्न होता है कि संगीत श्रव्य अनुभूति है या कलात्मक अनुभूति? क्योंकि संगीत श्रव्य अनुभूति का प्रकार है ऐसा हम मानते हैं, तो क्या इन दोनों में श्रव्य और कलात्मक अनुभूति में अंतर है? श्रोता के श्रव्य अनुभूति के साथ कला की परख होना जरूरी है। निरंतर संगीत श्रवण से और कलाकार के सहवास में परख समृद्धि होती है। कलाकार के प्रस्तुतिकरण की खासियत

समझने के लिए कलात्मक परख होनी चाहिए। उसके लिए संगीत के साथ ताल और स्वर का भी ज्ञान श्रोता में होना अपेक्षित है।

2. मानवीय जीवन में संगीत का महत्त्व

अत्यधिक गर्मी से जमीन फट जाती है, परंतु वर्षा ऋतु में बारिश के जल से पड़ी हुई दरारें मिट जाती हैं और सर्वत्र हरियाली छा जाती है। भूमि में पड़ी दरारें एक हो जाती हैं और उसमें शीतलता निर्माण होती है। उसी प्रकार संगीत रूपी स्वरों की बारिश करती है और एक बार मन शांत हो जाए तो शारीरिक पीड़ाएं दूर हो ही जाती है। संगीत के कारण क्या चमत्कार हो सकता है, इसकी कल्पना अब समझ में आई होगी। सुविज्ञजनों को अधिक कहने की आवश्यकता नहीं है।

संगीत का मानवीय जीवन में क्या महत्व है, यह जानकर उसका योग्य रीति से उपभोग लेना चाहिए, वह एक अच्छा मानसिक और शारीरिक उपचार है। इसके लिए किसी संगीतोपचारज्ञ के यहां जाकर सलाह लेने की आवश्यकता नहीं है। मनुष्य स्वयं ही अपने अनुभव से निर्णय ले सकता है कि कौन-सा संगीत सुनने से उसे प्रसन्नता का अनुभव होकर मन और शरीर अधिक आनंदित और प्रफुल्लित होगा।

3. रोग से संबंधित रोग का निर्धारण

यहां पर यह कहना जरूरी है कि संगीत चिकित्सा का जब हम विचार करते हैं तब मुख्यतः कुछ बातों का उल्लेख करना आवश्यक है। भारतीय शास्त्रीय संगीत में अनेक प्रकार के राग हैं। सत्य तो यह है कि भारतीय संगीत राग संगीत (मेलोडी) नाम से ही जगप्रसिद्ध है। प्रत्येक राग की स्वयं की प्रकृतिं और प्रवृत्ति है और उसके परिणाम भी (प्रभाव) भिन्न-भिन्न होते हैं।

चिकित्सा हेतु उपयोगी राग व्यक्तिगत परीक्षण के बाद ही निश्चित किया जा सकता है।

हम किसी निर्णय पर आते समय यह कह सकते हैं कि संगीत उपचार में प्रायोगिक दृढ़ता है। उपचार ले रहे व्यक्ति को संगीत का ज्ञान, समझ

होना चाहिए ऐसी कोई शर्त नहीं हैं। जिन्हें शास्त्रीय संगीत की कोई समझ नहीं है, उन पर भी उपचार करना कठिन नहीं है। वे भी संगीत उपचार से ठीक हो सकते हैं।

4. यशस्वी उपचार की गारंटी

इस पुस्तक का अर्थ यह कभी भी नहीं हैं कि रोगी इस पद्धति का उपयोग योग्य सलाह लिए बिना करें। संगीत एक उपचार, एक विकल्प है। इस लेखक का उद्देश्य संगीत चिकित्सा से किसी भी एलोपैथिक फिजिशियन का निर्णय गलत है, ऐसा सिद्ध करना नहीं है। लेखक की विशेष सलाह है कि संगीत उपचार पद्धति लेने के पूर्व किसी योग्य चिकित्सक की सलाह जरूर लें। संगीत चिकित्सा का विषय केवल लेखन तक सीमित न होकर प्रयोग का विषय है। अधिक से अधिक लोगों को इसका लाभ मिले यही पुस्तक लिखने का प्रयोजन है। यदि रोगियों को लाभ मिलता है तो आप सभी के प्रतिसाद से मेरा प्रयास सफल हुआ, यही मैं कहूँगा।

उपसंहार

संगीत हमारी कोशिकाओं के भीतर गहरे में रहता है और सहज ज्ञान के लिए एक सीधा रास्ता प्रदान करता है। संगीत स्वर्ग और पृथ्वी के बीच में एक पुलिया है और हमारे आध्यात्मिक अमर को स्वयं के साथ हमारे मानव नश्वर शरीर को जोड़ता है। संगीत के माध्यम से हम अनुभव प्राप्त करते हैं और अपने आप को ईश्वर से मिलाते हैं। सरल शब्दों में कहें कि संगीत द्वारा हमें यह प्रेरणा मिलती है। मुझे यकीन है कि हर व्यक्ति ने संगीत के द्वारा दिल और आत्मा का अनुभव किया होगा।

समाज के साथ एमयूएसआईसी (संगीत) का एक दूसरे का संबंध इतिहास भर में देखा जा सकता है। पृथ्वी पर हर जाति संस्कृति ने संगीत दिया है। संगीत मनुष्य की बुनियादी कार्यों में से एक है। हालांकि पुराना संगीत पीढ़ी दर पीढ़ी नहीं दिया गया, इसलिए 'प्रागैतिहासिक' का आधिकारिक रिकॉर्ड नहीं है।

दिन और रात की लयबद्ध चक्र, मौसम में बदलाव और सभी लौकिक कार्य में प्रकट संगीत आधारित है जिस पर लय और सद्भाव, यह भी जीवन का आधार है। हम केवल संगीत और ध्वनि सुनते नहीं हैं बल्कि हम सक्रिय रूप से उनसे संबंधित हैं।

कैम्पबेल ने कहा है कि तुम श्रोताओं का अंतिम प्रभाव का निर्धारण करते हो। अपने स्वास्थ्य को उचित अवस्था में जाने वाले संगीत वादक वृंद के (Conductor) नायक सक्रिय और सहभागी होते हैं।

संगीतकार और कलाकार का यह कर्तव्य है कि समाज को आपस में बांधे

लेकिन आज के जमाने में यह तत्व उन्होंने खो दिया है। हम अक्सर निष्क्रिय होकर गाना सुनने को मजबूर हैं और अनगिनत फिल्मों के दस्तावेज हैं।

संगीत साधारण चेतना में बदलाव लाता है। बदली स्थिति को भावस्थिति (Transcendence) कहते हैं। संगीत हमें इस भाव स्थिति में आने की अनुमति देता है। इस भावस्थिति में स्थापित होने से हमें असीम लाभ होता है। हमारी संवेदना में व्यापकता और बौद्धिक सोच में वृद्धि होती है। आध्यात्मिक शक्ति जागृत होती है।

संगीत ने मुझे प्रेरित किया है और मेरे जीवन में कायम है। कला, संगीत और उपचार का त्रिकोणी संगम है। पुराने में नया जोड़ने के लिए लचीला होने की जरूरत है। यह लचीलापन, खुलापन रचनात्मक और गहरी खुशी मेरे जीवन में शायद संगीत का सबसे बड़ा उपहार है।

मैं संगीत के साथ हूं और इस प्रकार श्रीकृष्ण भगवान के साथ हूँ।

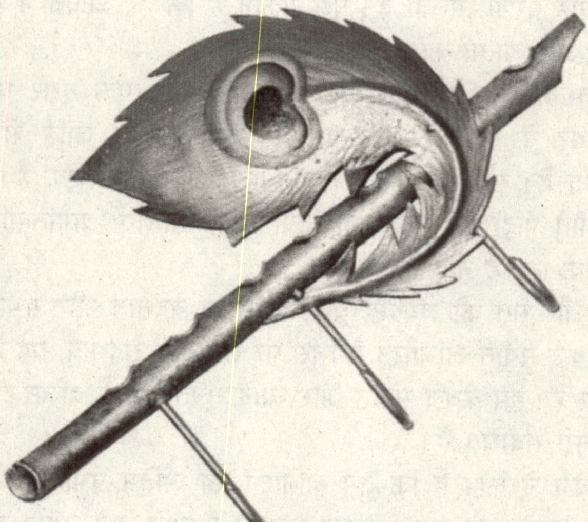